MIKE STEINHAUSEN

Schlagwetter

TIEF IM WESTEN Das Ruhrgebiet ist Schmelztiegel unterschiedlicher Nationen. Inmitten dieses Brennpunktes sozialer Konflikte befindet sich die Zeche Zollverein, Weltkulturerbe der UNESCO, ein Denkmal, das von den alten Zeiten berichtet, als das Ruhrgebiet noch schwarz wie Kohle war. Als sich ein junger Journalist, der einer brisanten Story auf der Spur ist, zufällig in den Wagen des Ex-Bullen Robert Kettner flüchtet, gerät dieser ins Visier russischer Agenten und muss schon bald um sein Leben fürchten. Unter Mordverdacht stehend, beginnt eine gnadenlose Jagd, die Kettner an die Grenzen seiner Fähigkeiten bringt. Seine Ermittlungen führen ihn zurück in die Vergangenheit seiner Region und offenbaren einen perfiden Plan: einen Anschlag auf die Zeche Zollverein.

Mike Steinhausen wurde 1969 in Essen geboren. Er ist Polizeibeamter und war mehrere Jahre als Zivilfahnder im Bereich der Drogenbekämpfung tätig. Sein Debüt als Autor gab er mit dem zeitgeschichtlichen Kriminalroman Operation Villa Hügel.

Bisherige Veröffentlichungen im Gmeiner-Verlag:
Operation Villa Hügel (2013)

MIKE STEINHAUSEN

Schlagwetter

Kriminalroman

GMEINER *Original*

Personen und Handlung sind frei erfunden.
Ähnlichkeiten mit lebenden oder toten Personen
sind rein zufällig und nicht beabsichtigt.

Besuchen Sie uns im Internet:
www.gmeiner-verlag.de

Im Ehnried 5, 88605 Meßkirch
Telefon 07575/2095-0
info@gmeiner-verlag.de

1. Auflage 2014

Lektorat: Sven Lang
Herstellung: Julia Franze
Umschlaggestaltung: U.O.R.G. Lutz Eberle, Stuttgart
unter Verwendung eines Fotos von: © pottworks/photocase.de
Druck: GGP Media GmbH, Pößneck
Printed in Germany
ISBN 978-3-8392-1617-0

Glück auf, Glück auf, der Steiger kommt.
|: Und er hat sein helles Licht bei der Nacht, :|
|: schon angezündt' :|

(Steigerlied, 1. Strophe)

1. KAPITEL

Die Luft war erfüllt von dem Zwitschern der Sperlinge, den Geringsten unter den Vögeln. Die Morgensonne kletterte die roten Backsteinziegel der alten Waschkaue empor und warf ihre wärmenden Strahlen auf das grau-braune Federkleid des kleinen unscheinbaren Vogels, der auf einem Sims sitzend mit heiserer Kehle die Aufmerksamkeit seiner Artgenossen forderte. Diese erhoben sich mit hektischen Flügelschlägen, um sich einen Augenblick später als eine lärmende Wolke auf der staubigen Fläche vor dem Gebäude niederzulassen.

Der zierliche Vogel legte seinen Kopf zur Seite, hüpfte nervös mit durchgestreckten Beinen vor der Mauernische auf und ab und folgte mit seinen dunklen Augen dem erneut aufsteigenden, wild umherflatternden Schwarm, der einer unsichtbaren Kraft folgend in einer wellenförmigen Bewegung emporstieg. Der Sperling breitete die Flügel aus, ließ sich fallen und flog dem Schwarm nach, dessen Anziehung einer unerklärbaren Gravitationskraft glich, die jedes Individuum mitriss und zu einem Bestandteil eines Kollektivs werden ließ.

Wie zufällig änderte die Formation ihre Richtung. Die Vögel flogen höher, wendeten, steuerten zurück zu der Kaue, Brutstätte unzähliger Generationen, um sich abrupt auf das Brachgelände der Zeche auszurichten. Deren spärliche Vegetation bildete die Nahrungsgrundlage für die Jungtiere, die in den Nestern in den Spalten der Zechenmauern hungrig warteten.

Der Schwarm ging nieder, erfüllte das Brachland mit

den charakteristischen Lauten aus hunderten Kehlen und tauchte ein in das hohe Wildgras.

Der Sperling folgte dem Schwarm, setzte sich auf einen Birkenzweig, betrachtete das Treiben unter sich, suchte mit hektischen Kopfbewegungen nach verräterischen Schatten am Himmel, um anschließend mit wenigen Flügelschlägen die Distanz zu überwinden, die ihn von den unzähligen Grassamen trennte.

Wäre der Schwarm schlagartig aufgestiegen, hätte der Sperling die warnenden Rufe seiner gefiederten Artgenossen vernommen, er wäre umgekehrt. Hätte Schutz in der Flucht oder im angrenzenden Dickicht gesucht. Aber sein Instinkt konnte mit der plötzlichen Ruhe unter ihm nichts anfangen, verstand die Signale der zuckenden, krampfenden Körper nicht.

Dem simplen Reiz des sich im Wind biegenden Grases folgend, steuerte er auf den Boden zu. Die fehlende Thermik verwandelte seine Landung in einen Sturz. Das Herz, welches mit über 200 Schlägen in der Minute eine immense Menge an Sauerstoff für seine großen Brustmuskel forderte, verweigerte seinen Dienst, erhielt keine eindeutigen Anweisungen mehr von dem vegetativen Nervensystem, dessen Synapsen ihre Informationen zu wirren und ungeordneten Befehlen verwandelten. Seine Muskulatur entzog sich jeglicher Kontrolle, der Sperling warf seinen Kopf in den Nacken, sein gesamter Körper zuckte heftig, bis seine Gliedmaßen erschlafften. Sein Kopf löste sich aus der Verkrampfung und kippte zur Seite. In leichten Böen fuhr der Wind über das Federkleid der toten Sperlinge, richtete es auf und ließ es sanft im Takt der Halme tanzen.

*

Es kündigte sich nicht an. Kein verräterisches Beben. Kein Zittern des Mobiliars mit tanzenden Tassen und Tellern. Keine Haustiere, die einer nicht erklärbaren, ja mitunter als unheimlich zu bezeichnenden Eingebung folgend Schutz suchten. Dem dunklen Grollen folgte ein dumpfer Knall, der unzählige Tonnen Gestein anhob und Richtung Oberfläche drückte. Die Asphaltdecke riss auf. Ihre spröde Konsistenz glich einer dünnen Haut, die unter dem enormen Druck aufplatzte. Felsbrocken schleuderten wie Geschosse durch die Luft und durchschlugen die Außenmauern der angrenzenden Häuser wie Pergamentpapier. Fensterscheiben prasselten in einem klirrenden Scherbenregen auf die Straße und Dachpfannen fielen mit ungeheurer Wucht auf parkende Autos herab. Die gewaltige Kraft hob mühelos einen Lkw an, ließ ihn zur Seite kippen.

Dann sackte die Erde ein. Die Bruchkante dehnte sich wie eine Tsunamiwelle rasend schnell in alle Richtungen aus. Wie ein schwarzes Loch sog der aufgetane Schlund alles um sich herum auf. Der Lkw, zu einem Spielzeug degradiert, fiel mit dem Führerhaus in den Krater, der so tief war, dass von ihm nicht viel mehr als ein Teil des Hecks in einer undurchsichtigen Wolke schweren Staubes zu erkennen war. Die Ruhe, die folgte, wurde nur unterbrochen von dem hohen Ton einer Alarmanlage und dem Plätschern des Wassers eines zerborstenen Hydranten. Wenige Minuten später war die Luft erfüllt von dem Geräusch unzähliger Martinshörner der Rettungskräfte.

2. KAPITEL

Der junge Mann saß auf seinem Motorrad, die Hände auf dem Tank gefaltet, und beobachtete die Straße. Es war eine dieser japanischen Geländemaschinen, eine Enduro, mattschwarz lackiert, mit hoch aufragender Sitzbank, verkratzten Schutzkappen an den Griffstücken und dem typischen Reifenprofil eines Offroaders. Der verrostete Auspuff und die schäbigen Felgen ließen unschwer erkennen, dass der Besitzer dieses Zweirades es in erster Linie als Gebrauchsgegenstand betrachtete und nicht die Leidenschaft vieler Biker teilte, deren auf Hochglanz polierte Liebhaberstücke zu Saisonbeginn um die Wette strahlten. Während seine Augen hektisch über die bewegte Hauptstraße blickten, verhärmten sich seine noch jungen Gesichtszüge. Verdammter Dreckskerl, dachte er. Als er vor einigen Tagen den Tipp bekommen hatte, war er voller Zweifel, die nun einer unerschütterlichen Gewissheit gewichen waren. Schon bald, da war er sich sicher, würde er seine Chance erhalten. Gnade ihm Gott. All seine Macht, sein Einfluss … man würde ihn fallen lassen wie die sprichwörtlich heiße Kartoffel. Noch saß er zu fest im Sattel, aber das würde sich in naher Zukunft ändern. In Kürze würde er die notwendigen Beweise vorlegen, daran bestand kein Zweifel. Vorher galt es, sich in Zurückhaltung zu üben.

Eine Zeit lang stand die Limousine eines deutschen Premiumherstellers auf der Straße vor dem Gehweg des freistehenden Gründerzeit-Hauses. In anderen Vororten wäre es mit seiner beinahe herrschaftlichen Fassade sicher aufgefallen, im Stadtteil Essen-Bredeney war es eines von vielen.

Seit nunmehr einer Stunde harrte er auf seinem Beobachtungsposten aus und jede Bewegung hinter den Gardinen hatte zu einer beschleunigten Pulsfrequenz geführt, wobei er selbst nicht einzuschätzen vermochte, ob diese Emotion einem Jagdtrieb oder vielleicht doch einer Art Lampenfieber zuzuschreiben war.

Plötzlich erschien ein Mann an einem Fenster im Dachgeschoss des dreistöckigen Hauses und blickte für einen flüchtigen Moment auf die Straße. Der Motorradfahrer hob seine digitale Spiegelreflexkamera an und schoss wie ein Maschinengewehrschütze eine Salve Bilder. Wenige Minuten später öffnete sich die Haustür und für einen Augenblick war der Mann zu sehen, den er zu Fall bringen würde. Nochmals fertigte der Biker einige Fotos und setzte anschließend seinen Helm auf. Er klappte das Visier herunter, drehte den Zündschlüssel um, betätigte den Anlasser und trat mit der Spitze seines Stiefels auf das Pedal. Sogleich teilte ihm das Getriebe mit einem Geräusch mit, dass der Gang eingelegt war. Sekunden später fuhr er von dem Parkplatz, von dem aus er die Szene beobachtet hatte, und folgte dem Audi A 6 in Richtung Norden.

*

Der Wagen fuhr jenseits der zulässigen Höchstgeschwindigkeit, wenn der Verkehrsfluss es zuließ. Der Kradfahrer hatte Mühe dranzubleiben, da sich immer wieder Autos zwischen ihn und das Zielfahrzeug drängten. Der junge Mann wusste, die Distanz durfte nicht zu gering, gleichzeitig nicht zu groß sein, was in Anbetracht der vielen Ampeln im Innenstadtbereich, dem sie sich stetig näherten, nicht einfach war. Mehr als einmal musste er sich zwischen anderen Pkw hindurchschlängeln, um den Anschluss nicht zu verlieren, immer darauf bedacht, nicht aufzufallen. Der Wagen passierte den Hauptbahnhof, fuhr anschließend am neuen Einkaufscenter des Limbecker Platzes vorbei und bog an der nächsten Kreuzung nach rechts in Fahrtrichtung Bottrop ab. Eine Zeit lang folgte er dem Straßenverlauf, bis der Audi den Blinker setzte und rechts in eine Nebenstraße bog. Auf der linken Seite tauchten unzählige Lagerhallen und Firmengelände auf, die sichtgeschützt hinter hohen Zäunen und Mauern lagen und alles andere als den Anschein von Seriosität vermittelten. Es war – auf den Punkt gebracht – eine Drecksgegend. Der Endurofahrer hielt in einiger Entfernung und sah der Luxuskarosse nach, wie sie durch ein breites Tor auf einem nicht einsehbaren Bereich dahinter verschwand. Der Mann stellte seine Maschine auf den Seitenständer, streifte seinen Helm vom Kopf, hängte ihn einfach an den Lenker, nahm anschließend seinen Rucksack ab und schritt langsam auf das Gelände zu. Eines war gewiss: Dies war nicht der Ort, wo man sich traf, um rechtschaffene Geschäfte zu tätigen. Aber egal, was sich auf dem Areal hinter diesem Zaun zutrug, er würde es herausfinden.

Verdammter Dreckskerl …

*

»Wissen Sie, was das Schlimmste am Altern ist? Ich will es Ihnen sagen. Nicht die körperlichen Beschwerden. All die Krankheiten, die zu einem festen Bestandteil des Lebens werden, wobei man sich gedanklich mit nichts anderem mehr zu beschäftigen scheint. Das ist es nicht. Es ist die Art, wie man behandelt wird. Stück für Stück, scheibchenweise wird man entmündigt. Man redet mit dir, aber es ist im Grunde genommen oberflächliches Geschwätz. Man spricht mit dir, weil es sich so gehört. Weil der Anstand es gebietet und man ein freundliches Gesicht aufsetzt, wenn ein alter Trottel meint, etwas sagen zu müssen. Dieser Tonfall. Dieser Ausdruck ist es, was so widerlich ist. Es steigert sich bis hin zu diesem Gebrabbel, welches man benutzt, wenn man mit einem Kleinkind redet. Der Begriff Altwerden verkommt zu einem stigmatisierten Etikett. Zu einem Sinnbild für eine global auszugrenzende Erkrankung, welche ihre Finger nach uns ausstreckt und auch uns beide schon bald einholen wird.«

Der andere Mann trug einen feinen Anzug, hatte die Hände in den Manteltaschen und sah sich in aller Ruhe in der Fabrikhalle um, als wäre sein Gegenüber, das mit ihm sprach, nicht existent. Er war ein teures Stück, dieser Mantel. Ein schwerer, dicht gewebter dunkler Stoff, dessen Qualität deutlich erkennbar war. Wie die auf Hochglanz polierten Schuhe aus schwarzem Glattleder.

Das Dach des Gebäudes wies großflächige Löcher auf, sodass das Licht der Morgensonne ins Innere drang. Er roch diese modrige Luft, diese Komposition aus Staub, Schimmelpilzen und rostigem Metall, wobei er leicht angewidert das Gesicht verzog, als hätte er Angst, dieser Geruch könnte sich in seine Kleidung fressen. Von irgendwoher vernahm er das leise Gurren einer Taube und das hektische Flattern ihrer Flügel. Seine Augen wanderten zu den unzähligen Graffiti an den Hallenwänden, vornehmlich in silberner und schwarzer Farbe, die in ihrer eigenen, codierten Sprache verfasst waren, stiegen auf zu den Resten der Fabriklampen und betrachteten die Spinnenfäden daran, die unter der Last des Staubes wie schlaffe Seile durchhingen. Dann wandte er sich wieder seinem Gegenüber zu, blickte vorbei an den vier Männern, die zu dessen Schutz da waren und die sich trotz ihrer Präsenz im Hintergrund hielten, darauf bedacht, die beiden nicht zu stören. Der Mann nahm die Hände für einen Augenblick aus den Taschen und zog den Kragen seines Mantels enger.

»Bedauerlich. Aber das wird wohl kaum der Grund sein, warum Sie mich erpressen.«

Der andere lachte laut auf und die helle und aggressiv klingende Lautäußerung brach sich an den Wänden wider. Er lief einige Schritte vor dem Mann auf und ab, und trotz der steifen Bewegungen war die einstige Geschmeidigkeit in seinem Gang noch zu erahnen.

»Erpressen? Ich bitte Sie. Das hört sich so … kriminell an. Ich betrachte mich mehr als Kaufmann. Ich biete eine Ware an und sollte mein Geschäftspartner kein Interesse haben, wende ich mich einem anderen Kunden zu. Das nennt man freie Marktwirtschaft. Wie lange haben wir uns jetzt nicht gesehen, mein lieber Andrej Malinkow? 25 Jahre? Bestimmt. Eine Ewigkeit, wie mir scheint. Wir sind beide alt geworden.«

»Lassen wir das«, sagte Malinkow, trat einige Schritte auf seinen Gesprächspartner zu und blickte diesen durch die randlosen Gläser seiner entspiegelten Gleitsichtbrille hinweg an. Er griff in die rechte Außentasche seines Mantels und holte eine Packung Zigaretten sowie ein edles Dupont-Feuerzeug hervor. Gekonnt schnippte er mit den Fingern gegen den metallenen, gravurverzierten Deckel, der sofort aufsprang. Mit dem Auflodern der Flamme breitete sich der Geruch von Feuerzeugbenzin aus, der sich mit dem des Zigarettenrauchs vermischte und das Eau de Toilette verdrängte, das ihn umgab.

»Sehen Sie es mir nach. Manchmal habe ich das Gefühl, ich werde auf meine alten Tage hin sentimental«, sagte der andere.

»Warum, glauben Sie, sollte mich Ihre … Ware interessieren?«, fragte Malinkow.

»Weil es ein Geschäft ist, von dem wir beide profitieren.«

»Wir beide, oder in erster Linie Sie?«, fragte Andrej Malinkow, wobei er auf die Spitze seiner Zigarette pustete und die hellrote Glut betrachtete, von der sich einzelne Aschepartikel lösten.

»Ich bin überzeugt, Sie werden dieses Angebot nicht ablehnen«, fuhr der andere fort. Er griff in die Innentasche seiner Lederjacke, während er den Mann vor sich weiter fixierte. Seine blutunterlaufenen Augen wirkten argwöhnisch und die Kälte in seinem Blick war fast spürbar. Sein Gesicht wirkte unnatürlich blass. Es war nicht zu sagen, ob sein Zustand auf Schlafmangel oder eine Erkrankung zurückzuführen war. Sein Äußeres stand in einem krassen Widerspruch zu dem seines Gesprächspartners, dessen Haar dicht, voll und offensichtlich gefärbt war und neben der maßgeschneiderten Kleidung seinen Hang zur Eitelkeit unterstrich.

Langsam zog der Mann einen braunen Umschlag hervor, den er seinem Gegenüber hinhielt. Der Mann in dem feinen Anzug nahm das Kuvert, öffnete die Lasche, die nur eingesteckt war, zog den Inhalt hervor und begutachtete ihn kurz.

»Sie sind ein mieses Stück Scheiße!«, sagte er sodann und sah den anderen mit unverhohlener Verachtung an, während er den Zigarettenstummel wegschnippte.

»Nicht doch«, sagte Malinkows Gegenüber und hob in einer fast theatralisch wirkenden Geste beschwichtigend die Hände. »Ein Mann wie Sie sollte stets die Contenance wahren. Verurteilen Sie mich bitte nicht dafür, meinem Weg treu geblieben zu sein, obwohl sich Ihre Einstellung offenkundig geändert hat. Aus welchen Beweggründen auch immer.« Er griff erneut in die Innentasche seiner Jacke. »Hier. Nehmen Sie das.«

Der Anzugträger streckte langsam den Arm vor, als gelte es, eine schwere Last zu heben. Für einen Moment verharrten seine Finger unter dem Papier, bis er den Umschlag an sich riss, die Lasche öffnete und die beschrifteten Seiten herauszog.

»Sie haben exakt 72 Stunden«, sagte der Mann in der beigen Lederjacke.

Der feine Herr betrachtete ihn genau. Anschließend schob er die Dokumente zurück in den Umschlag und ließ sie im Innern seines Mantels verschwinden.

»Merken Sie sich eins, Malinkow. In genau 72 Stunden enden unsere geschäftlichen Beziehungen. Ich werde mich nun zurückziehen. Seien Sie sich sicher, ich habe ausreichend Vorsorge für den Fall getroffen, sollten Sie versuchen, mich hinters Licht zu führen.«

»Wer gibt mir die Garantie …?«

»Es gibt nur eine einzige Garantie!«, unterbrach ihn der Mann in der beigen Lederjacke.

»Die einzige Garantie, die Sie haben, ist die, bei der Ablehnung einer Zusammenarbeit die Konsequenzen tragen zu müssen.«

*

Das Gelände hinter den Mauern und Zäunen hatte man in viele unterschiedliche Parzellen aufgeteilt, die mit Holzzäunen, Blech, Kunststoffplatten oder anderen Materialien voneinander getrennt waren. Die Anzahl der Grundstücke und Lauben konnte der Motorradfahrer nicht annähernd erahnen, trotzdem hatte ihn die Weitläufigkeit dieses Gebietes überrascht. Die Limousine stand vor einer heruntergekommenen Werkshalle. Von dem Fahrer fehlte jede Spur. Der Kradfahrer lief geduckt zur linken Seite der Halle. Sie glich einer Ruine, deren von Brombeerhecken und dünnen Birken umgebene Stahlkonstruktion sich verzweifelt gegen den Verfall aufbäumte. Die Zufahrtstraße bestand aus alten Pflastersteinen, die irgendwann mit einer Asphaltdecke überzogen worden und nun großflächig aufgerissen war. Das Regenwasser der vergangenen Tage sammelte sich in schmutzigen Pfützen. Hinter der Halle erkannte er einige ausgeschlachtete Fahrzeuge, deren Einzelteile man wahrscheinlich in Containern Richtung Afrika verschifft hatte, einen Berg an Altreifen sowie einen alten Tankzug. Der junge Mann hatte ein ungutes Gefühl, als er sich näherte. Schon mehrfach war es ihm in den Sinn gekommen, sich durch seine Ermittlungen in Gefahr zu bringen. Aber es war doch etwas anderes, sich eine solche Szene auszumalen, als sie tatsächlich zu durchleben. Seine Atmung wollte sich seiner Kontrolle entziehen, als er sich der verrosteten Stahltür an der Gebäudeseite näherte. Er spürte sein Herz bis zum Hals pochen. Die Tür, deren grauer Lack abblätterte, stand einen Spaltbreit offen und war anscheinend seit Jahren nicht mehr bewegt worden, wie das Unkraut davor zeigte.

Vorsichtig streckte er den Oberkörper durch die Öffnung, um einen flüchtigen Blick in das Gebäude zu werfen. Anders als erwartet, führte der Zugang zu einem Vorraum, dessen ehemalige großflächige Fensterfront schon vor langer Zeit den Witterungseinflüssen oder der Zerstörungswut irgendwelcher Jugendlicher zum Opfer gefallen war. Als er gänzlich durch die Tür geschritten war, hörte er Stimmen. Der Dreck unter dem Grobprofil seiner Kradstiefel knirschte aufdringlich. Sofort verharrte er in der Bewegung und lauschte in den unbekannten Raum vor sich. Er schlich behutsam zu einer der Zwischenwände und spähte durch den glaslosen Fensterrahmen in das Innere der Halle, wo er zwei Männer erkannte, von denen er einen zuvor noch nie gesehen hatte. Vorsichtig öffnete er seinen Rucksack und entnahm seinen Fotoapparat. Er zoomte die beiden Personen heran, betrachtete sie durch den Sucher und schoss einige Bilder. Der Unbekannte reichte dem Fahrer des Audis einen DIN-A4-Umschlag. Nachdem die beiden Personen einige Worte gewechselt hatten, trennten sie sich.

Der Motorradfahrer nahm seine Kamera. »Bald hab ich dich, und dann bist du dran«, sagte er zu sich.

*

Das Wetter an diesem Maitag war sogar für deutsche Verhältnisse gut. Trotzdem vermochte der blaue Himmel an diesem Morgen die Laune von Robert Kettner, alias Steiger, nicht zu heben. Vielleicht lag es an dem Grau der zurückliegenden Monate, das noch nicht aus seinem Gemüt wollte. Viel wahrscheinlicher war der Grund, dass in den vergangenen Wochen offensichtlich niemand ein aufrichtiges Interesse daran gehabt hatte, ihm einen Fall anzuvertrauen. Und einen solchen brauchte er dringend, denn um seine Finanzen stand es nicht besonders gut. Steiger blickte durch das Fenster seines Arbeitszimmers nach oben, als ob ihm das

Blau des Himmels erst jetzt auffiel. Er hörte auf zu treten, stieg von dem Ergometer und wischte sich auf dem Weg zum Badezimmer mit seinem Handtuch die Stirn und den Nacken ab. Sein Backenzahn pochte unangenehm. Er würde um einen Arzttermin nicht mehr lange herumkommen. Steiger stellte sich vor das Waschbecken, nahm seine elektrische Zahnbürste und gab einen Tropfen der weißen Paste auf die ausgefransten Kunststoffborsten. Während der Rotationskopf seinen Dienst tat, betrachtete er sich im Spiegel. Er musste sich eingestehen, der Typ, der ihm entgegenstarrte, entsprach genau dem Bild, das die gängige Trivialliteratur und all die B-Movies von einem Privatschnüffler zeichneten. Ein abgefuckter Versager mit Falten, die ihm wie die Jahresringe eines Baumes für immer ins Gesicht gemeißelt waren. Eine Falte für jede Sauftour und jede filtertlose Kippe. Er war geschieden, denn es gehörte sich für einen langgedienten Polizisten, Ex-Polizisten, auf eine gescheiterte Ehe zurückzublicken, ja man erwartete es irgendwie sogar. Ein Typ, ständig auf der Suche nach einer Beziehung, die ihm zumindest ein Minimum an seelischem Halt bot, einen Sinn gab, um ihn letztendlich immer wieder in die Arme irgendeiner vom Leben enttäuschten Mittvierzigerin zu treiben. Die ihm, sich wie eine Ertrinkende an den sprichwörtlichen Strohhalm klammernd, jede seiner Missetaten verzieh, nur um sich der Illusion einer gemeinsamen Zukunft hinzugeben. Steiger musste einsehen, diesem Klischee durchaus zu entsprechen. Seine zwei Minuten Putzzeit waren um, wie ihm der Vibrationsalarm seiner Bürste mitteilte. Er spie ins Waschbecken, nahm beiläufig zur Kenntnis, dass sich die weiße Creme in seinem Mund rosa gefärbt hatte, ließ etwas Wasser nachlaufen und stützte sich dann mit beiden Armen an den Rändern des Beckens ab, während er weiter sein Spiegelbild betrachtete. Er war jetzt Anfang 40, durchaus athletisch, körperlich noch gut drauf. Trotz allem kam er zu einer ernüchternden Erkenntnis: Der erste Lack war ab. Bis auf die Grundierung. Er drehte sich vor dem Spiegel, suchte vergeblich nach einem Rest des jugendlichen Charmes, dem man ihm immer nachgesagt hatte, fand ihn jedoch nicht, was nicht nur an seinen zwar langsam, aber stetig wachsenden Geheimratsecken lag. Das Leben zeichnet einen Menschen, arbeitet Konturen und Kanten heraus, und auch Steiger wusste, mit dem jungen Burschen, der sich gesegnet mit einer grenzenlosen Naivität aufgemacht hatte, die Welt zu verändern, hatte er nichts mehr gemein. »Guck nicht so wehleidig und ertrag dein Schicksal wie ein Mann. Oder bist du ’ne Muschi?«, sagte er zu seinem Spiegelbild, wobei er mit zwei Fingern die Fältchen unter seinen Augen etwas glattzog. Er wartete auf eine Antwort, aber sein Gegenüber sah ihn nur an. »Leck mich!«, sagte er, wandte sich ab und ließ Wasser in die Wanne ein. Er zog sein verschwitztes T-Shirt aus, warf es auf den Boden zur Wäsche des Vortages und ging wieder in sein Arbeitszimmer. Die Luft roch abgestanden, etwas nach Schweiß. Steiger öffnete das Fenster und sah gedankenverloren nach draußen. Er betrachtete die Menschen, die in ihren Autos fuhren, oder wie seelenlose Gestalten die Gehwege entlangliefen. Tagtäglich in einer Spirale gefangen ihren Tätigkeiten nachgingen, um die Existenz ihres erbärmlichen Lebens zu sichern. Ein Leben, welches einem Hamsterrad glich, in dem sie eingesperrt waren. Tag für Tag, Jahr für Jahr, sich in einer übertakteten Gesellschaft behauptend, geradewegs auf einen Seeleninfarkt zusteuernd.

Es hatte den Anschein, auch das Sonnenlicht konnte das Ruhrgebiet nicht von der dicht gesponnenen Decke der Schwermut befreien, in welcher dieser Sektor eingehüllt war. Wie der Rest der Region schien auch die Stadt Essen unter dem Grau einer fortwährenden inflationäreren Depression zu liegen, die sich wie Mehltau über alles und jeden legte. Obwohl die Zeiten der Kohle und stahlverarbeitenden Industrie vorbei waren, liefen die Menschen wie unter einer Last, die Blicke zu Boden geneigt und weit von der Unbeschwertheit und der Verbundenheit zu ihrer Stadt entfernt, wie beispielsweise ein Rheinländer es vermochte. Es gab keinen Stolz, mit dem man sich zum Ruhrgebiet bekannte. Vielmehr glaubten die Menschen hier, sich für ihre Herkunft rechtfertigen, ja sogar entschuldigen zu müssen. Vergebliche Propagandalügen, die den Wandel heraufbeschworen, Selbstbewusstsein propagierten. Kulturhauptstadt! Pah! Es war nichts weiter als ein verzweifelter und letztendlich untauglicher Versuch gegen den sozialen Verfall ganzer Stadtteile, deren einfache Bevölkerung niemals die auf Pump finanzierten Sehenswürdigkeiten einer hoffnungslos verschuldeten, selbsternannten Metropole zu Gesicht bekommen würde. Die Menschen des Ruhrgebietes eigneten sich nicht für Sozialromantik. Sie flüchteten sich in die Sicherheit ihrer Bedeutungslosigkeit. Hüllten sich ein in ihre Depression, die sich wie ein psychologischer Schutzmantel an sie schmiegte. Er riss sich aus seinen Gedanken, um sich nicht mit der Tatsache auseinandersetzen zu müssen, dass er genauso empfand, ein Teil dessen war.

Ein digitaler Signalton erweckte seine Aufmerksamkeit. Steiger setzte sich auf seinen Drehstuhl und überflog den Maileingang auf seinem Smartphone. Lange Zeit hatte er sich gegen diese Geräte gewehrt, musste sich aber nun eingestehen, dass er dem Suchtfaktor seines mobilen

Minicomputers zumindest ein Stück weit verfallen war. Er berührte den Touchscreen und scrollte sich durch die neuen Mails. Er öffnete eine Bestellbestätigung eines großen Onlinekaufhauses, löschte einige Spammails und las anschließend die Nachricht eines ehemaligen Kollegen. Er war einer der wenigen, zu denen Steiger noch sporadisch Kontakt pflegte. In der Mail beschwerte er sich darüber, dass eine kameraüberwachte *Rund um die Uhr*-Observation einer alten Werkstatthalle in Essen-Kupferdreh nicht enden wollte, bei der es um die Aufdeckung eines europaweit agierenden Fahrzeugschmugglerrings ging, deren Mitglieder gestohlene Pkw der gehobenen Klasse in der Halle zerlegten und die Einzelteile über die Grenzen schafften. Steiger legte das Gerät beiseite und ging zurück ins Bad. Er war spät dran und konnte es sich nicht erlauben, einen Kunden warten zu lassen. Er beeilte sich, nicht wissend, dass die nächsten Stunden sein Leben erschüttern sollten.

Steiger fuhr mit seinem alten, silbergrauen BMW auf die A 40. Das Wetter schlug um und der beginnende Nieselregen tauchte die Stadt in ein farbloses Einerlei, welches die Straßen, alle Gebäude und alles um sich herum erfasste, es zusammenschmolz und auf den Gesichtern der Menschen widerspiegelte. Er zog an dem Hebel für das Spritzwasser und beobachtete, wie die kraftlosen Strahlen der Düsen von den porösen Wischblättern erfasst wurden, die mehr über das Glas rubbelten als glitten und die den Dreck anschließend in einen grauen Schmierfilm verwandelten, der ihm die Sicht nahm.

Er befuhr die Autobahn weiter westwärts, wurde mitgerissen von der nicht enden wollenden Blechlawine, Stoßstange an Stoßstange, so dicht gedrängt, dass Konturen ineinander übergingen. Das Meer aus Fahrzeugen wirkte wie eine durchgehende, metallene Masse, die ein Eigenleben entwickelte.

Steiger setzte den Blinker. Sein Klient würde zufrieden sein. Er zog das Foto aus seiner Innentasche und sein Blick wechselte hektisch zwischen dem Bild und der Fahrbahn. Er betrachtete die Frau. Ihre weichen Gesichtszüge. Das lange brünette Haar, die Sünde versprechenden Lippen ihres künstlich aufgewerteten Schmollmundes, das verheißungsvolle, pralle Dekolleté. Jeder halbwegs normale Kerl auf diesem Planeten würde für eine solche Frau Kopf und Kragen riskieren. Ausgerechnet seinen Klienten traf die Erkenntnis völlig unerwartet, als er sich mit der Vermutung konfrontiert sah, die Dame könnte es mit der Treue offensichtlich nicht so genau nehmen. Er war 20 Jahre älter, sein Kopf kahl, und darüber hinaus hatte er eine Figur wie eine Tüte rostiger Schrauben. Was glaubte dieser Kerl? Dass er sie mit seinem grandiosen Wissen über Politik und Wirtschaft, seiner beeindruckenden Rhetorik und seiner verschwenderischen Großzügigkeit für alle Zeiten an sich binden konnte? Was für ein Vollidiot! Aber Steiger war es recht. Er präsentierte ihm nur das, was er bereits wusste. Und er zahlte gut.

Steiger beschleunigte, da die Ausfahrt frei war. Das Motorrad erschien wie aus dem Nichts. Er erschrak und zog automatisch nach rechts. Für einen flüchtigen Moment vernahm er das ungefilterte Dröhnen des Motors, als der Fahrer den Gasgriff aufdrehte und versuchte, Steigers BMW in der Ausfahrt links zu überholen. Der Mann trug keinen Helm und seine Geschwindigkeit war deutlich zu hoch. Das Hinterrad des Motorrades rutschte weg und die Maschine legte sich auf die rechte Seite, um anschließend zur Mitte der Fahrbahn zu schlittern. Steiger lenkte nach rechts auf den Standstreifen, trat auf die Bremse und spürte dieses ruckende Eingreifen des ABS. Sein Herz schlug bis zum Hals, als er unmittelbar vor dem Zweirad zum Stehen kam. Steiger löste den Sicherheitsgurt, schaltete das Warnblinklicht ein und griff zum Türöffner, als er erkannte, wie der Fahrer sein Bein unter der Maschine hervorzog, aufsprang, auf Steiger zulief und unmittelbar darauf die Beifahrertür seines BMW aufriss. Der Mann zog die Tür zu, blickte panisch nach hinten und schrie: »Fahr!«

»Wie, fahr? Wat bist du denn für einer?«

»Mein Gott, fahr doch los! Fahr!«

Steiger wollte gerade etwas erwidern, als er einen Knall hörte. Er schien ihm vertraut, doch er konnte ihn nicht zuordnen. Irgendetwas in ihm schrie auf. Wollte ihn warnen. Doch Steiger begriff nicht. Sein Blick hing nach wie vor an dem Gesicht des jungen Mannes neben sich, der noch immer entsetzt nach hinten blickte.

Plötzlich war ihm klar, was das für ein Geräusch war. Er fuhr herum und blickte durch die Heckscheibe. Steiger legte den Gang ein und trat das Gaspedal durch, während er im Rückspiegel einen Mann sah, der mit gezogener Pistole hinter seinem Wagen her rannte.

Der BMW schoss über die Kreuzung und Steiger hatte das Gefühl, seine Gesichtsmuskeln würden in Anbetracht der Beschleunigung geschlossen den Weg zu seinem Hinterkopf antreten. Die flüchtigen Blicke, die er während seiner halsbrecherischen Fahrt auf seinen ungebetenen Fahrgast werfen konnte, reichten, um zu erkennen, der Mann litt unter Todesangst. Sein Haar klebte nass am Kopf und Steiger konnte dessen Furcht riechen. Ein herber, stechender Angstschweiß, beißend wie Ammoniak.

»Gib Gas, Mann!«

Steigers Hände umklammerten das Lenkrad, während sein Blick hektisch zwischen der Fahrbahn und dem Rückspiegel hin und her sprang. Sein BMW hob ab und setzte wieder auf. Die Stoßdämpfer hatten der Wucht nichts entgegenzusetzen und das Heck drohte auszubrechen. Dann sah er seinen Verfolger. Die dunkle Limousine war wenige Fahrzeuge hinter ihnen. Mehrfach scherte der Wagen aus, setzte zum Überholen an, raste in einem mörderischen Tempo und mit hektisch blinkender Lichthupe auf der Gegenfahrbahn ihm hinterher, um sich direkt hinter seinen Wagen zu setzen.

Steiger spürte diese so typische Bewegung, die jeder Körper bei einem Auffahrunfall vollführte. Der ruckartige Zusammenstoß des Hinterkopfes mit der Kopfstütze des Sitzes und die anschließende abrupte Vorwärtsbeschleunigung, die erst in dem arretierten Sicherheitsgurt endete. Automatisch stieß er seinen Fuß auf das Bremspedal, während seine Augen den Rückspiegel suchten. Steiger sah das verzogene Blech der Motorhaube des Fahrzeuges hinter sich. Die zerstörten Scheinwerfer. Und noch etwas bemerkte er. Der Wagen beschleunigte wieder. Steiger verkrampfte sich, streckte die Arme geradeaus und umfasste das Lenkrad. Die Knöchel seiner Hände traten weiß hervor und er starrte gebannt weiter in den Rückspiegel. Wieder fuhr der Wagen auf. Und wieder durchfuhr ihn dieser brutale Ruck. Der Wagen setzte etwas zurück, dann gab der Fahrer erneut Gas. Steiger nahm den Fuß von der Bremse und trat das Pedal bis aufs Bodenblech durch. Seine Augen wechselten hektisch in alle Richtungen. Nach vorn, zur Seite und wieder in den Rückspiegel. Er suchte nach einer Möglichkeit auszuweichen, der Situation zu entkommen. Doch er wusste nicht wie.

Die Ampel an der nächsten Kreuzung zeigte Rot. Steiger sah nach links und erkannte einen Sattelschlepper, der zügig auf den Kreuzungsbereich zufuhr. Für den Bruchteil einer Sekunde schaute er nochmals in den Außenspiegel. Er schaltete einen Gang runter, trat das Gaspedal durch, sodass sein Wagen sich nach vorn katapultierte. Der Unbekannte neben ihm krallte sich mit beiden Händen an dem Haltegriff des Dachhimmels fest, seine Augen weiteten sich. Steiger hörte das ohrenbetäubende Signalhorn der Zugmaschine. Er vernahm auch das brutale Quietschen, welches entstand, wenn blockierte Pneus mit einer enormen Energie über eine Asphaltdecke rutschten. Einen kurzen Moment schloss Steiger die Augen. Seine Kiefermuskeln verhärteten sich und der gewaltige Adrenalinausstoß schien all seine Empfindungen auf den winzigen Bereich oberhalb seines Magens zu fokussieren. Der Moment dehnte sich unendlich lang und Steiger erwartete das widerliche Geräusch, das er immer hörte, wenn zwei metallene Karosserien mit großer Wucht ineinander verschmolzen. Doch es blieb aus. Sie hatten es geschafft. Er sah in den Rückspiegel und erkannte den Sattelschlepper, der sich quer auf die Kreuzung gestellt hatte. Steiger riss das Lenkrad nach rechts und trat auf die Bremse. Er hatte jegliches Gefühl für die Geschwindigkeit verloren. Der Wagen rutschte mit quietschenden Reifen, prallte mit der Hinterachse gegen den Bordstein. Als Steiger erneut beschleunigte, spürte er das Ausbrechen des Hecks. Gleichzeitig vernahm er das Geräusch der Felge, die sich in den Asphalt fraß, und sah im Außenspiegel den Funkenflug des Aluminiums, begleitet von einem hohen, metallenen Kreischen.

»Fuck!«

»Was ist los?«, schrie der Fremde.

»Der Reifen ist platt!«

Der Wagen schlingerte hin und her und Steiger versuchte, ihn durch hektische Lenkbewegungen unter Kontrolle zu halten. Er bremste den BMW ab und blickte erneut in den Rückspiegel. Exakt in dem Moment riss der Fremde die Tür auf und sprang aus dem fahrenden Wagen.

Steiger fuhr über den abgesenkten Bordstein und öffnete das Tor zur Sammelgarage mit seiner Fernbedienung, wobei er ungeduldig mit den Fingern auf das Lenkrad trommelte, bis er endlich einfahren und den Wagen abstellen konnte.

Eine Zeit lang blieb er sitzen und sortierte seine Gedanken. Es stand außer Frage, dass sein beschädigter Wagen bei seinen allzu neugierigen Nachbarn auffallen würde. Er musste die Möglichkeit in Betracht ziehen, jemand aus dem Haus könnte die Polizei informieren, wenn diese nicht ohnehin schon auf dem Weg zu ihm war. Diese abgedrehte Geschichte auf der Autobahn und die stuntreife Verfolgungsfahrt hatten mit Sicherheit unzählige Augenzeugen auf ihn aufmerksam gemacht. So oder so. Er würde sicher die eine oder andere Frage beantworten müssen. Aber bevor er sich entschied, wie er weiter vorging, musste er nachdenken. Vor allen Dingen brauchte er eine Dusche und frische Klamotten. Steiger fluchte innerlich. Er hätte längst bei seinem Kunden sein müssen. Der Tag hatte so unbedeutend begonnen. So verflucht unspektakulär. Mit einem Schlag wurde er aus der Lethargie seines Alltages gerissen, aber auf eine Art, die er sich nicht hatte vorstellen können.

Nachdem der Unbekannte aus seinem BMW gesprungen war, hatte er den Wagen in eine Hofeinfahrt gesteuert und den Reifen gewechselt. Er war durchgeschwitzt und seine Sachen waren verdreckt.

In seiner Wohnung wusch sich Steiger zunächst die Hände, öffnete den Kühlschrank, nahm eine Dose Bier heraus, trank die erste Hälfte in einem Zug, setzte sich an seinen Rechner und startete das Gerät, welches mit einem Rauschen hochfuhr.

»Mal sehen, ob die Pressefuzzis schon was gebracht haben«, sagte er zu sich. Steiger klickte sich durch die Websites der örtlichen Reporter, die dank des analogen und somit problemlos abhörbaren Funks in der Regel schneller an einem Einsatzort waren, als ein Blitz einschlagen konnte. Zu seiner Verwunderung berichtete keine Agentur von einem Unfall und einer anschließenden Verfolgungsjagd. Das Hauptaugenmerk lag nach wie vor auf dem Tagesbruch in Essen-Katernberg, bei dem in unmittelbarer Nähe der Zeche Zollverein eine Nebenstraße großflächig weggesackt war.

Steiger leerte den Rest des Bieres und stellte die Dose, begleitet von einem säuerlichen Aufstoßen, auf seinen Schreibtisch. Er würde sich umziehen und zur Polizei gehen. Steiger lief ins Schlafzimmer, nahm frische Wäsche aus dem Schrank und betrat das Bad. Sein Backenzahn pochte erneut, und die Beschwerden wuchsen sich allmählich zu einem leichten Kopfschmerz aus. Er fügte einen Tropfen Zahnpasta auf den Rotationskopf, stellte die elektrische Bürste auf die Ablage in der Duschkabine, betätigte den Mischarmhebel und trat anschließend unter den warmen Wasserstrahl.

Das Wasser tat ihm gut. Sein Spannungskopfschmerz, der aus Richtung Oberkiefer kroch und sich in seinen Schläfen zunehmend ausgebreitet hatte, besserte sich.

Eine Schmerztablette im Anschluss würde ihm Linderung verschaffen. Steiger spürte, wie sich der Duschvorhang in seine Richtung bewegte und wie gewöhnlich das Bestreben hatte, sich aus für ihn unerklärlichen Gründen zart an seinen Hintern zu schmiegen. Steiger lehnte den Kopf an die Wand und schloss die Augen, während das warme Wasser an seinem Körper herunterrann. Binnen eines Sekundenbruchteils presste eine Hand von hinten den Vorhang gegen sein Gesicht und verschloss seinen Mund. Steiger geriet in Rückenlage. Seine Hände versuchten vergeblich, irgendwo Halt zu finden. Er fiel rückwärts auf seinen Angreifer, der geschickt nach hinten auswich, um nicht aus dem Gleichgewicht zu geraten. Der eiserne Griff, der seine untere Gesichtshälfte umklammerte und sich über seinen Mund und seine Nase gelegt hatte, löste sich für einen kurzen Augenblick. Ehe er reagieren konnte, wickelte der Angreifer einen Teil des Vorhangs um seinen Kopf und zog zu. Instinktiv wollte Steiger Luft holen, aber das Einzige, was in seine Mundhöhle drang, war das Kunststoffmaterial des Vorhanges. Panik. Jegliches rationales Denken war ausgeschaltet. Mit unkoordinierten Bewegungen fasste er nach hinten, versuchte, seinen Angreifer zu packen, der geschickt auswich. Steigers Hände griffen zu dem Duschvorhang, der sich um seinen Kopf gewickelt hatte. Er sackte tiefer, fand keinen Halt an den nassen Wandfliesen, rutschte aus und fühlte die Keramik der Duschtasse unter seinem Gesäß. Plötzlich stieß seine Hand gegen etwas. Automatisch umschlossen seine Finger den Gegenstand. Er war länglich. Steiger führte seine Arme zusammen, seine linke Hand riss den Rotationskopf von der Bürste und legte den wenige Zentimeter langen Metallstab frei. Mehrfach schlug er in Richtung seines Angreifers hinter sich aus, merkte, wie die Zahnbürste sich einschaltete und in seinem Griff vibrierte, bis er auf einen Widerstand stieß. Den Schmerzensschrei der Person nahm Steiger nicht wahr. Er riss sich die Folie vom Kopf und nahm den tiefsten Atemzug seines Lebens. Immer wieder holte er Luft. Kämpfte gegen die schwarzen Flecken an, die vor seinen Augen tanzten. Steiger setzte sich und lehnte sich mit den Rücken gegen die Wand. Das Wasser der Dusche lief weiterhin und rann über sein Gesicht. Seine Lungen sogen die Luft ein, er drehte den Kopf und suchte nach seinem Gegner. Wo blieb er? Warum gab er ihm nicht den Rest? Steiger fasste den Vorhang, der ihm die Sicht nahm, und zog ihn kraftlos zur Seite. Die Halterung war aus der Decke gebrochen und fiel nun mitsamt dem Vorhang zu Boden.

Er sah verschwommen etwas durch das herunterprasselnde Wasser. Eine Person, die am Boden lag. Schwerfällig erhob sich Steiger, darauf bedacht, nicht auszurutschen. Er schaltete die Dusche aus und das Erste, was er außer dem abfließenden Wasser vernahm, war das Summen seiner elektrischen Zahnbürste, deren Spitze in der linken Augenhöhle des Mannes steckte, der rücklings auf dem Badezimmerboden lag. Sein Angreifer würde sich nicht mehr rühren. Steiger trat näher heran. Der Handtuchhalter gegenüber der Duschkabine war abgeknickt, und er erkannte einige Haare an der scharfen Bruchkante sowie eine dünne Blutspur, die sich auf den beigen Kacheln abzeichnete. Von diesem Fremden ging keine Gefahr mehr aus. Er legte Zeige- und Mittelfinger an den Hals seines Gegners, fühlte aber keinen Puls. Er zog die elektrische Zahnbürste aus dem Auge des Mannes, schaltete das Gerät mit zitternden Händen aus, drehte den Kopf der Leiche etwas und fühlte Knochensplitter an der Stelle des Hinterkopfes, an dem sich der Unbekannte den Schädel gebrochen hatte. Die Kopfschwarte war aufgerissen und noch immer sickerte Blut aus der Wunde des Angreifers, welches sich zu einer Lache auf den Bodenkacheln ausbreitete und sich mit dem Wasser vermischte. Steiger beugte sich über den Toten und tastete dessen Kleidung ab, als etwas seine Aufmerksamkeit erregte. Er überlegte einen Moment, dann wurde ihm aber bewusst, was ihn irritierte. Er roch etwas. Und er kannte diesen Geruch. Steiger trat über den leblosen Körper hinweg und öffnete die Badezimmertür. Augenblicklich schlug ihm beißender Qualm entgegen, der ihm die Sicht nahm. Er warf sich auf den Boden, hielt die Luft an und robbte durch das Schlafzimmer, dessen Einrichtung lichterloh brannte. Steiger spürte die enorme Hitze in seinem Gesicht, als würde er seinen Kopf vor die Luke eines Hochofens halten. So schnell er konnte, bewegte er sich weiter, bis er die Diele vor seinem Schlafzimmer erreichte. Steiger musste dringend Luft holen, aber er wusste, wenige Atemzüge von diesem toxischen Rauch konnten tödlich sein. Er stand auf, schloss die Tür hinter sich und stolperte einige Meter weiter in sein Wohnzimmer. Auch dieser Raum war voller Qualm, doch es gelang ihm, den Balkon zu erreichen. Er öffnete die Balkontür und zog sie direkt wieder hinter sich zu. Seine Augen brannten fürchterlich und der Hustenreiz war unerträglich. In der Ferne hörte er die Signaltöne der Feuerwehr; es bestand für ihn kein Zweifel daran, dass sie zu ihm unterwegs waren. Steigers Gedanken rotierten. Er befand sich nackt auf dem Balkon in der dritten Etage eines Mehrfamilienhauses. Nicht mal eine Stunde zuvor hatte man auf ihn geschossen und nun lag in seinem Bad ein Toter. Steiger war klar, er hatte nicht die Zeit, diese Umstände der Polizei in epischer Breite zu erklären. Er musste handeln. Sofort. Mehrmals atmete er tief ein. Dann stieß Steiger die Balkontür auf.

Das Kohlenmonoxid, welches sich in seiner Blutbahn angereichert hatte, verdrängte den Sauerstoff und bescherte ihm ein Feuerwerk aus Millionen tanzender Lichtblitze, die sein Sichtfeld auf einen nichtigen Bereich zusammenschrumpften. Die Beine hatten Mühe, die trägen Befehle seiner gelähmten Nervenbahnen in die notwendigen Muskelkontraktionen umzusetzen, um seine 85 Kilogramm Körpergewicht in einer halbwegs koordinierten Vorwärtsbewegung die steile Treppe sturzfrei hinunterzutragen. Vergeblich suchten seine Lungen nach dem gewohnten Rhythmus gleichmäßiger Atemzüge, um einer drohenden Bewusstlosigkeit zu entkommen, und der hohe Signalton des Rauchmelders, der exakt in dem Moment angesprungen war, als er verfolgt von einer schwarzen Rauchwand aus seiner Wohnung in den Hausflur gestolpert war, klang wie das Geschrei eines Denunzianten, das ihn verriet.

Steiger umfasste reflexartig mit der rechten Hand das Geländer, zog sich taumelnd wie ein Trunksüchtiger um jeden Treppenabsatz herunter, rutschte auf einem Stapel Werbeprospekte aus, prallte gegen einen abgestellten Kinderwagen, den er beiseite stieß, und öffnete anschließend die schwere Brandschutztür zu den Kellerräumen, die mit einem dumpfen Laut hinter ihm zufiel.

Der Bewegungsmelder reagierte und mit einem leicht verzögerten Flackern sprang die Leuchtstoffröhre an, die den Raum in ein kaltes Licht tauchte. Steiger stolperte mit bleischweren Schritten zu einer defekten Waschmaschine, die mit weiterem Hausrat unter einer schriftlichen Aufforderung der Hausverwaltung zur Sperrmüllbeseitigung stand, stützte seine Arme darauf ab und kämpfte, geschüttelt von heftigen Hustenattacken, gegen den Schwindel an, der sich in seiner Magengegend zu fokussieren schien. Er wehrte sich gegen die aufsteigende Übelkeit, schmeckte den säuerlichen Brei, der seine Speiseröhre hinaufstieg, bis er nicht mehr an sich halten konnte und sich übergab.

Mehrmals holte er tief Luft, spie aus und versuchte, den langen, zähen Speichelfaden, der an seiner Unterlippe hing, durch kurze Atemstöße zu lösen. Die Augen brannten und jeder Lidschlag kam einer Feile gleich, die über die Hornhaut raspelte. Er spürte, wie ein Muskel unter seinem linken unteren Augenlid unkontrolliert zuckte, und nahm den beißenden Brandgeruch wahr, der von seiner Haut ausging.

Dann ebbte der Schwindel ab. Schwerfällig richtete er sich auf. Die Magensäure in seinem Rachen brannte unangenehm und der Geschmack in seinem Mund war unerträglich. Steiger ergriff die Klinke der nächsten Tür, die zur Waschküche führte, zog sie auf, öffnete den Kaltwasserhahn über dem Ausgussbecken, trank mit großen Schlucken und ließ das kalte Wasser über seinen Kopf laufen. Er sank auf die Knie, drehte sich um und lehnte sich bleich und zitternd an die weiß getünchte Wand des Waschkellers.

Sein Kreislauf brauchte einige Momente, dann stand er wieder. Er nahm einige Kleidungsstücke von den Wäscheständern, von denen er keine Ahnung hatte, wem sie gehörten, schätzte die Größe ab, indem er sie sich vor seinen Körper hielt, und zog sich an. Danach verließ er den Keller, betrat die Tiefgarage durch die gegenüberliegende Tür, ergriff ein Paar gelbe Gummistiefel, die sich auf einem der Stellplätze befanden, und schlüpfte hinein. Wieder übermannte ihn Schwindel und Übelkeit. Steigers Kraft reichte gerade aus, sich bis zum Parkplatz seines alten BMW zu schleppen. Er stützte sich mit einer Hand an dem Fahrzeug ab, umrundete seinen Wagen, öffnete den Kunststoffspind, kramte hinter Flaschen mit Autopolitur, Leichtlauföl und verschmutzten, teils mit Flugrost behafteten Werkzeugen, bis seine Finger den Reserveschlüssel fanden, den er mit Klebeband unter einem der Regalböden befestigt hatte.

Als Steiger aus der Tiefgarage fuhr und beschleunigte, sah er im Rückspiegel die eintreffende Feuerwehr, deren blaue Rundumlichter sich in den Fensterscheiben der umliegenden Häuser brachen. Erneut wurde er von einer Hustenattacke geschüttelt. Er lenkte den BMW auf einen Parkstreifen, als ihm ein Streifenwagen mit Sonderrechten entgegenraste. Reflexartig duckte er sich, lauschte auf das Geräusch des sich entfernenden Polizeiwagens, als sein Blick an der schwarzen Speicherkarte hängen blieb, die sich optisch kaum von der dunklen Fußmatte auf der Beifahrerseite abhob.

*

»Tach, die Herren. Ich sehe, euch ist die Begeisterung ins Gesicht geschrieben. Aber tröstet euch. Auch ich habe keine Mittagspause gehabt. Tatsache ist, wir wurden heute Morgen zu einem Brand mit einem Toten gerufen und wir können derzeit ein Fremdverschulden nicht ausschließen. Von daher sind wir auf eure geschätzte Mitarbeit angewiesen. Bevor jetzt einer rummault … Der Beamte hat sich voller Hingabe seinem Beruf zu widmen. Habt ihr allemal unterschrieben. Paragraf 57 Landesbeamtengesetz Nordrhein-Westfalen, wenn ich daran erinnern darf!« Hauptkommissar Hermann Welke setzte sich mit einer steifen Bewegung, die von seinen lädierten Bandscheiben herrührte. Er sprach wie immer viel zu laut. Eine Lautstärke, die von einigen zuweilen als unangenehm empfunden wurde und seine ausgeprägte Ruhrpottschnauze, die ihn nicht unbedingt als beeindruckenden Rhetoriker auszeichnete, klang wie das Gebell eines Metzgerhundes. Er beherrschte zwar die eine oder andere Höflichkeitsfloskel, aber dies genügte nicht, um sich in den Feinheiten einer formellen Konversation auszukennen. Seine Laune schlug schneller um als das Wetter in den Alpen, und unter den Kollegen waren seine Wutausbrüche gefürchtet. Andere werteten seine dominante Art als künstliches Aufplustern, um zu verhindern, dass ein Gesprächspartner, der in seinen Augen offensichtlich immer die Stellung eines Kontrahenten hatte, eine vermeintliche Schwäche erkennen könnte. Die meisten aber sahen in ihm das, was er war: Einen rüden, manchmal taktlosen Ruhrpottbullen von beeindruckenden 198 Zentimetern Körpergröße und mit infarktförderndem Gewicht, der, wenn es darauf ankam, sein Herz am rechten Fleck hatte und aus selbigem keine Mördergrube machte. Welke schlug die Beine übereinander und fixierte den zusammengewürfelten Personenkreis, bestehend aus einem Dutzend Kollegen, vor sich mit seinen dunklen, Ruhe ausstrahlenden Augen über den Rand seiner Lesebrille. Dabei kratzte er sich seinen Vollbart, dessen leicht gekräuselte Haarspitzen auf die Notwendigkeit eines Feinschliffs hinwiesen. Außer Frank Tetzlaf, den selbsternannten Frauenheld, der wie immer betont lässig auf seinem Stuhl saß und dem ausgefransten Saum seiner Jeans mehr Aufmerksamkeit als den Worten seines Chefs schenkte, und Matthias Heimke, den Welke aufgrund seiner Beflissenheit und Akribie, vielleicht aber auch wegen seines unscheinbaren Aussehens stets *Heim-*

sein Gehirn abbrannte. Nur mit Mühe widerstand er dem Drang, seine Hand zu heben, Claudia an sich zu ziehen und ihren Duft in sich aufzunehmen.

Es war ein Dilemma. Jahrelang hüllte er sich ein in einen psychischen Schutzmantel, der ihm wie eine zweite Haut passte, aber nun, hier auf ihrer Couch liegend, musste er sich eingestehen, dieser Mantel war im Laufe der Zeit offensichtlich dünner geworden. Ein abgewetztes Stück Stoff aus löchrigen Flicken. Der Blick auf die Realität schmerzte. Aber damit musste er klarkommen.

Steiger riss sich aus seinen Gedanken. Scheiß drauf, dachte er sich. Exfrau ist Exfrau. Und aufgewärmt schmeckt nur Gulasch. Das Leben besteht nun mal aus Begegnungen und Trennungen. So war es schon immer. Tief in uns sind wir alle allein.

»Danke.« Steiger setzte sich auf.

Claudia verschloss die Tube und rückte etwas von ihm weg. »Erzähl, Cowboy.«

Steiger blickte sie an und lächelte gequält. »Kostümball. Bin als Brathähnchen gegangen.«

»Gott sei Dank. Ich dachte schon, es sei etwas passiert.« Sie reichte ihm eine Tasse. »Ich hab gehört, du bist nicht mehr bei der Polizei?«

Steiger nippte an dem Getränk und zuckte kurz auf. Erst jetzt bemerkte er seine versengten Lippen. Er nickte mit leicht schmerzverzerrtem Gesicht und stellte die Untertasse auf sein Knie, sah Claudia aber nicht an. »In den letzten zwei Jahren ist viel passiert. Ich habe meine Gründe.«

»Verstehe.« Sie blickte in das vertraute, störrische Gesicht ihres ehemaligen Partners, der sich nach wie vor selbst im Weg stand. Es hatte keinen Sinn nachzuhaken. Stattdessen lehnte sie sich zurück und nahm eine entspannte Haltung ein.

Steiger sah sie an. »Ich …«

Claudia hob beide Hände und lächelte. »Ist schon gut, Robert. Kein Grund, verlegen zu werden. Du bist mir keine Erklärung schuldig. Du bist nun mal ein Höhlenmensch.«

Für einen flüchtigen Moment sahen sich beide in die Augen. Steiger löste sich von ihrem Blick und rieb sich niedergeschlagen das Kinn. »Ich hatte das Gefühl, alles, was ich tat, lief meinem Naturell zuwider. Die Regie hat sich geändert und ich habe nichts weiter getan, als der guten alten Zeit hinterherzutrauern. Ich fühlte mich wie ein Überbleibsel aus einer längst vergessenen Zeit. Also machte ich das, was ich tun musste. Ich bin von dem toten Gaul gestiegen.«

Noch immer sah Claudia ihn an und Steiger hatte Schwierigkeiten, ihr in die Augen zu blicken. Sie schien ihn immer noch gut genug zu kennen.

Nach ihrer Trennung war Steiger der festen Überzeugung gewesen, auf vergeudete und sinnlose Jahre zurückzublicken. Mit der Zeit aber war er sich nicht so sicher, ob er ihnen in Wirklichkeit nicht nachtrauerte. Etwas, was ihm gerade eben wieder bewusst wurde.

»Okay.« Steiger riss sich aus seinen Gedanken und stellte die Tasse etwas zu laut auf den Tisch. »Man wollte mich umbringen.«

Zu seiner Verwunderung lächelte Claudia. »Nimm es mir nicht übel, aber ich kann mir vorstellen, dass eine Menge Leute diesen Wunsch hegen. Hatte ich auch mal«, fügte sie hinzu, wobei die Lachfältchen neben ihren Augen der Äußerung die Schärfe nahmen.

»Dito. Aber dieses Mal ging es über einen Wunsch hinaus.«

*

»Sie haben versagt!« Die Stimme klang eiskalt, was nicht nur an dem Dialekt lag, der jedem Wort eine fast körperlich spürbare Härte verlieh.

Der Gesprächspartner wählte seine Antwort mit Bedacht. »Es ist alles unter Kontrolle. Eine unangenehme Verzögerung, die aber schon bald behoben sein wird.«

»Unter Kontrolle nennen Sie das? Mir ist nicht nach Spaßen zumute«, gab der andere von sich.

»Das Problem ist so gut wie beseitigt.«

»Dann darf ich also davon ausgehen, dass die Informationen sicher sind?«, fragte der Mann am anderen Ende der Leitung mit einem misstrauischen Unterton.

»Es ist nur noch eine Frage Zeit.«

»Zeit? Sie haben keine Zeit. Die Polizei wird ermitteln. Wegen ihrer Unfähigkeit.«

»Sie wird keinen Bezug herstellen. Dafür wurde gesorgt. Das Problem wird erledigt und ich bin mir sicher … ich verspreche Ihnen, dies wird in Kürze erfolgen.«

Eine kurze Pause trat ein, die keinen Zweifel daran ließ, dass der andere abwog. »Ich werde mich auf Ihr Versprechen berufen. Enttäuschen Sie mich nicht. Ein weiterer Fehltritt ist nicht entschuldbar.«

*

»Du hast dich nicht an die Polizei gewandt?« Claudia sah Steiger strafend an.

Das Kopfschütteln war kaum zu erkennen. »Mit einer solchen Geschichte?« Er fuhr sich mit der Zunge über die spröden Lippen. »Sie würde mehr Fragen aufwerfen, als ich beantworten könnte.«

»Was gedenkst du zu tun?«, fragte sie mit gedämpfter Stimme. »Hast du keinen Ex-Kollegen, dem du vertrauen kannst?«

Steiger zuckte mit den Achseln und sah auf seinen Kaffeebecher, den er mit beiden Händen hielt und in Gedanken versunken hin und her drehte.

»Du hättest zur Polizei gehen sollen.«

»Man würde mich festnehmen. Und dann?«

Claudia stand auf und lief unruhig hin und her. »Würde man deine Unschuld beweisen.«

Steiger schüttelte den Kopf. »Das war kein Attentat irgendeines Irren, der noch eine Rechnung mit mir zu begleichen hatte. Das war ein Profi.«

»Deine Wohnung stand lichterloh in Flammen, als man dich angriff. Der Typ hat sich somit selbst einer Gefahr ausgesetzt. Hört sich für mich nicht nach einem Profi an.«

»Ich habe nachgedacht und bin mittlerweile felsenfest davon überzeugt, dass er mich nicht direkt töten wollte. Sein Ziel war es, einen Unfall vorzutäuschen. Er hätte mich auf jede erdenkliche Art und Weise ausschalten können. Erschießen. Erstechen. Erschlagen. Was auch immer. Er tat es nicht, obwohl ich in dieser Situation völlig hilflos war. Wenn ich einen Mord nicht vertuschen will oder es mir schlichtweg scheißegal ist, dann nehme ich ein Messer, einen Gegenstand, eine Schusswaffe … Was er gemacht hat, war durchaus riskant, zumal ich ihm von der Physis her in nichts nachstand. Weißt du, warum die meisten Täter daran scheitern, ihre Opfer zu erwürgen? Weil du die Blutzufuhr zum Gehirn mehrere Minuten unterbrechen musst. Lässt du zu früh ab, kommt das Opfer wieder zu Bewusstsein. Der Typ wusste das. Er hatte vor, mich bis zur Besinnungslosigkeit zu würgen. Ich hätte einige Minuten gebraucht, um wieder zu mir zu kommen. In dieser Zeit hätte mir das Feuer jeglichen Fluchtweg versperrt. Bei der Obduktion hätte man als Todesursache eine Rauchgasintoxikation festgestellt. Genau darum ging es. Es sollte ein Mord werden, der als solcher nicht erkannt wird.«

Claudia dachte angestrengt nach, wobei sie an der seitlichen Nagelhaut ihrer Finger knabberte. »Hast du einen Verdacht, warum der Kerl dir ans Leder wollte?«

Steiger grinste und hielt die Speicherkarte hoch. »Wenn du mir dein Laptop zur Verfügung stellst, bekommen wir vielleicht eine Antwort.«

»Eine Speicherkarte? Woher hast du die?«

Er ließ den kleinen, viereckigen Chip zwischen seinen Fingerkuppen tanzen. »Das Teil lag im Fußraum meines Beifahrersitzes. So einen Chip tritt man sich nicht ins Profil seines Schuhs. Er kann nur von diesem Typen stammen, der mir in den Wagen gesprungen ist.«

Claudia erhob sich, ging in ein Nebenzimmer und brachte einen Laptop mit. Steiger reichte ihr den Chip, den sie ins seitliche Lesefach des Gerätes schob.

»Wer ist das?«, fragte sie stirnrunzelnd.

»Keine Ahnung. Ich habe diesen Kerl noch nie gesehen.«

»Sicher?«

»Absolut.«

Claudia lehnte sich zurück und betrachtete das Bild des unbekannten Mannes, der aus einem Haus, einem gepflegten Altbau, trat und auf eine dunkle Limousine zuschritt.

»Ich klick mal weiter«, sagte Steiger und ließ seine Fingerkuppe über das Touchpad gleiten.

»Sieht aus wie eine alte Lagerhalle«, stellte Claudia fest und rückte wieder näher an den Tisch.

Steiger nickte, ohne sie anzusehen. »Das hier«, er tippte

mit dem Zeigefinger auf den Monitor, »ist derselbe Kerl wie auf dem Bild zuvor. Man sieht ihn zwar nur von hinten, aber es sind definitiv dieselben Klamotten.«

»Und der Typ, der ihm gegenübersteht? Schon mal gesehen?«

Steiger schüttelte den Kopf. »Sieh dir mal die Halle an. Das ist 'ne Ruine. Unser Mann hat die beiden bei irgendeiner illegalen Sache fotografiert. Man trifft sich an einem solchen Ort nur aus bestimmten Gründen.« Steiger klickte weiter.

»Was übergeben die sich da?«

»Sieht aus wie ein Umschlag«, antwortete Steiger.

»Kannst du was erkennen?«

»Nein. Ich klick mal weiter.«

»Noch ein Umschlag«, stellte Claudia fest.

Steiger drückte weiter, doch die Bildserie begann von vorn. »Das war es. Mehr ist nicht drauf.«

»Nicht viel«, sagte Claudia.

Steiger erhob sich, ging einige Schritte im Kreis, blieb stehen und blickte seine Exfrau an. »Es nützt nichts. Der Einzige, der Licht ins Dunkel bringen kann, ist der Fotograf aus meinem Wagen. Hast du irgendwo einen Stift? Und Papier?«

Claudia zeigte auf einen kleinen antiken Sekretär.

»Hier.« Steiger reichte ihr einen kleinen Notizzettel, auf den er ein Kennzeichen geschrieben hatte. »Kannst du für mich rauskriegen, wem das Motorrad gehört?«

Claudia sah auf die Uhr. »Willst du nicht doch lieber die …«

»Nein«, unterbrach er sie. »Ich will erst selbst mit dem Kerl reden.«

Sie wollte noch etwas erwidern, ließ es dann aber. Stattdessen stand sie auf, verschwand erneut in dem Nebenzimmer und kehrte mit einem Zettel zurück, den sie ihm hinhielt.

»Was ist das?«

»Eine Mandantenvollmacht. Sicher ist sicher. Zeugnisverweigerungsrecht gilt auch über eine geschiedene Ehe hinaus, aber wir wissen nicht, was noch alles auf uns zukommt.«

Steiger sah sie an, blickte dann aber beschämt zu Boden, während er weitersprach. »Ich wusste nicht wohin. Glaub mir …«

»Ist gut, Robert. Je eher wir das hier hinter uns bringen, desto besser ist es. Für uns beide.«

4. KAPITEL

Welkes Schritte hallten über den Linoleumboden. Er hatte die letzten Tage miserabel geschlafen, seine Laune war schlecht, er war spät dran und der Biss in ein Brötchen während der Fahrt zum Präsidium erwies sich als ebenso tragisch wie seine anschließenden Bemühungen, die Remouladensoße durch Reiben mit einem Papiertaschentuch aus seiner Krawatte zu bekommen. Ungeduldig riss er an dem Knoten, öffnete ihn und zog sich den Schlips über den Kopf, um ihn anschließend in seiner Jackentasche verschwinden zu lassen.

Der Hauptkommissar betrat den Besprechungsraum, der erfüllt war von dem Duft eines miesen, weil generell zu stark aufgebrühten Kaffees und dem Stimmengewirr seiner Kollegen, das selbst nach seinem Eintreten nicht abschwoll. Er ging zu der Küchenzeile, suchte einen Moment lang nach einer sauberen Tasse, fand eine, gab etwas Kondensmilch hinein, nahm die Thermoskanne hoch, um sie augenblicklich zurückzustellen. Ihr Gewicht machte in ihm jede Hoffnung zunichte, noch einen Tropfen aus ihr herauszubekommen.

»Darf ich um Ruhe bitten!«, verschaffte er sich Gehör. »Zwei Dinge. Wir haben den Obduktionsbericht vorliegen und die erste Stellungnahme des Gutachters, der mit dem geschätzten Kollegen Tetzlaf am Brandort war. Dass es sich nicht um Steiger handelt, dürfte sich mittlerweile herumgesprochen haben. Der Tote ist noch nicht eindeutig identifiziert, sprich, die DNA-Analyse wird noch ein bis zwei Tage dauern. Vielleicht wurde er in der Vergangenheit erkennungsdienstlich behandelt und wir landen einen Treffer in der DNA-Datenbank oder bekommen Hinweise darauf, dass er an anderen Straftaten beteiligt war, an deren Tatorten genetisches Material gesichert werden konnte. Außerdem werden wir das Ergebnis an ausländische Behörden im Rahmen eines Ermittlungsersuchens leiten. Möglich, dass er schon mal in einem anderen Land auffällig wurde. Fest steht jedoch zweifelsfrei, der Tote hat bereits vor dem Brand den Stoffwechsel eingestellt. Die Leiche weist eine Fraktur im Bereich des Atlas auf. Ob es sich um stumpfe Gewalt oder um ein Sturzgeschehen handelt, ist nicht klar. Zudem wurde bei der Obduktion eine Metallplatte im rechten Oberarm entdeckt. Nach Einschätzung der Ärzte handelt es sich um einen länger zurückliegenden Bruch. Diese Operation wäre im polizeiärztlichen Dienst aktenkundig vermerkt worden, damit fällt Steiger als Opfer aus. Darüber hinaus scheint es sich bei diesem Implantat um ein Produkt zu handeln, welches aus dem russischen Raum stammt. Sie hat eine Prägung mit kyrillischen Schriftzeichen. Das wird noch abgeklärt.«

»Was Steiger verdächtig macht«, entfuhr es Heimchen.

Welke rollte mit den Augen und sah ihn an wie ein Lehrer, der einen Schuljungen tadelt. Heimke blickte sofort pflichtschuldig zu Boden. Welke räusperte sich. »Steiger war über 20 Jahre Polizist und weiß, wie man eine Straftat zumindest eine längere Zeit unentdeckt halten kann. Aber er wird darüber hinaus wohl kaum so bescheuert sein, zur Vertuschung eines Tötungsdeliktes seine eigene Bude anzuzünden, zumal er weiß, dass eine Obduktion diese Täuschung auffliegen lassen würde. Und selbst wenn Steiger das im Rahmen einer … sagen wir mal … charakterfremden Augenblickstat durchgeführt hätte, so hätte er sich sicher zumindest die Zeit genommen, sich etwas anzuziehen. Sich auch noch den Fluchtweg abzuschneiden, indem er ein Feuer in einer Wohnung legt, in der er sich noch befindet, möchte ich als ausgeschlossen erachten. Er kann etwas damit zu tun haben, muss es aber nicht. Genauso gut kann er Opfer sein. Tatsache ist aber, Steiger ist verschwunden. Ich beabsichtige, ihn in den Beschuldigtenstatus zu erheben. Das heißt im Klartext, Beschlüsse für die Überwachung seiner Telefonanschlüsse inklusive Ortung sowie zur Kontoverdichtung, Fahndungsausschreibung, Anhörung und Vernehmung von Angehörigen und Freunden … halt das komplette Programm. An die Arbeit, Herrschaften!«

Welke schloss die Augen und massierte in kreisenden Bewegungen seine Schläfen, doch der Spannungskopfschmerz wollte nicht verschwinden. Auf seinem Schreibtisch stapelten sich Ermittlungsakten diverser Fälle, die sich auf unerklärliche Weise von allein verdoppelt hatten. Es klopfte an der Tür und beinahe gleichzeitig wurde die Klinke heruntergedrückt. Welke verschloss hektisch die Schublade seines Schreibtisches wie ein Kind, welches man beim Klauen von Süßigkeiten erwischt hatte. Er war jetzt 54 Jahre alt und das letzte Blutbild war eine Katastrophe. Nach Auskunft seines Internisten floss in seinen Adern nur Zucker und Fett; in logischer Konsequenz hatte ihn sein Arzt zu einer Diät verdonnert, die Welke als unmenschlich und darüber hinaus als schlichtweg undurchführbar ansah.

Ohne auf eine Antwort zu warten, öffnete Heimchen die Tür, schob seinen Oberkörper hinein und suchte den Blickkontakt zu seinem Chef, der hinter seinem Arbeitsplatz unter einem Schwarz-Weiß-Bild des Fotografen Ralph Crane saß, das die Villa Hügel zeigte, saß.

Welke sah ihn an. Heimke war jetzt Anfang 30, aber schon jetzt konnte er seinen leichten Bauchansatz nicht verbergen. Er hatte ein rundliches Gesicht, das rotblonde Haar war bereits schütter und sein spärlicher Bartwuchs ließ ihn deutlich jünger wirken, als er war. Welke mochte ihn auf eine bestimmte Art, war aber gleichzeitig davon überzeugt, dass er nie ein richtiger Bulle werden würde. Ein Nicht-Fisch-nicht-Fleisch-Ermittler, seine psychische Konsistenz schien ihm einfach zu breiig. Heimke verkörperte die neue Generation, ohne erkennbares Rückgrat, mit sich selbst beschäftigt aus Angst, etwas falsch zu machen. Ein Typ, der keinen Alkohol und keinen Kaffee trank und der einen Teebeutel zwei Mal aufbrühte. Er hatte, auf den Punkt gebracht, keine Eier in der Hose. Ihm fehlte der Biss, die Ausstrahlung, die einem Täter das Fürchten lehrte. Und wenn er sich einmal darin übte, wirkte es stets so, als versuche ein Buchhalter die Rolle von Bruce Willis einzunehmen. Das Laufen hatte er bei der Bezirksregierung gelernt, wo er schneller zum Oberkommissar befördert worden war, als er gucken konnte, ohne jemals auch nur einen flüchtigen Blick auf den Dreck der Realität geworfen, geschweige denn einen Straftäter aus der Nähe gesehen zu haben. Dafür war er vollgepumpt mit unzähligen und, wie Welke fand, teils sinnentleerten Verfügungen. Es hätte Welke nicht gewundert, wenn er ihm gesagt hätte, es gäbe da eine Vorschrift, die bestimmt, wie viele Blätter einlagiges Klopapier pro Scheißgang zu verwenden seien. Trotzdem hatte er ihn immer wieder in Schutz genommen, wenn er ausgerechnet bei Tetzlaf mit seinen völlig realitätsfremden Gedanken aufwartete. Im Grunde genommen war er ein netter Kerl, hatte er Tetzlaf mehrfach gegenüber beteuert, worauf dieser stets geantwortet hatte, dass *nett* die kleine Schwester von *scheiße* sei. Aber eins musste er Heimchen lassen: Er war ein hervorragender Organisator, analytisch denkend, pragmatisch in der Herangehensweise und jemand, der an den Aufgaben Freude hatte, mit denen er Tetzlaf nicht mal unter der Androhung einer Verwendung bei der Verkehrspuppenbühne zu kommen brauchte.

»Chef. Da ist jemand vom LKA, der dich sprechen will«, sagte er, wobei er seinen Vorgesetzten über die Ränder seiner runden Brille anblickte.

»LKA? Was wollen die denn?« Welke unterdrückte ein Gähnen.

Heimchen zuckte mit den Schultern und sein Gesichtsausdruck vermittelte den Eindruck, dass er sich mit der Frage zuvor nicht auseinandergesetzt hatte oder es ihm schlichtweg egal war.

Welke wurde durch das penetrante Geräusch des Telefons aus seinen Gedanken gerissen. Genervt nahm er den Hörer ab. »Welke. Guten Morgen. In unserem Fall?« Er verzog das Gesicht zu einer Grimasse und sah Heimke, der noch immer im Türrahmen stand, fragend an. »Vom Staatsschutz? Donnerwetter! Ja, ich kümmere mich unverzüglich darum. Heimke hat mich schon informiert.« Der Hauptkommissar legte den Hörer zurück auf die Gabel und richtete seinen Blick wieder auf seinen jungen Kollegen. »Das war der Kriminalgruppenleiter. Was will denn die Abteilung Staatsschutz vom LKA von uns?«, fragte er, ohne tatsächlich eine Antwort zu erwarten, während er sich erhob und seinen Kugelschreiber in die Innentasche seines Sakkos steckte. »Dann wollen wir mal schauen …«

Welke öffnete die Bürotür und betrat den kahlen sowie funktional eingerichteten Raum, in dessen Mitte ein Schreibtisch stand, auf dem sich ein Flachbildmonitor und ein Telefon befanden. Das doppelflügelige Fenster verfügte weder über einen Vorhang noch über eine Jalousie. Die Strahlen der Morgensonne drangen in einem derart steilen Winkel in das Zimmer, dass Welke den Mann, der vor dem Schreibtisch saß und in dem Moment aufstand, als er die Tür öffnete, nur als Silhouette wahrnahm.

»Hauptkommissar Welke, nehme ich an«, sagte der Fremde, streckte den Arm aus und hielt Welke die Hand zur Begrüßung hin. »Mein Name ist Brahmkamp. Helmut Brahmkamp.«

»Vom Staatsschutz LKA, wie man mir mitteilte«, sagte Welke, der Brahmkamp mit einer Geste bat, sich zu setzen, um anschließend hinter den wuchtigen Schreibtisch zu treten.

»Richtig. Von der Abteilung 1, wenn Ihnen das etwas sagt.«

»Nicht wirklich.« Welke nahm Platz und griff nach dem Telefonhörer. »Kaffee?«

Brahmkamp hob ablehnend eine Hand. »Bevor Sie wählen … ich würde gern allein mit Ihnen sprechen, Herr Kollege.«

Welkes Finger ruhten einen Augenblick über der Tastatur, bevor er den Hörer wieder auflegte.

»Abteilung 1 beschäftigt sich mit Ermittlungen hinsichtlich politisch motivierter Kriminalität. Ich benötige einige Erkenntnisse über einen Robert Kettner.«

»Darf ich fragen, warum?«

»Wir gleichen einige Hinweise in einem derzeitigen Ermittlungsverfahren ab. In diesem Zusammenhang ist

Kettners Name gefallen. Bei routinemäßigen Recherchen erfuhren wir, dass er ein Tatverdächtiger bei einer von Ihnen geleiteten Ermittlung ist.«

Brahmkamp schlug seine Jacke auf, entnahm ein Foto aus der Innentasche, legte es auf den Schreibtisch und drehte es so, dass Welke den Mann erkennen konnte, der ganz offenbar, das ließ der Winkel der Aufnahme und der Standort des Fotografen vermuten, ohne sein Wissen fotografiert wurde.

Welke betrachtete nachdenklich das Bild, kam zu keinem Ergebnis, hob den Kopf und musterte das auf eine ungewöhnliche Art ausdruckstarke Gesicht seines Gastes, dessen Augen ihn in einer Art fixierten, dass es ihm nicht ansatzweise gelang zu erahnen, was in seinem Gegenüber vorging. Etwas, was ihm Unbehagen bereitete.

»Ihrer Mimik entnehme ich, dass Sie die Person noch nie zuvor zu Gesicht bekommen haben«, fuhr Brahmkamp mit einer durchaus naheliegenden Bemerkung fort.

Welke setzte sich aufrecht hin, stützte sich mit den Unterarmen auf die Tischplatte auf und legte die Fingerspitzen beider Hände gegeneinander. Er spürte, wie sich Skepsis bei ihm einschlich. »Sollte ich?« Etwas lag in seiner Frage, das seinem Gesprächspartner nicht entging.

Brahmkamp rang sich ein gestelltes Lächeln ab, während er an dem Bügel seiner Brille kaute und diesen anschließend betrachtete, als wäre damit etwas nicht in Ordnung. »Ich habe es nicht erwartet.«

Welke lehnte sich nach hinten, schlug die Beine übereinander und faltete seine Hände im Schoß unmittelbar unter seinem Bauchansatz zusammen. Für einen kurzen Moment sah er seinen Gast abschätzend an, sich erneut fragend, was genau dieser Kerl im Sinn hatte. Der Typ wirkte penibel. Auf Präzision geeicht. Einer jener Charaktere, die sich von ihrer Akribie nährten und damit ihren Erfolg begründeten. Welke spürte die Gefährlichkeit des Mannes, dem mit Sicherheit kein Detail entging, daher musste er jedes Wort mit Bedacht wählen. Er wollte ihm irgendeine Scheiße verkaufen, dachte er sich, und Welke war sich sicher, dass der Kerl vor diesem Gespräch an einigen Fäden gezogen hatte, die seine Position nicht verbesserte. »Was glauben Sie eigentlich, Brahmkamp?« Welkes Tonfall war betont sachlich, aber unverkennbar selbstbewusst. »Ich bin nicht irgendein Sesselfurzer, dem man mit Gerede über eine routinemäßige Überprüfung kommen kann, sondern Leiter dieser Kommission und das Letzte, wonach mir der Sinn steht, ist heiteres Rätselraten. Ich schlage also vor, Sie drücken den Resetknopf, begegnen mir auf Augenhöhe und fangen noch mal von vorn an.«

Einen flüchtigen Augenblick sahen die beiden Männer sich wie zwei Pokerspieler an, bis Brahmkamp das Wort ergriff: »Sie kennen Robert Kettner persönlich, ist das richtig?«

Welke sagte nichts, sondern betrachtete Brahmkamp, dessen Körperhaltung etwas Militärisches hatte, wie er fand, und dessen Augen eine Lebhaftigkeit besaßen, die ihn, das musste er sich insgeheim eingestehen, etwas beeindruckte.

»Sie haben lange Jahre mit ihm zusammengearbeitet«, stellte Brahmkamp fest.

»Stellen Sie mir keine Fragen, deren Antworten Sie schon kennen.«

»Es verwundert, dass man Ihnen dann die Ermittlungen gegen ihn anvertraut hat«, fuhr er fort, ohne dass ein erkennbarer Vorwurf in seiner Stimme mitklang.

Welke erhob sich. »Herr Kollege. Wenn Sie mich bitte entschuldigen würden? Ich muss noch meine Büroklammern sortieren.« Er stand auf, ging um den Schreibtisch und schritt zur Tür, als er hinter sich das Rücken von Brahmkamps Stuhl vernahm.

»Wir haben Grund zu der Annahme, dass Kettner eine Verbindung zu einer terroristischen Vereinigung pflegt, die zeitnah ein Verbrechen verüben will. Und wir können momentan nicht ausschließen, dass Kettner daran aktiv beteiligt ist. Ich weiß um die Merkwürdigkeit meines Besuches und wie mein Auftreten auf Sie wirken muss.«

Welke fixierte Brahmkamp mit leicht zusammengekniffenen Augen, unterbrach ihn aber nicht.

Brahmkamp beugte sich etwas nach vorn und übte sich in einem vertraulich wirkenden Gesichtsausdruck, war sich aber des untauglichen Versuchs bewusst, sodass er sich sofort wieder zurücklehnte. »Haben Sie schon einmal von einem Kaukasischen Emirat gehört? Es handelt sich um einen islamischen Staat, der im Jahr 2007 im russischen Nordkaukasus gegründet wurde. Also, wenn Sie so wollen, am Arsch der Welt. Allerdings wird dieser Staat von der internationalen Völkergemeinschaft nicht anerkannt. Ausgerufen wurde das Emirat von einem Mann, der sich Doku Umarow nennt. Dieser Umarow war zunächst Vizepräsident einer tschetschenischen Republik mit Namen Itschkeria. Wenn es Sie tröstet, ich kannte diesen Ort zuvor auch nicht. Jedenfalls folgte Umarow nach dem Tod des eigentlichen Präsidenten im Jahr 2006 als Nachfolger auf dessen Amtsstuhl und rief sich 2007 zum selbsternannten Emir des neuen Kaukasischen Emirates aus. Umarow kämpfte im Ersten Tschetschenienkrieg 1994 gegen die Russen und stieg zum Brigadegeneral auf. Auch im Zweiten Tschetschenienkrieg im Jahr 2002 kämpfte er als Kommandoführer. Sagt Ihnen der Name, oder vielmehr die Stadt Beslan etwas?«

Welke überlegte. »Gehört hab ich sie schon einmal.«

Brahmkamp nickte. »Es ist die Perversität unserer Zeit, eine Art grausame Ironie, dass sich unvorstellbar schreckliche Ereignisse aufgrund ihrer Vielzahl schon nach kurzer Zeit aus dem weltlichen Gedächtnis stehlen. Das Massaker in der Schule von Beslan im September 2004, in der tschetschenische Rebellen – ich würde sie Terroristen nennen – über 1.100 Personen, größtenteils Kinder, als Geiseln nahmen.«

»Jetzt erinnere ich mich. Wenn auch nur vage. Bei der Stürmung kamen unzählige Menschen ums Leben, wenn ich mich recht entsinne.«

»Richtig«, antwortete Brahmkamp. »Offiziell waren es 331 Geiseln. Die Bilder der fliehenden und toten Kinder gingen um die Welt.«

»War es dieser Umarow?«

Brahmkamp zuckte mit den Schultern. »Zumindest wurde er von einigen Geiseln bei den späteren Ermittlungen als einer der Täter identifiziert. Im März 2010 kam es zu zwei Sprengstoffanschlägen in der Moskauer Metro mit unzähligen Opfern, zu denen sich Umarow bekannte. Ebenso zu einem Anschlag auf den Moskauer Flughafen ein Jahr später, bei dem 36 Menschen getötet wurden. Umarow hat es weit gebracht. Die Amis haben ein Kopfgeld von fünf Millionen Dollar auf ihn ausgesetzt und auch die UN hat ihn auf der Terrorliste.«

Welkes Ungeduld nahm zu. »Was hat diese Geschichte mit Robert Kettner zu tun?«

»Dazu komme ich gleich. Wir vermuten, dass es in

Deutschland 200, möglicherweise auch mehr Anhänger des Kaukasischen Emirates gibt. In welcher Form sie hier aktiv sind, ist nicht abschließend geklärt, wir behalten diejenigen, die wir für zugehörig erachten, unter Beobachtung. Man weiß um enge Verbindungen zur Salafistenszene, gerade in Nordrheinwestfalen, was sicher auch mit den Aktivitäten von PRO NRW zu tun hat. Derzeit ist das Risikopotenzial nicht einzuschätzen. Wir sind hier auf Ermittlungsergebnisse unserer internationalen Freunde angewiesen, um die Gefahrenlage für Deutschland einschätzen zu können. Sie wissen selbst, dass die moderne Kommunikationstechnik nicht nur ein Segen ist. Zumindest, wenn man es aus ermittlungstaktischen Gesichtspunkten bewertet. Drohungen gegen unser Land gibt es zuhauf im Internet. Das große Problem ist, wir haben es immer mehr mit Splittergruppen zu tun, die sich in ihrer Ideologie und auch in ihrer Gewaltbereitschaft sehr ambivalent zeigen. Und manchmal gehen sogar Ziele verloren. Auf der einen Seite die fanatischen Islamisten, auf der anderen Seite eine zunehmende Anzahl von Islamhassern. Gegenseitige Provokationen führen sicher zu einer Zunahme der Radikalisierung. Denken Sie an den Boston Marathon 2013. Die Täter folgten einer Grundideologie, gingen aber ihren eigenen Weg.«

Welkes Misstrauen legte sich etwas, wenngleich ihn die Ausführungen nicht befriedigten. »So weit konnte ich Ihnen folgen, Herr Kollege. Mir fehlt aber immer noch der Bezug …«

Brahmkamp hob als Einwand seine Hand. »Ich führe diese kleine Einweisung ein, um Ihnen zu verdeutlichen, in welchen sensiblen Bereichen wir uns bewegen. Um es auf den Punkt zu bringen ... derzeit genießen Staats- als auch Verfassungsschützer keinen allzu guten Ruf, wie Ihnen bekannt sein dürfte. Die NSU lässt grüßen. Halten wir Informationen zu lange zurück, demontiert man uns, outen wir uns zu früh, ist der Ermittlungserfolg zum Teufel und man unterstellt uns Unfähigkeit, Dilettantismus. Sprich, unsere Behördenleitung steht etwas unter Strom, wenn Sie verstehen. Kommen wir auf Kettner zu sprechen, um Ihre Geduld nicht noch länger auf die Probe zu stellen. Der junge Mann hier auf dem Foto ...«, Brahmkamp tippte mit seinem Zeigefinger auf das Bild, welches noch immer Welke zugewandt auf dem Schreibtisch lag, »dieser junge Mann ist Journalist. Tobias Schreiner, ledig, 28 Jahre alt, gebürtig in Berlin, wohnte ursprünglich in Dortmund, seit ungefähr zwei Wochen in Essen. Er ist freischaffend, allerdings nicht sehr erfolgreich, sprich, er krebst am Existenzminimum herum. Polizeilich während seiner Studienzeit mal als Kiffer in Erscheinung getreten, das Verfahren wurde aber gegen Zahlung einer Geldstrafe eingestellt. Wir haben Informationen, dass Schreiner an einer Gruppe dran war, die wir dem Kaukasischen Emirat zuordnen. Ich muss gestehen, wir haben noch nicht alle Mitglieder identifiziert und wir wissen nicht, in welchem Bezug Schreiner zu der Gruppe steht, also ob er auf eigene Faust über sie recherchiert hat oder ob er als Sympathisant und Randfigur der Zelle zu sehen ist. Jedenfalls waren wir an ihm dran. Sein Motorrad war verwanzt und wir hatten eine Telefonüberwachung seines Handys laufen. Gestern kam es in den Morgenstunden auf der A 40 zu einem Unfall. Nach Zeugenaussagen war Schreiner darin verwickelt. Und in der Tat wurde sein Krad dort aufgefunden. Ein Zeuge gab an, beobachtet zu haben, wie Schreiner anschließend in einen Pkw stieg, einen alten 3er BMW, dessen Kennzeichen er sich aber nicht einprägte.«

»Ich nehme mal an, es war der Wagen von Robert Kettner«, stellte Welke fest, wohlwissend, dass Steiger einen solchen Wagen fuhr.

»Vermutlich. Wir haben am Unfallort ein Einschussloch innerhalb eines Begrenzungspfostens gefunden. Das alles kann, muss aber natürlich nichts heißen.«

»Da stimme ich mit Ihnen überein.«

Brahmkamp fuhr nach einer künstlich in die Länge gezogenen Pause fort. »Wir haben, wie ich bereits anführte, das Handy von Tobias Schreiner geklemmt. Und natürlich auch die Anschlüsse der Kaukasischen Gruppe, soweit wir von ihnen Kenntnis haben. In den gestrigen Morgenstunden setzte sich Schreiner in Richtung Norden in Bewegung. Gleiches stellten wir bei einem Anschluss der Gruppe fest. Die überprüften Geodaten zeigten auf, dass sich beide Anschlüsse nahezu gleichzeitig in dieselben Sendemasten eingeloggt haben, sie also gemeinsam in dieselbe Richtung unterwegs waren. Und ebenfalls gleichzeitig stoppten beide Bewegungsprofile in einem Gewerbebereich im Essener Norden.«

»Haben Sie Steigers … Kettners Anschluss überprüft?«

Brahmkamp lächelte. Diesmal aufrichtig wirkend. »Ich weiß, wie Kettner im Allgemeinen genannt wird. Ja. Wir haben die Daten seines Mobilfunkanschlusses überprüft. Sein Gerät loggte sich zur selben Zeit in den dortigen Sendemast wie das von Schreiner. Und ja, beide bewegten sich in die gleiche Richtung, bis sie sich an einem bestimmten Punkt trennten.«

»Was nicht automatisch bedeutet, Kettner könnte mit dem Verschwinden von Schreiner was zu tun haben«, konterte Welke.

»Ich stimme Ihnen zu, Herr Welke. Bis zu diesem Zeitpunkt bewegen wir uns ausschließlich im spekulativen Raum, was Kettners Rolle betrifft. Jetzt wird es prekär. Gegen Mittag setzte sich Schreiner wieder in Bewegung. In Richtung Essen-Heisingen.«

»Kettners Wohnanschrift«, führte Welke an.

»Genau. Die Funkzellenauswertung ermittelte Kettners Handy im Bereich seiner Wohnanschrift, somit war er vermutlich zu Hause. Genau hier verlor sich das Funksignal von Schreiners Telefon. Was dann folgt, kennen Sie, Herr Kollege.«

»Richtig. Den Rest kenne ich. Meinen Sie, der Tote in Kettners Wohnung …«

»Nein«, unterbrach in Brahmkamp. »Ich habe mir Ihre Ermittlungsakte angesehen. Ihr Kriminalgruppenleiter war so freundlich, mir Einblick zu gewähren. Laut Obduktionsbericht passt die Leichenbeschreibung nicht auf Schreiner, auch wenn die DNA-Analyse und die anderen, identifiziernden Untersuchungen noch ausstehen. Doch ist mir bei der Aktenauswertung etwas ins Auge gefallen. Der Tote scheint eine geschiente Fraktur aufzuweisen.«

»Stimmt. Einen Bruch des Oberarms.«

Brahmkamp beugte sich wieder leicht nach vorn. »Und wie wurde die Fraktur behandelt?«

»Das wissen Sie, wenn Sie die Akte aufmerksam gelesen haben, was ich nicht bezweifle. Mit einer … verdammt!«

»Genau so ist es, mein lieber Herr Welke.« Brahmkamp beugte sich nach vorn. »Mit einer Metallplatte, die eine Prägung mit kyrillischen Schriftzeichen aufweist. Ich hoffe, Sie verstehen mein Problem. In Anbetracht der sensiblen Lage war es natürlich zunächst überraschend zu erfahren, dass der Mann, der die Ermittlungskommission gegen Kettner leitet, ein ehemaliger Kollege von ihm ist. Auch wenn sich Ihr Kriminalgruppenleiter für Sie verbürgt. Wenn ich also zu Beginn einen schlechten Einstand gegeben habe, dann sehen Sie es mir bitte nach. Ich war nicht darauf vorbereitet und ich selbst unterstelle mir ein … sagen wir mal … eingeschränktes Talent in solchen Dingen.«

»Schwamm drüber.« Welke zog seinen Stuhl näher an den Tisch.

»Um ehrlich zu sein«, sprach Brahmkamp weiter, »wir wissen Kettners Rolle nicht einzuschätzen. Tatsache ist, in dessen Wohnung wurde offensichtlich ein toter russischer oder kaukasischer Mann aufgefunden, bei dem eine stumpfe Gewalteinwirkung auf den Kopf todesursächlich ist. Wir haben einen Journalisten, der Informationen über diese Gruppe gesammelt hat oder schlimmstenfalls mit ihr zusammenarbeitete. Dann haben wir Ihren Robert Kettner, der vermutlich kurz zuvor Kontakt mit genau diesem Journalisten hatte. Und unmittelbar nach diesem Kontakt verschwindet dieser Journalist.«

Welke fuhr sich mit der rechten Hand über seinen Vollbart und versuchte, die Informationen für sich einzuordnen. Er war es nicht gewohnt, wie ein Schuljunge aufgeklärt zu werden. »Wenn hier kein Zufall zugrunde liegt, was für ein Motiv sollte Kettner haben?«, fragte Welke.

»Kettner ist nicht mehr bei der Polizei. Die Beweggründe konnte man mir nicht nennen. Jedenfalls scheint er nicht gegangen worden zu sein, wie man so schön sagt.«

»Private Gründe. Genaueres weiß ich nicht«, erklärte Welke.

»Wie dem auch sei, ich hörte, er versucht sich jetzt als Privatdetektiv. Haben Sie eine Kontoverdichtung gemacht?«

Welke wollte etwas darauf erwidern, doch bevor er antworten konnte, fuhr Brahmkamp fort. »Sein Kontostand sieht, das vermute ich mal, alles andere als rosig aus.«

Brahmkamp setzte sich aufrecht hin. »Ich habe natürlich zunächst mit Ihren Vorgesetzten gesprochen. Der Dienstweg und auch die Höflichkeit gebieten dies. Und natürlich wurde mir jegliche Form der Unterstützung zugesagt. Ich wollte dies allerdings mit Ihnen persönlich besprechen. Es hilft uns beiden nicht weiter, wenn ich mir Ihrer Zusammenarbeit nur aufgrund einer dienstlichen Weisung sicher sein kann. Das ist der Grund, warum ich mit Ihnen allein sprechen wollte. Und, glauben Sie mir, ich habe mehr preisgegeben, als mir zusteht. Ich habe absolut nicht vor, mich in Ihre Ermittlungen einzumischen. Überhaupt nicht. Das Einzige, worum ich Sie bitten möchte, ist, Ihre Ermittlungen begleiten zu dürfen.«

Welke lächelte Brahmkamp wissend an. Der LKA-Mann hatte mit an Sicherheit grenzender Wahrscheinlichkeit schon eine Zusage erhalten. Welke war sich nicht sicher, ob Brahmkamps Anliegen von Aufrichtigkeit geprägt war oder ob hinter diesem vermeintlich kollegialen Gespräch eine Absicht steckte, die er noch nicht durchschaut hatte. Der Hauptkommissar erhob sich. Er wusste, eine Verhandlungsgrundlage fehlte ihm und Brahmkamps Wunsch war nicht von seinem Einverständnis abhängig. Eine Tatsache, die ihn tief wurmte.

»Ich danke Ihnen für das persönliche Gespräch«, sagte Welke und hielt Brahmkamp die Hand hin.

»Noch etwas.« Brahmkamp hielt Welkes Hand weiter fest. »Der Grund …«

»Ich weiß«, unterbrach ihn Welke und zog seine Hand zurück. »Zu niemandem ein Wort.«

*

Die Wohnsiedlung, ein Relikt des geförderten Wohnungsbaus aus den 70er-Jahren, hatte ihre beste Zeit lange hinter sich. Eine soziale Sackgasse, ein geschaffenes Getto, geprägt von jahrzehntelangem Sanierungsstau und städtebaulichen Defiziten, Zuhause unzähliger Nationalitäten, einkommensschwacher und bildungsferner Schichten, die in einer Koexistenz eine eigene Gesellschaftsform schufen und sich nur ihren eigenen Regeln unterwarfen. In dieser Brutstätte sozialer Fehlentwicklung, in der Integration nichts anderes als ein gescheitertes Versuchsprojekt sogenannter Soziologen darstellte, war der künstlich heraufbeschworene Strukturwandel mit Schallgeschwindigkeit vorbeigerauscht und ließ die Menschen in einem Teufelskreis zurück, den die meisten von ihnen niemals durchbrechen würden. Es gab viele solcher trostlosen Siedlungen im Ruhrgebiet. Kannte man eine, kannte man alle.

Über eine Stunde hatte er die Gegend observiert, ohne dass ihm etwas Verdächtiges aufgefallen war. Gleichzeitig schien niemand Notiz von dem Trunkenbold genommen zu haben, der eine Zeit lang auf einer Bank gesessen und sich eine Dose billigen Discounterbieres genehmigt hatte, um im Anschluss die großen Sammelmülltonnen in den Waschbetonkarees der Plattenbausiedlung nach Brauchbarem zu durchsuchen.

Steiger hatte die Nacht in der Wohnung einer Freundin von Claudia verbracht, die im Ausland arbeitete und nur wenige Monate im Jahr in Deutschland war. Er hatte schlecht geschlafen, weil die Ereignisse des zurückliegenden Tages ihn in seinen Träumen heimgesucht hatten. Darüber hinaus war sein Schlaf durch permanente Hustenattacken unterbrochen worden, da der Druck auf seine gereizten Lungen im Liegen erheblich größer war. Claudia hatte ihm um halb zehn abends einige Anziehsachen vorbeigebracht, die sie im Laufe des Tages besorgt hatte, und ihm etwas Bargeld überlassen.

Das Hochhaus hatte insgesamt zwölf Etagen, doch Steiger vermochte nicht abzuschätzen, wie viele Wohneinheiten sich in diesem Bunker aus Stahl und Beton tatsächlich befanden. Es war ein Mikrokosmos, der eher bedrohlich als einladend wirkte und farbverschmierte Hausflure, zerkratzte Fenster und einen nach Urin stinkenden Fahrstuhl aufwies. Er näherte sich dem Hauseingang, darauf bedacht, das Umfeld im Auge zu behalten. Ein Blick auf die Klingelleiste brachte ihn nicht weiter. Ein Großteil der kleinen Plastikfenster neben den Druckknöpfen wies entweder keinen Namen aus und oder wurde von einer teils unleserlicher Handschrift geziert. Er überflog die Anzahl der Klingeln und zählte insgesamt 48 Wohnungen. Steiger lehnte sich gegen die Haustür, die im Bereich des Schlosses deutliche Aufbruchsspuren zeigte, doch sie war verschlossen, und so drückte er mit der flachen Hand wahllos auf einige der Klingeln der oberen Etagen. Nach einem kurzen Moment des Wartens krächzte es mehrfach in gebrochenem Deutsch aus der Sprechanlage, bis er den Summer vernahm und die Tür aufdrückte, die mit einem lauten Geräusch hinter ihm zufiel. An der rechten Längswand erkannte er die Briefkästen, die ins Mauerwerk eingelassen und deren metallene Türen ausnahmslos verbogen waren. Anders als auf den Klingelleisten hatte man sich hier größtenteils die Mühe gemacht, die einzelnen Kästen mit Namen zu versehen. Teils mit aufgeklebten Zetteln, teils mit Permanentfilzstiften direkt auf die Tür geschrieben, oder in einigen Fällen mit einem Gegenstand einfach in den Lack gekratzt. Steiger lief die Reihe ab, konnte aber keinen Briefkasten mit dem Nachnamen ›Schreiner‹ ausmachen. Vielleicht wohnte der Typ hier nicht mehr und hatte sich und sein Motorrad einfach nicht umgemeldet, ging es ihm durch den Kopf. Aber so schnell wollte er nicht aufgeben. Zwar war er sich der Anonymität in einer solchen Gegend bewusst, aber manchmal gab es doch irgendjemanden, den es interessierte, was in seiner unmittelbaren Nachbarschaft vor sich ging.

Eine schmutzige Treppe führte linksseitig in die oberen Etagen. Steiger schritt einige Stufen hinauf, deren Kanten an einigen Stellen abgebrochen waren, lief vorbei an einem Fahrstuhl, der so vertrauenerweckend wirkte wie ein Teppichverkäufer in der hintersten Ecke eines Basars. Auf jeder Etage befanden sich vier Wohnungen. Steiger vernahm das Geschrei mehrerer Kinder und das Zetern einer Frau, die ihrem Nachwuchs in einer ihm nicht vertrauten Sprache die Stirn bot. Die viel zu schwache Beleuchtung reichte gerade aus, um die Namensschilder an den Türen zu erkennen. Er selbst hatte seine Kindheit in einem solchen Wohnklo verbracht, wie er es immer nannte, doch er konnte sich nicht an die Hellhörigkeit dieser Gebäude erinnern. Noch einmal ließ er den Blick schweifen. Vor jeder Tür befand sich ein teils chaotisch hinterlassener, teils halbwegs geordneter Haufen Kinderschuhe, und so schritt er mit hallenden Schritten eine Etage höher, wobei seine Anspannung mit jeder Stufe wuchs. Die letzten 25 Jahre hatten seinen Charakter geformt und ihn zu einem eher pessimistischen Menschen werden lassen, was in seinem

Job durchaus von Vorteil war, da die Einstellung, immer vom Schlechtesten auszugehen, jede Überraschung automatisch zu etwas Positivem werden ließ.

Als er im zwölften Geschoss ankam, legte sich seine Anspannung. Erst jetzt wurde er sich seines erhöhten Pulsschlages bewusst, der nicht nur auf das Treppensteigen und seine geschundenen Lungen zurückzuführen war. 48 Wohnungen, davon neun Wohnungen ohne Namensschild. Leise schritt er hinunter in die zehnte Etage, verharrte dort einen Moment, lauschte auf die Geräusche innerhalb der Wohnungen, vernahm das Geräusch klappernden Geschirrs und eines Fernsehers. Irgendwo krächzte ein Wellensittich, der sein Dasein höchst wahrscheinlich in einem viel zu kleinen Käfig fristete und verzweifelt die Zuneigung des Artgenossen suchte, der ihm aus einem Spiegel entgegenstarrte. Dann schritt Steiger auf die erste Wohnung zu, die über kein Namensschild verfügte, und legte vorsichtig sein Ohr an die Tür. Es fiel ihm schwer zu bewerten, ob sich etwas in der Wohnung regte. Aus seiner Erfahrung wusste er, dass dünne, schallübertragende Wände aus Fertigbeton Geräusche in Nachbarwohnungen verlagern konnten. Ein gekipptes Fenster erfüllte die Räume manchmal zusätzlich mit Leben. Mehr als einmal hatte er zu seiner aktiven Zeit als Fahnder Wohnungstüren eingetreten, in der vermeintlichen Gewissheit, dahinter jemanden vorzufinden, um dann seinen Irrtum feststellen zu müssen. Steiger begab sich in die siebte Etage zur nächsten Wohnung ohne Namensschild, konnte aber auch hier nicht mit Bestimmtheit sagen, ob sich jemand in ihr befand. Ihm wurde bewusst, dass er die Möglichkeit, der Typ könne allein leben, bisher nicht in Betracht gezogen hatte. Die nächste Wohnung, die er überprüfte, lag in der fünften Etage. Er legte sein Ohr an das Türblatt und lauschte auf verräterische Geräusche, kam jedoch erneut zu keinem eindeutigen Ergebnis. Steiger drückte sein rechtes Ohr noch fester an die Tür und hielt sich den linken Gehörgang mit dem Zeigefinger zu. Nichts. Er nahm die linke Hand herunter und blickte auf seine Armbanduhr. Es war früher Vormittag und das bedeutete, dass einige der Mieter sicher arbeiteten. Während seine Augen das Ziffernblatt fixierten, wurde er von etwas auf dem Fußboden abgelenkt. Die Strahlen der Sonne bahnten sich ihren Weg durch die trüben Flurfenster und krochen den dunklen Boden entlang. Steiger bückte sich und entdeckte feinen Metallabrieb, der im Bereich der Türzarge, direkt unter dem Schloss, den Boden bedeckte und wie Diamantstaub funkelte. Er drückte seine Fingerkuppe hinein, hob die Hand und begutachtete die winzigen Späne. Anschließend ging er in die Knie und betrachtete das Schließblech. Es waren frische Kratzer erkennbar. Steiger veränderte seine Position etwas, sodass die Sonnenstrahlen ungehindert auf die Tür trafen. Es gab keinen Zweifel. Der Schließzylinder war neu. Kurz sah er sich um, griff in seine Innentasche und förderte eine Plastikkarte hervor, die er gekonnt zwischen das Türblatt und die Zarge presste. Während seine rechte Hand gegen die Tür drückte, um den Spalt etwas zu vergrößern, fuhr seine linke Hand mit der Karte die Zarge entlang, bis er auf einen Widerstand traf. Einige Male bewegte er die Karte ungeduldig auf und ab, bis die Tür lautlos aufschwang.

*

»Was? Leck mich am … Sind Sie sich sicher?« Welke schmiss sich auf seinem Bürostuhl nach hinten und knallte seinen Kugelschreiber auf den Tisch, sodass seine beiden

Kollegen vor ihm instinktiv zusammenzuckten. »Wissen Sie schon, um wen es sich handelt? Nein? Verdammte ...!«

Tetzlaf und Heimke betrachteten ihren Chef, der sich mit Daumen und Zeigefinger seine Unterlippe knetete, als wollte er sich ein neues Gesicht formen. Dabei kniff er die Augen zusammen, als wäre ihm ein Sattelschlepper über seinen Hammerzeh gefahren.

»Ich schick Ihnen ein Team.« Welke beendete das Gespräch und starrte einen Moment lang auf einen imaginären Punkt irgendwo zwischen seinem Schreibtisch und den beiden Männern vor sich.

Heimke war der Erste, der sich traute, wobei er leicht verlegen an seiner Krawatte nestelte. »Chef?«

Wenn Welke über etwas brütete, konnte es hin und wieder vorkommen, dass er die Welt um sich vergaß und dann überrascht war, wenn man ihn aus seinen Überlegungen riss. Er löste sich aus seiner Trance, atmete lang und hörbar aus und sah seine eingeschüchtert wirkenden Kollegen abwechselnd an. »Die Kacke ist am Dampfen! Und zwar mächtig!« Er fuhr mit seinem Bürostuhl näher an den Schreibtisch, setzte sich aufrecht hin und griff erneut nach dem Telefonhörer, der in seiner breiten Hand beinahe zerbrechlich wirkte. »Welke hier. Sieht so aus, als hätten Sie mit ihrer Vermutung recht, Herr Brahmkamp. Wie lange brauchen Sie, um hier zu sein? 15 Minuten? Okay. Ich warte auf Sie. Alles Weitere erkläre ich Ihnen vor Ort.«

Der Parkplatz lag inmitten einer der vielen, großen Wohnsiedlungen der Stadt, die alle nach ähnlichem Prinzip aufgebaut waren. Mittig eine Ladenstraße, die wie in den meisten anderen Siedlungen nur noch einen Kiosk und ein Internetcafé beherbergte, in der Nähe eine Grundschule und ein Kindergarten, und das Ganze umrahmt von einem mehrschichtigen Ring aus uniformen Einfamilienreihenhäusern mit winzigen Handtuchgärten, entworfen von Städtebauplanern in der irrigen Hoffnung, das soziale Gefüge dadurch in eine Art Gleichklang bringen zu können.

Der Tatort war großzügig mit rot-weißem Flatterband abgesperrt und einige Polizisten in Uniform drängten die allzu neugierigen Schaulustigen ab. Einige Pressegeier fokussierten die Suchscheinwerfer ihrer Kameras auf jeden Polizeibeamten und die, die sie dafür hielten. Der Leichenwagen des Vertragsbestatters stand bereits in der Poleposition. Einer der Uniformierten winkte hektisch und mit übertrieben genervt wirkendem Gesicht in Welkes Richtung und forderte ihn auf, endlich weiterzufahren. Heimke hob kurz die rot beleuchtete Polizeikelle und das verärgerte Gesicht schaltete spontan auf ein Lächeln um. Der Beamte beeilte sich, das Absperrband anzuheben, sodass Welke den Passat darunter hindurchmanöverieren konnte.

Als Welke ausstieg, kam Brahmkamp ihm entgegen. Welke passte es nicht, dass er vor ihm eingetroffen war, aber als sein Augenmerk kurz auf den silberfarbenen 3er BMW fiel, der bereits von seinen Kollegen André Kaminski und einem weiteren Beamten der Spurensicherung untersucht wurde, legten sich seine Beklemmungen etwas.

Brahmkamp streckte Welke und Heimke die Hand zur Begrüßung entgegen. »Ich bin besser durchgekommen als erwartet.«

»Offensichtlich«, erwiderte Welke sarkastischer als gewollt. Bis zuletzt war er hin und her gerissen, nun aber war er sich sicher. Er mochte diesen Kerl nicht und er tat gut daran, ihn auf Distanz zu halten.

Brahmkamp fuhr fort. »Ich habe die Zeit genutzt und mich vorab schon mal etwas schlau gemacht. Kettners

Schrottkarre wurde nach Angaben des Dienstgruppenleiters von einem Funkstreifenwagen aufgefunden. Die Kollegen sind auf den frischen Unfallschaden aufmerksam geworden und als sie das Kennzeichen abfragten, stellte sich heraus, dass das Fahrzeug zur Fahndung ausgeschrieben ist.« Brahmkamp verschränkte die Arme hinter dem Rücken und schritt langsam in Richtung des Tatortes.

»Die Beamten haben sich den Wagen angesehen und bei ihrer Überprüfung festgestellt, dass der Kofferraumdeckel nicht mehr richtig schließt. Sie hantierten daran und als er aufsprang, fanden sie den Toten.«

Welke blieb kurz stehen und spürte, wie Magensäure seine Speiseröhre hinaufdrängte und ihn daran hinderte, augenblicklich loszupoltern.

»Ich hoffe, Sie haben nichts dagegen, dass ich mich vor Ihrem Eintreffen nützlich gemacht habe?«

Welke setzte an, etwas zu sagen, ließ es allerdings. Stattdessen presste er die Lippen zusammen und sog die frische Luft durch seine große Nase ein, die einen Hauch Rosenduft aus einem der unzähligen Balkonblumenkästen mitführte. Er war es nicht gewohnt, einer Konfrontation den Rücken zu kehren, und es kostete ihn Mühe, nicht die Beherrschung zu verlieren. Übertreibe es nicht, Freundchen, dachte er und sah Brahmkamp nach, wobei ihm erneut das beinahe arrogante Gebaren auffiel. Welke beschleunigte seine Schritte und folgte Brahmkamp in Richtung des alten BMW, der vorwärts eingeparkt zwischen einem Toyota und einem auf Ziegelsteinen aufgebockten roten Golf II ohne Kennzeichnen stand, als sich ein Hüne von einem Mann mit kräftigem Bauchansatz unter einem Spurensicherungsanzug, Mundschutz und Einweghandschuhen in seine Richtung drehte. Der groß gewachsene Kerl wechselte einige Worte mit seinem Kollegen, der an dem Kofferraum von Steigers BMW arbeitete, zeigte kurz in Welkes Richtung und schritt dann den Männern entgegen. Kurz nickte er den Anwesenden zu, die ihrerseits stumm zurückgrüßten, und richtete dann sein Augenmerk auf Welke.

»Wir wissen noch nicht, um wen es sich bei dem Toten handelt. Ein junger Bursche. Schätze, so Mitte 20. Sieht nach einem Kopfschuss aus nächster Nähe aus. Vermutlich am Hinterkopf angesetzt, wobei er nicht im Fahrzeug erschossen wurde. Das Projektil trat im Bereich der rechten Schläfe wieder aus. Die Leichenstarre ist vollständig ausgeprägt und wir werden den Typen nicht ohne postmortale Blessuren aus der Karre kriegen.« Der Mann zog die weiße Kapuze des Anzuges nach hinten, sodass sein rötliches Haar sichtbar wurde. »Die KTU ist unterwegs. Denke, wir schicken das Umzugsunternehmen …« André nickte in Richtung des Leichenwagens, »zurück in den Stall und kleben die Leiche bei der KTU ab. Wird eh genug Fremd-DNA dran sein, es haben genug Leute in den Kofferraum geglotzt. Wir haben schon mal, nach Rücksprache mit den Kollegen, mit der Sicherung der daktyloskopischen Spuren am Heck angefangen, weil wir nicht wissen, wie lange die KTU braucht und es so aussieht, als ob gleich was runterkommt«, sagte er, wobei sein Blick zwischen den sechs Augenpaaren hin und her wechselte.

Welke sah auf und betrachtete den grauen Maihimmel, der dieses Jahr erneut seinem Ruf als Wonnemonat nicht gerecht wurde. Die Stadt hatte ihren eigenen Geruch, insbesondere nach einem Schauer, dessen Regen den Dreck der Luft aufnahm und ihn auf die Scheiben der Häuser und Autos legte. Etwas, was ihm soeben wieder bewusst wurde.

»Ist der Rechtsmediziner schon unterwegs?« Welkes Kopf war noch immer nach oben gerichtet.

»Soweit ich weiß, wurde er angefordert. Tetzlaf wollte sich drum kümmern«, entgegnete Heimke.

»Tetzlaf? Wo steckt der Kerl überhaupt?«

Heimke blickte ratlos. »Denke, er wird gleich eintreffen.«

Welke tat einen Schritt vor und richtete sein Augenmerk wieder auf den großen Mann vor sich, der sichtlich in seinem Spurensicherungsanzug schwitzte und sich einige Schweißperlen mit dem Ärmel von seiner Stirn wischte.

»Hast du schon Bilder im Kasten?«

»Nur ein paar schnelle Übersichtsaufnahmen, weil wir den Kofferraum so schnell wie möglich wieder schließen wollten. So wie die sich hier alle an einem Tatort aufführen, muss man davon ausgehen, dass noch einer seine Kippe reinwirft.«

Welke nickte. »Zeig mir mal die Fotos, André.«

Dieser drehte sich um und winkte dem Beamten zu, der mit einem Marabupinsel und Rußpulver den zerbeulten Kofferraumdeckel einstäubte. »Gib mir mal die Kamera«, rief der Hüne seinem Partner zu. Dieser unterbrach seine Tätigkeit, hob beide Arme und verwies schulterzuckend auf seine geschwärzten Handschuhe.

»Kleinen Moment.« André ging zum BMW, öffnete einen Kunststoffkoffer, der auf dem Boden am Heck des Wagens stand, und entnahm eine digitale Spiegelreflexkamera. Während er zurückkehrte, drückte er einige Knöpfe und betrachtete das Display, anschließend drehte er sich so, dass alle Anwesenden einen Blick auf die Bilder werfen konnten.

Der Tote lag seltsam verrenkt in embryonaler Haltung. Die Beine waren weit angezogen, die Arme so angewinkelt, dass die Ellenbogen die Knie berührten. Das helle T-Shirt war großflächig im Bereich der linken Schulter und der Brust dunkel verfärbt, ebenso wie ein Teil der Jeans. Das Gesicht war entstellt. Die Wucht des Geschosses hatte die Knochen bersten lassen. Die abgesunkenen roten Blutkörperchen, die sich der Schwerkraft folgend vom Plasma des Blutes abgesetzt hatten, das sich im tiefliegenden Kopf gesammelt hatte, hatten der linken Gesichtshälfte ein dunkelblaues, beinahe violett wirkendes Äußeres verpasst. Die halb geöffneten Augen blickten ins Leere. Blutgetränktes Haar klebte an der Stirn. Getrocknete, verkrustete Abrinnspuren am Hals bildeten ein feines Muster und Welke spürte automatisch diesen metallenen Geruch in der Nase, der von Blut ausging. Er war, wie seine Kollegen, in der Lage, die Brutalität solcher Taten auszublenden. Zwar nahm er die Szene als Ganzes wahr, doch fokussierte sich seine Aufmerksamkeit auf die Details. Er hatte in all den Jahren schon weitaus Schlimmeres gesehen. André drückte auf das Steuerkreuz der Kamera und rief das nächste Bild auf. »Wir sind noch nicht an alle Taschen gekommen. Uns war die Gefahr zu groß, dass wir an der Karre Spuren vernichten, wenn wir ihn da rauszerren. Wenn die KTU fertig ist, können wir an ihn ran. Kann also sein, dass sein Ausweis irgendwo in seinen Klamotten steckt. Und wenn nicht, dann bringen uns vielleicht seine Fingerabdrücke weiter. Wer weiß? Eventuell hat er schon mal Scheiße gebaut und wir kommen so an seine Identität.«

Welke sah Brahmkamp wortlos an, der seinen Blick erwiderte und ihm zunickte. »Was denken Sie?«, sagte er zu dem LKA-Mann.

»Ich habe keinen Zweifel.«

»Scheiße!« Welkes Betroffenheit spiegelte sich in seinem Gesicht wider.

»Chef?« André blickte seinen Vorgesetzten beinahe besorgt an.

Welke riss sich aus seinen Gedanken. »Wir wissen, wer der Tote ist.«

»Und um wen handelt es sich?«, fragte André verdutzt und blickte Welke ebenso irritiert an wie sein Kollege Heimke.

Brahmkamp war es, der antwortete. »Sein Name ist Schreiner. Tobias Schreiner. Und wenn ich mich nicht irre, dann befindet sich seine Wohnanschrift exakt einen Straßenzug weiter.«

»Ruf Tetzlaf an, Heimchen«, sagte Welke angespannt. »Er soll sich in Bewegung setzen und auf die Bude von Schreiner ein Auge haben. Und mach über die Leitstelle ein SEK klar. Beeilung!«

*

Steiger drückte die Tür weiter auf, ging vier, fünf Schritte in die langgezogene Diele und verharrte einige Sekunden, bis sich seine Augen an die Lichtverhältnisse des fensterlosen und mit einer billigen Raufasertapete tapezierten Flures gewöhnt hatten. Er sah einen schmalen Schrank aus minderwertigem Pressspan, der mit einem ebenso qualitativ schlecht wirkenden Plastikfurnier beklebt war, und vor dem ein Paar sehr verschlissene Sneaker standen. Er war sich sicher, allein in der Wohnung zu sein, trotzdem verspürte er eine gewisse Anspannung, als er die Türen, drei an der Zahl, nacheinander öffnete. Rechts befand sich das fensterlose Bad, links die Küche. Die Wohnung, komplett mit billigem Buchelaminat ausgelegt, dessen Trägerplatten an einigen Nahtstellen aufgequollen waren und seinen Schritten einen hohlen Klang gaben, verfügte über nur ein Zimmer, welches als Wohn- und Schlafraum konzipiert war. Die Einrichtung war spartanisch.

Ein Schreibtisch mit einem Regalsystem, bis zur Decke reichend. Daran schloss ein Lowboard an, auf dem ein Flachbildfernseher stand. Vor Kopf befand sich die Fensterfront. Links eine Balkontür, rechts ein großes Panoramafenster, beide mit einer heruntergelassenen, silberfarbenen Metalljalousie versehen.

Auf der ausziehbaren Couchgarnitur an der rechten Wand lag ein zerwühltes Oberbett. Darüber hing ein breiter Spiegel mit schmalem Facettenschliff, ein vergeblicher Versuch, dem Raum mehr Tiefe zu verleihen.

Steiger schaltete das Licht mit seinem Ellenbogen ein. Eine nackte Glühbirne erhellte den Raum. Er ging in die Küche, blickte sich um, fand was er suchte, riss zwei Plastikmülltüten von einer Rolle, die auf der schmalen Fensterbank über einem Mülleimer lag, und zog sich die Tüten über seine Hände. Er riss einige Blätter einer Papierküchenrolle ab, ließ etwas Wasser darüber laufen und gab im Anschluss einige Tropen Spülmittel darauf. Steiger blickte durch den Spion in den Hausflur, öffnete die Wohnungstür und wischte den Bereich des Türknaufs und des Türblattes großzügig an den Stellen ab, die er zuvor angefasst hatte.

Der schmale Schrank im Flur stellte sich als Kleiderschrank heraus, dessen Inhalt übersichtlich war. Einige T-Shirts, ungebügelt, ein paar Jeans, ein Fach mit Socken und Unterhosen, unsortiert, sowie eine Kleiderstange, an der eine Jeansjacke, eine Regenjacke und ein Parka hingen, in deren Taschen sich bis auf ein benutztes Papiertaschentuch nichts befand.

Der Inhalt des Schreibtisches und des Regals gaben nicht viel her. Einige Kabel mit Scartsteckern lagen auf dem Boden, der dazugehörige PC fehlte. Wie an dem Abdruck der Schreibunterlage zu erkennen war, wurde er vermutlich erst kürzlich entfernt. Er fand nichts, was ihm einen Hinweis geben konnte. Ihm war klar, er hatte keine Vorstellung davon, wonach er suchte und ob es sich in der Wohnung befand, oder ob dieser Typ es, was auch immer es war, noch bei sich führte. Aber es war eine logische Überlegung, hierher zu kommen, denn er musste mit ihm reden. So viel stand fest. Wenn jemand etwas Licht in die Sache bringen konnte, dann dieser Kerl.

Nochmals sah er sich um. Da war nichts. Nichts, was ihm weiterhalf. In Gedanken versunken trat er an das große Fenster und schob einige der Lamellen der Jalousie auseinander. Das Wetter klarte auf und die dicke, schwere Wolkendecke gab etwas von dem ersehnten Blau des Himmels frei, das von Kondensstreifen der silbern glänzenden Flugzeuge durchzogen war. Die Wohnung lag nach hinten raus und Steiger betrachtete die kleinen Kinder, die auf einem Spielplatz des weitläufigen, begrünten Hinterhofs im Sand saßen, während sich ihre Mütter, auf einer Bank sitzend, über das unterhielten, worüber Frauen bei solchen Gelegenheiten wohl weltweit sprachen. Über Kindererziehung, welche Fortschritte der oder die Kleine schon machte, was es zu essen gab … all solche Dinge. Ein Mann jedoch, der nahe an dem Spielplatz den mit Straßenkreide bunt bemalten Weg entlang rannte, störte dieses ruhige Bild; auch die Mütter auf ihren Sitzplätzen blickten irritiert in seine Richtung. Ein zweiter Mann mit Handy am Ohr tauchte auf und folgte dem ersten.

Steiger glaubte nicht an Zufälle und ließ die Lamellen los. Er schaltete die Beleuchtung aus und eilte wieder zum Fenster. Weitere Männer, die sich dem Haus Deckung suchend an den Gebäudeseiten näherten und nicht über die Freifläche rannten. Steiger hatte genug gesehen. Fieberhaft überlegte er, blickte sich hektisch in dem Raum um. Er lief durch das Zimmer in Richtung des Flurs, als sein Blick auf eine winzige Leuchtdiode aufmerksam wurde, die er in dem Spiegel über dem Schlafsofa erkannte und die ihr grünes Licht aus dem Regal über dem Schreibtisch aussandte. Einen Moment lang überlegte er, dann schaltete er die Raumbeleuchtung erneut ein. Jetzt, wo es wieder hell im Zimmer war, konnte er das Licht nicht ausmachen, aber er hatte sich die Position eingeprägt. Steiger streckte sich und ergriff die geschmacklose, kitschige Clownpuppe, die ihn breit grinsend ansah. Als er die Figur anhob, war er von ihrem tatsächlichen Gewicht überrascht. Beinahe wäre sie ihm aus den Händen geglitten, die noch immer in den dünnen Plastikmüllbeuteln steckten. Die Kameralinse ragte nur wenige Millimeter aus dem Zylinder und als Steiger die Puppe drehte, sah er eine Festplatte in dem Podest. Das Ganze war mit einer staubigen Verlängerungsschnur versehen, die hinunter zu dem Fernsehschrank verlief und dort in einer Mehrfachsteckdose endete. Steiger löste das Kabel aus der Verbindung und drehte sich in Richtung Wohnungstür. Es war höchste Zeit zu verschwinden.

*

Welke und Brahmkamp traten aus dem nach Ammoniak riechenden Fahrstuhl. Der alternde Hauptkommissar war froh, als er die schmale Kabine verlassen konnte. Für einen flüchtigen Moment hatte er es bereut, Brahmkamps Vorschlag abgelehnt und die Treppen nicht genommen zu haben, doch er vertraute dem maroden Fahrstuhl insgeheim mehr als seiner Kondition. Sämtliche Mieter der fünfte Etage und wahrscheinlich eine Vielzahl weiterer Wohnebenen schienen sich auf dem Flur versammelt zu haben, um ihrer Neugier nachzukommen. Die beiden Beamten liefen, begleitet vom Lärm unterschiedlicher Sprachen, durch eine Wand aus Körperausdünstungen und fremdartigen Gerüchen. Sie hatten Mühe, sich ihren Weg zu bahnen.

Der Bereich der Wohnungstür, auf die sie zuschritten, war von drei uniformierten Polizisten abgeschirmt, die im Umgang mit allzu aufsässigen Schaulustigen geübt waren und allein schon aufgrund ihrer Körperhaltung signalisierten, dass ein Versuch, die vor ihnen gezogene, imaginäre Demarkationslinie zu überschreiten, ernsthafte Konsequenzen nach sich ziehen würde. Von Weitem war zu erkennen, dass die Türzarge und das Türblatt im Bereich des Schließmechanismus beschädigt waren. Man hatte die Tür aufgebrochen. So viel stand fest.

Frank Tetzlaf stand mit dem Rücken zu ihnen und drehte sich in dem Moment um, als Welke ihm gerade seine Pranke auf die Schulter legen wollte.

»Dürfte ich mal fragen, wo verdammt noch mal du warst und vor allen Dingen, was du hier machst?« Welke runzelte die Stirn, um seiner Verärgerung Nachdruck zu verleihen.

Tetzlaf lächelte. »Das nächste SEK hat in Köln Bereitschaft. Bis die aufgesattelt haben und hier sind … Sekt oder Selters!«

Welke setzte zu einer Maßregelung an, ließ es dann aber. Es hatte, wie ihm die Erfahrung gelehrt hatte, sowieso keinen Zweck. Tetzlaf von seinen Spielregeln zu überzeugen, kam dem Versuch gleich, einem lebenden Aal mit einer Hand unter einem Wasserstrahl ein Kondom überziehen zu wollen. Er begnügte sich mit einem Seufzer. »Hättest du dann freundlicherweise die Güte, mich einzuweisen?«

»Der Kabachel hat gut und gerne 50 Wohnungen. Der Typ aus Steigers Kofferraum ist aber weder an der Klingel noch an den Briefkästen verzeichnet. Also hab ich bei den Stadtwerken angerufen, die mir mitteilten, dass der Zähler von einem Typen namens Schreiner in der fünften Etage liegt. Ich glaub, der Sachbearbeiter kennt jeden in dem Bau persönlich. Er sagte mir, dass die Stromschulden der Mieter hier höher sein müssen als die Verschuldung ihrer Heimatländer. Seiner Meinung nach lehnen die alles, aber auch alles, an unserem Staat ab, bis auf das Sozialsystem. Das wird dankbar angenommen und großzügig genutzt. Das Land, in dem Milch und Honig fließen. Oder Heizöl und Strom, wenn man so will. Wusstest du eigent…?«

»Tetzlaf!« fuhr Welke ihn an, dass sein Gegenüber zusammenzuckte. Dann schloss er für einen Moment die Augen und atmete wie unter einer Last aus, bevor er, bemüht um Sachlichkeit, betont ruhig fortfuhr. »Wenn es dir nichts ausmacht, komm zum Punkt. Ich bitte dich. Inständig.«

Welkes Kollege räusperte sich, blickte leicht verlegen zu Brahmkamp, um sich dann wieder auf seinen Chef zu konzentrieren. »Tja. Wie gesagt … fünfte Etage. Als wir hochkamen, sahen wir, dass diese Wohnung hier die einzige ist, die über kein Namensschild verfügt. Wir mussten eine Entscheidung treffen. Hier ist überall Kindergeschrei und wahrscheinlich versteht die Hälfte der Hausbewohner nicht annähernd, was man überhaupt von ihnen will, wenn man schellt. Was sollten wir also tun? Den Bau unbemerkt evakuieren, bis das SEK eintrifft? Eine Auseinandersetzung hier im Flur riskieren? Vielleicht noch unter Einsatz von Schusswaffen?«

»Ist ja schon gut, Tetzlaf. Reg dich ab«, beschwichtigte Welke.

»Wir haben die Tür eingetreten und sind in die Bude rein. Und glaub mir, unter der größtmöglichen Berücksichtigung der Eigensicherung«, sagte er energisch, wobei er sich auf die Brust klopfte, um zu zeigen, dass er eine Unterziehweste anhatte. »Die Wohnung war leer, aber sie ist eindeutig diesem Schreiner zuzuordnen. Wir fanden zwar keine Ausweispapiere, dafür einige unbezahlte Rechnungen, adressiert an ihn.«

Brahmkamp meldete sich erstmals zu Wort. »Hinweise auf Kettner?«

»So weit sind wir noch nicht. Was ich sagen kann, ist, dass die Hütte offensichtlich nicht durchsucht wurde. Zumindest dem ersten Anschein nach. Ich habe Heimchen angerufen. Die KTU wird im Anschluss erst mal hier reingehen. Vielleicht schicken die noch ein weiteres Team. So lange müssen wir warten.«

Brahmkamp blickte Welke an. »Hätten Sie etwas dagegen, wenn ich hier mit den Kollegen vor Ort auf die Spurensicherung warte? Vielleicht ergibt sich der ein oder andere Hinweis, der für meine Dienststelle von Interesse sein könnte.«

Welke wog einen Augenblick lang ab und suchte nach dem sprichwörtlichen Haken. Anderseits sah er darin eine Chance, dieses Arschloch zumindest für eine geraume Zeit loszuwerden. »Meinetwegen. Aber kommen Sie mir nicht auf die Idee, den Kollegen im Weg zu stehen oder in irgendeiner Form Beweismittel an sich zu bringen. Frank, du kümmerst dich bitte um den Kollegen Brahmkamp. Und sieh verdammt noch mal zu, dass dieser Hausflur geräumt wird.« Welke zog sein Diensthandy aus der

Tasche, drückte eine Tastenkombination und hielt sich das Gerät ans Ohr. Er wartete einen Moment und wählte verärgert eine weitere Nummer. »Heimchen. Welke hier. Warum ist das Geschäftszimmer nicht besetzt? Was meinst du mit … Woher soll ich das wissen?«, wiederholte er Heimkes Frage, wobei dessen Einwand durchaus berechtigt war, wie ihm klar wurde. »Pass auf. Wir müssen ein Team auf Schreiner ansetzen. Ich will wissen, ob er Verwandte hat, die wir informieren müssen. Bekannte oder Freunde, die vielleicht etwas wissen. Schaut nach, ob er einen Zweitwohnsitz hat und wie es um seine Finanzen bestellt ist. Macht mir den Typen transparent. Und ich will auf dem Laufenden gehalten werden. Der Direktionsleiter? Ja, ich rufe ihn an.« Welke hasste es, zu jeder denkbar ungünstigen Zeit Rede und Antwort stehen zu müssen, aber er wusste, der Direktionsleiter verlangte regelmäßig Bericht. »Wie lange braucht die KTU noch? Fast fertig? Sehr gut. Was ist mit dem Staatsanwalt? Ist auf dem Weg? Astrein. Er soll mich umgehend anrufen. Wenn die Jungs von der KTU den Toten aus der Karre gehievt haben und so weit mit ihm fertig sind, sollen die sich sofort bei mir melden. Und hol mich hier ab. Sofort.«

*

Die schweren Glocken der Kirche Sankt Laurentius des Ortsteils Essen-Steele, die von vielen Einheimischen *Dom* genannt wurde, obwohl sie dafür viel zu klein und niemals Bischofsitz gewesen war, erschallten mit dunklem und lange nachhallendem Klang und kündigten die 13. Stunde des Tages an. Obwohl sie sich mit ihrer Botschaft so dominant über das Viertel legten, schien ihnen doch niemand

Beachtung zu schenken. Der große Turm des Gotteshauses wirkte so, als blicke er ruhig und emotionslos über die so gewöhnliche Szene der Stadt, wie er es seit unzähligen Jahren getan hatte, und nahm gleichgültig den steten Wandel der Generationen wahr, die den alten Kaiser-Wilhelm-Platz unter ihm mit hektischem Leben erfüllten. Steiger schritt die steile Treppe zur Fußgängerzone hinab, tauchte ein in die Anonymität der Menschenmassen und ließ sich von ihr treiben. Es wurde ihm wieder bewusst, wie unterschiedlich man, je nach persönlichem Befinden, Eindrücke aufnahm. Jeder hatte seine eigene Wirklichkeit und Betrachtungsweise der Realität. Meist trat man der zur Gewohnheit gewordenen Selbstverständlichkeit mit Gleichgültigkeit entgegen, nahm alles um sich herum als normal und langweilig auf, frei aller Neugier. Die Anwohner teilten selten die Form des Voyeurismus, mit der ein Tourist das ihm Fremde aufnahm und betrachtete. Steiger hatte stets eine eigene Art der Wahrnehmung. Selektiv. Darauf trainiert, Unwichtiges von Wichtigem zu trennen und den Fokus darauf auszurichten. Er war ein Jäger, auf der Suche nach dem rauschhaften Erlebnis des Beutemachens. Bisher. Doch die Masse der Menschen hatte sich verändert, das Gedränge bot keinen ausreichenden Schutz mehr und ihm war, als überfordere ihn die Nervosität der Stadt. Dieses hin und her wogende, sich ständig verändernde und optisch kaum zu fassende Meer aus unterschiedlichen Konturen und Farben wurde schlagartig zu einer grauen, glatten und kantenlosen Einheit, aus der er deutlich erkennbar wie ein helles Signallicht herausstach. Er bemühte sich, sich nicht ständig umzublicken, nicht die gehetzt wirkenden Verhaltensweisen zu übernehmen, mit der in früheren Zeiten die Beute auf sich aufmerksam gemacht hatte. Er war nun der Gejagte. Und es war ein Scheißgefühl.

Das Fahrrad, mit dem er geflohen war, war alt, die Kette rostig. Zu allem Überfluss verfügte es nur über einen Gang, sodass er nach wenigen hundert Metern verschwitzt war. Der Drahtesel hatte ohne Schloss an einer Bushaltestelle gestanden; offensichtlich war der Besitzer davon ausgegangen, dass es unter jeglicher Ganovenehre war, so ein Teil zu klauen. Er war sich auf dem viel zu kleinen Damenrad wie ein Idiot vorgekommen, aber er hatte gewusst, dass die Polizei die Fahndung nach ihm mit Sicherheit auf alle Verkehrsbetriebe und Taxiunternehmen ausgedehnt hatte. Vielleicht war sogar schon die Presse informiert worden. Die Suche nach einem Exbullen stellte für die Boulevardgeier stets ein gefundenes Fressen dar. Seine Lungen schienen die Anstrengung beim Schopfe zu packen und schleuderten die Reste des Brandrauchs, die sich in ihnen befanden, mit einigen heftigen Hustenattacken hinaus.

Steiger trat etwas zur Seite, raus aus dem Strom der Fußgänger und blickte sich um. Es war zum Verrücktwerden. Früher stand an jeder Ecke eine dieser verfluchten Telefonzellen. Diese gelben, von innen immer gleich nach kaltem Rauch stinkenden Dinger mit zerkratzten Plastikscheiben und herausgerissenen Telefonbüchern. Jetzt, wo gefühlt nur noch eine pro Großstadt existierte, brauchte er sie mehr denn je. Er sah sich um, suchte nach Verfolgern, doch die Gesichter um ihn herum verschmolzen zu bloßen Masken, ausdruckslose Gestalten, nicht voneinander unterscheidbar. Dabei fiel seine Aufmerksamkeit auf einen Schriftzug, der über einem kleinen Ladenlokal prangte. Steiger reihte sich wieder ein in den Fluss aus Leibern, scherte aus, betrat das Internetcafé, dessen türkischer Angestellter dem Fremden, der dort durch die Tür kam, erst Beachtung schenkte, als dieser an ihn herantrat und eine alberne Clownfigur auf den Tresen stellte. Steiger griff in seine Innentasche, holte einen Zwanzigeuroschein hervor und legte ihn sichtbar neben die Figur, seine Hand auf dem Geldschein ruhend. »Ich brauche ein USB-Kabel und einen Rechner«, sagte Steiger und schob dem Mann den Zwanziger entgegen.

*

»Was ein Dreckswetter!«, fluchte Tetzlaf und betrachtete das monotone, graue Einerlei am Himmel. »Soll noch 'ne Zeit lang so weitergehen.« Er schlug den Kragen seiner Lederjacke hoch, während er an den mausgrauen VW Caddy trat.

»Hauptsache, die Haare liegen«, sagte Klaus Grewe von der KTU spöttisch. Tetzlaf hatte beneidenswert volles, kastanienbraunes Haar, aber für seinen Haarschnitt war er mit seinen 40 Jahren eindeutig zu alt, wie Grewe fand. Der Nacken war, wie es in den 80ern beliebt war, anrasiert und das durchgestufte Deckhaar mit einem kess geföhnten Scheitel zur Seite gekämmt, den er mit einer gekonnten und beinahe minütlich durchgeführten, abgehackten seitlichen Kopfbewegung in die gewünschte Position brachte, was den Eindruck permanenter Nervosität vermittelte.

Tetzlaf ignorierte den nicht ganz ernst gemeinten Seitenhieb und half seinem Kollegen, die Einsatzkoffer aus dem Wagen zu laden. »Warum bist du allein, Klaus?«

Grewe, der die Hecktür des Wagens verschloss, drehte sich um und fuhr sich mit der Hand durch sein Haar. »Der Kollege ist mit André noch an der Karre von Steiger zugange.«

»Gibt es was Neues?« Tetzlaf hob einen der erstaunlich schweren Koffer an und lief langsam in Richtung des Hauseinganges.

»Nichts, was kriegsentscheidend ist. Wir haben den Tatort von außen gemacht. Die Karre wird jetzt zur KTU geschleppt, damit wir die Leiche abkleben können. Auf dem Parkplatz werden wir mehr Spuren vernichten als sichern. Der Staatsanwalt und der Rechtsmediziner sind ebenfalls auf dem Weg.«

Tetzlaf nickte, trat vor seinen Kollegen in den Hausflur und entfernte dann mit der Fußspitze den Holzkeil, der die Tür aufgehalten hatte. Grewe schritt die ersten Stufen hinauf, stellte seine Ausrüstung vor den Aufzug und betätigte den Knopf. Von irgendwo aus dem Schacht hörte er, wie sich die Kabine in Bewegung setzte.

»Okay, Frank. Was hast du da oben?«

Der Fahrstuhl stoppte mit einem ruckenden Geräusch. Die Männer betraten die Kabine und Tetzlaf drückte den Knopf für die fünfte Etage, den irgendein Spaßvogel mit einem Feuerzeug angeschmolzen hatte. Die Türen schlossen sich ruckelnd und die Kabine setzte sich langsam in Bewegung.

»Ist 'ne Einraumbude. Küche, Diele, Bad. Spärlich eingerichtet und überschaubar. Es scheint sich – unter Vorbehalt –tatsächlich um die Wohnung von diesem Schreiner zu handeln. Lutz Michalski ist mit ein paar Kollegen von der Inspektion oben und sichert das Ganze. Die halbe Mieterschaft war da und gaffte, mittlerweile aber haben wir den Flur geräumt. Ach ja, bevor ich es vergesse: Welke hat mir so einen Knaller vom LKA aufs Auge gedrückt.«

Grewe schaute skeptisch. »Vom LKA?«

»Ja. Staatsschutz. Der Vogel heißt Brahmkamp und geht Welke offensichtlich mächtig auf die Eier. Was er genau will, weiß ich nicht. Jedenfalls darf er sich da oben umsehen.«

»Aber erst, wenn ich da durch bin. So lange stellt der sich gefälligst hinten an«, sagte Grewe grinsend.

»Recht so«, sagte Tetzlaf. »Bevor du mich erschlägst ... ich musste die Tür eintreten.«

Grewe verdrehte die Augen und ließ dann übertrieben die Schultern sacken. »Lass mich raten. Ihr seid da mit 'ner Hundertschaft rein, hab ich recht?«

Tetzlaf machte ein betont verschämtes Gesicht. »Wir sind sofort wieder raus und haben nichts angefasst.«

Grewes Blick hatte etwas Strafendes, während er seinen Koffer anhob. »Schau'n wir mal.« Die Schiebetüren öffneten sich, die beiden Beamten traten aus dem Fahrstuhl und nahmen die verbrauchte und stickige Luft des Hausflures auf.

*

Welke lenkte den Passat auf den linken Fahrstreifen der A 40. Er wusste wie beinahe jeder Autofahrer, dass ein Lückenspringen innerhalb eines Staus nicht dazu führte, schneller voranzukommen, sondern lediglich die Frustration steigerte und den Stresspegel erhöhte. Dieses Wissen nahm ihm aber nicht das subjektive Empfinden, dass es generell auf der anderen Asphaltseite flotter voranging, unabhängig davon, auf welcher Spur er sich gerade befand. Seinem persönlichen Empfinden nach besaß jeder Haushalt im Ruhrgebiet mindestens zwei Fahrzeuge, die immer gleichzeitig mit ihm unterwegs waren.

Heimke sortierte einige Aktenauszüge auf seinen Knien. »Diese Claudia Wind ist also die Anwältin von diesem Steiger?«

»Hm«, brummte Welke, ohne seinen Blick von der Straße zu nehmen.

»Und nicht nur das. Sie ist seine Exfrau.«

»Alle Achtung. Dann bin ich mal gespannt, ob sie uns weiterhelfen wird.« Heimke betrachtete seinen Vorgesetzten, aber dessen regungsloses Gesicht ließ nicht vermuten, er könnte ihm eine Antwort geben. »Darf ich 'ne Frage stellen, Chef?«

Welke drehte sich kurz zu ihm. »Du fragst doch sonst auch nicht, ob du mich was fragen darfst.«

Heimke ignorierte diese Bemerkung. »Irgendwie scheinst du nicht glauben zu wollen, dass Kettner ein Mörder ist.«

»Ich kann es mir in meinem Beruf grundsätzlich nicht erlauben, jemandem zu glauben.«

»Aber bei diesem Steiger zweifelst du. Ich sehe es dir an.«

»Weil vieles nicht zusammenpasst. Die Auffindesituation des Toten in der Wohnung. Und was diesen Schreiner betrifft … Steiger wusste, dass man ihn sucht. Da fährt er nicht in einem Unfallwagen eine Leiche spazieren. Irgendetwas stimmt hier nicht. Und um zu dieser Erkenntnis zu gelangen, muss man nicht Sherlock Holmes sein.«

»Habt ihr zusammengearbeitet?«

Welke presste die Knie an den unteren Rand des Lenkrades und tastete mit beiden Händen die Außentaschen seiner Jacke ab. Er kramte einige Salbeibonbons hervor und warf Heimke ungefragt eines auf dem Schoß, um anschließend in aller Ruhe ein weiteres aus dem Papier zu rollen.

Erst nachdem er es in seinen Mund gesteckt hatte, umfasste eine Hand wieder das Lenkrad.

»Wir waren sehr gute Kollegen. Freunde, könnte man sagen.«

»Ich möchte nicht indiskret sein ...«

»Bist du schon, Heimchen. Bist du schon.«

»Warum nennt ihn alle Welt Steiger?«

Welke schaute in den rechten Außenspiegel und wechselte erneut den Fahrstreifen. »Es war 2002. Im Juni. Wir hatten mit einem Entführungsfall eines kleinen Mädchens zu tun. Sarah hieß die Kleine. Sie war acht Jahre alt. Das Übliche. Nicht von der Schule nach Hause gekommen und so weiter. Zunächst wurde es als Vermisstenfall behandelt, aber nachdem die Kleine nicht auftauchte und ihr Tornister von einem Streifenwagen abseits des eigentlichen Schulweges aufgefunden wurde, war allen klar, dass etwas Schlimmes passiert sein musste. Es gab nicht allzu viele Ansatzpunkte, bis sich eine Zeugin meldete, die aussagte, dass sie in den Tagen vor Sarahs Verschwinden öfters einen weißen Kleinwagen beobachtet hatte, der auffallend langsam im Bereich der Grundschule entlanggefahren war. Sie konnte aber weder Angaben zum Fahrzeugtyp noch zum Fahrer machen. Um es kurz zu halten ... wir erhielten einen weiteren Hinweis. Einige Jugendliche hatten sich bei der Polizei gemeldet und angegeben, dass sie mehrfach einen Mann auf einem Brachgelände in Essen-Katernberg gesehen hatten, der einen weißen Kleinwagen der Marke Opel Corsa fuhr. Das Gelände eignete sich nicht für Spaziergänge und der Mann hatte auch keinen Hund dabei, was sein Verhalten erklärt hätte. Steiger ging diesem Hinweis nach. Das Schicksalhafte an der Geschichte ist, dass Steigers Partner an einer Erkältung erkrankt und zu Hause geblieben war, sodass Steiger allein loszog. Es war einer von unzähligen Hinweisen und niemand wusste davon, dass Steiger ausgerechnet diesem nachging. Zum Feierabend hin war Steiger noch immer nicht zurück. Sein Handy war aus. Zunächst hatte niemand diesem Umstand Beachtung geschenkt, insbesondere, da sein Wagen noch vor dem Präsidium stand. Aber als Steiger am nächsten Morgen nicht zum Dienst erschien und noch immer nicht erreichbar war, begannen wir uns Sorgen zu machen. Wir stellten im Laufe des Tages alles auf dem Kopf. Fuhren zu seiner Wohnung, telefonierten die Verwandtschaft ab. Nichts. Steiger blieb wie vom Erdboden verschwunden, bis einer der Kollegen sich erneut Steigers Schreibtisch vornahm und dabei unter anderem auf diesen Hinweis stieß. Wir sind zu dem Brachgelände gefahren, fanden aber nichts. Als es zu dämmern begann, zogen wir einen Spürhund hinzu, der uns dann zu einer alten Schachtanlage führte. Dieser Schacht stammte aus längst vergangener Zeit und war eigentlich gesichert. Er fiel senkrecht nach unten, über sechs Meter tief.«

»War Steiger in dem Schacht?« Heimke hing förmlich an den Lippen seines Chefs.

Welke nickte. »Der Schacht war mit Wasser gefüllt. Steiger befand sich in ihm und hielt das Mädchen auf dem Arm. Die Bergung gestaltete sich schwierig und erst drei Stunden nach ihrer Entdeckung konnten die beiden befreit werden. Beinahe 24 Stunden nachdem sie in dieses Loch gefallen waren. Sie waren stark unterkühlt gewesen und es grenzte nach Aussage der Ärzte an ein Wunder, dass Steiger diese Strapazen durchgehalten hatte. Das Wasser hatte ihm bis zur Brust gereicht. Allein die Tatsache, dass er es geschafft hatte, die Kleine in dem kalten Wasser bis zur Rettung hochzuhalten, war etwas, was man kaum glauben konnte.«

Heimke wirkte nachdenklich. »Dieser Typ ist also so etwas wie ein verdammter Held?«

Welke bremste den Wagen ab und blickte dann zu Heimke. »Einige sehen das so, andere halten seinen Einsatz für unverantwortlich. Er hätte Hilfe holen müssen. So hatte er nicht nur sein, sondern auch das Leben des Kindes gefährdet.«

»Verstehe. Was denkst du, Chef?«

»Die Mobilfunkbetreiber hatten ihr Netz zu dieser Zeit zwar schon dicht ausgebaut, aber es gab noch Lücken. Im Bereich dieser alten Schlackenhalde hatten wir mit unseren damaligen Handys keinen Empfang. Steiger hätte sich entfernen müssen, um eine Verbindung zu bekommen. Das Wasser war zu tief für das Mädchen. Ich denke, es wäre ertrunken, bevor die Rettungskräfte eingetroffen wären.«

»Deshalb aber in einen Schacht unbekannter Tiefe zu springen, wenn niemand weiß, wo man ist …«

Welke schmunzelte, während er den ersten Gang einlegte und anfuhr. »So ist Steiger nun mal. Etwas eigenwillig, wenn man so will. Ein Höhenretter der Feuerwehr wurde dann an einem Seil in diesen Schacht gelassen. Als man Steiger nach oben gebracht hatte, fing einer der Retter das alte Bergmannslied *Glück auf, Glück auf, der Steiger kommt* anzustimmen, was die anderen aufgriffen. Ich bekomme ja selten eine Gänsehaut, aber als man ihn so nach oben zog und über 20 Leute dieses alte Lied sangen …«

»Wie hat er das Mädchen denn gefunden?«

»Steiger hatte später zu Protokoll gegeben, dass er den Mann mit dem Mädchen angetroffen hatte. Er hatte sie unweit dieses Schachtes in einer Schrebergartenlaube gefangen gehalten und war gerade dabei, sie fortzuschaffen. Als er auf Steiger traf, hatte er das Kind quasi als Schutzschild benutzt. Er stieß das Kind in den Schacht. Er wusste, Steiger würde sich um das Kind kümmern und schuf sich so die Möglichkeit zu entkommen. Als man Steiger nach dem Grund seines überstürzten Handelns fragte, sagte er nur, dass er nicht gewollt habe, dass das Kind allein sterben muss.« Welke setzte den Blinker. »Wir müssen hier raus. Es ist nicht mehr weit.«

*

Tetzlaf zog sich den Reißverschluss des Spurensicherungsanzuges zu, schob sich den Mundschutz über und wandte sich an Brahmkamp, der sich gerade die Kapuze der Schutzkleidung über den Kopf zog.

»Wir bleiben hinter dem Kollegen.«

Klaus Grewe kniete sich vor die Wohnungstür und sah sich die Tür an. »Der Profilzylinder sieht neu aus.«

Tetzlaf beugte sich nach vorn und stützte sich mit den Händen auf den Knien ab, während er Grewe beobachtete. »Willst du ihn ausbauen?«

»Was könnte Ihnen der Zylinder denn sagen?«, fragte Brahmkamp interessiert.

Grewe drehte sich kurz zu ihm. »Man kann im Inneren eines solchen Zylinders anhand der Spuren erkennen, ob eine Manipulation stattgefunden hat. Der passende Schlüssel hinterlässt individuelle Riefen, die man zum Beispiel unter einem Mikroskop abgleichen kann. Nicht dazu passende Merkmale würden zumindest einen Verdacht begründen, dass das Schloss gegebenenfalls mittels Nachschlüssel oder Aufbruchswerkzeug geöffnet wurde. Aber so weit sind wir noch nicht. Ich würde sagen, wir fangen mal mit der Tür an.« Grewe öffnete einen der mitgeführten Koffer und entnahm einen Marabupinsel, der über einen mit Rußpulver gefüllten Plexiglaskolben verfügte, auf dem wiederum ein Blasebalg aus Gummi aufgesetzt war. Der KTUler drückte einige Male auf den Balg, sodass zwischen den Borsten des Pinsels eine feine schwarze Wolke austrat. Anschließend strich er über das Türblatt. »Siehst du es?«, sagte er, ohne Tetzlaf anzusehen.

»Eindeutig. Irgendjemand hat die Tür großzügig abgewischt.«

»Exakt. Und genau in dem Bereich, wo man normalerweise einen Gegendruck ausübt, wenn man zwischen Tür und Zarge will.« Der Spurensicherungsspezialist führte sein Gesicht ganz nah an das Holz. »Riecht nach Zitrone. Ist also ganz frisch. Ich wette, wir finden in der Bude einen Zitronenreiniger.«

Brahmkamp trat einen Schritt heran. »Sie vermuten also, dass jemand die Tür abgewischt hat, um seine Spuren zu vernichten.«

Grewe antwortete nicht sofort, sondern stand auf und betrachtete den Innenbereich der Türzarge unter Zuhilfenahme einer kleinen LED-Taschenlampe. »Hier.« Er zeigte auf die umlaufende Gummilippe innerhalb der Zarge. Brahmkamp und Tetzlaf traten näher. »Sieh dir mal die Gummileiste an dieser Stelle an, Frank. Man kann ganz deutlich sehen, dass der Gummi in diesem Bereich feinste Abriebspuren zeigt.«

Tetzlaf nickte. »Da ist er mit einem Gegenstand durch.«

Brahmkamp trat noch näher heran, konnte aber nicht erkennen, was Grewe meinte.

»Genau.« Grewe beugte sich etwas vor und folgte dem Verlauf der Türdichtung bis zur Höhe des Schließriegels.

»Er ist da oben durch die Dichtung und hat den Gegenstand bis zum Riegel runtergezogen.«

»Also jemand, der schon mal eine Tür ohne Schlüssel aufgemacht hat«, stellte Tetzlaf fest.

Grewe trat etwas zurück, fertigte einige Lichtbilder und öffnete die Wohnungstür dann vollständig.

»Frank. Sei bitte mal so scheißfreundlich und gib mir das Luminol. Und die Lampe.«

Tetzlaf holte eine Sprühflasche und eine Taschenlampe aus dem Koffer und reichte beides seinem Kollegen.

»Ihr bleibt erst einmal draußen.« Grewe und trat einige Schritte in die schmale Diele.

»Was macht er jetzt?«

Tetzlaf erwiderte Brahmkamps Blick. »Luminol ist eine Flüssigkeit, die mit Blut reagiert. Das Prinzip beruht auf der sogenannten Chemolumineszenz. Das Luminol reagiert, vereinfacht gesagt, mit dem Hämoglobin des Blutes, genauer gesagt mit einem darin befindlichen Eisenkomplex. Durch die chemische Reaktion beginnt das Luminol beziehungsweise die Blutspur zu leuchten. Man kann damit geringste Blutspuren sichtbar machen. Sogar Urin leuchtet. Nicht weil er ebenfalls auf das Luminol reagiert, sondern die feinsten Blutbestandteile, die sich in jedem Urin nachweisen lassen. Die Lampe hat einen Lichtfilter, mit dem wir die geringsten Spuren sichtbar machen können.«

Grewe bückte sich und stieß einen feinen Sprühnebel über den Laminatboden. »Wenn der Typ in Steigers Wagen der Wohnungsinhaber ist und er hier in seinen vier Wänden umgelegt wurde, dann hat der Täter ihn aus der Wohnung geschafft. Und da der Tote nicht in Folie verschweißt war …«

»Müssten wir demnach Blutspuren in der Wohnung nachweisen können«, fuhr Tetzlaf fort.

Grewe stand auf, löschte die Raumbeleuchtung und richtete den Strahl seiner Lampe auf den Boden. »Okay, Männer. Rückzug! Das wird hier 'ne längere Geschichte.« Grewe betrachtete wie Tetzlaf und Brahmkamp die fluoreszierende Schmierspur, die sich vom Wohnraum bis zur Eingangstür erstreckte.

*

»Guten Tag, Herr Welke.« Claudia versuchte, sich ihre Verunsicherung nicht ansehen zu lassen, nachdem sie die letzten Schritte des Hausflures hinuntergekommen war, die Haustür geöffnet hatte und ihre beiden Besucher ansah.

»Guten Tag, Frau Wind. Lange nicht gesehen.«

Claudia nickte nur, als sie Welke betrachtete. Den anderen, hellhäutigen Mann mit dem schütteren rötlichen Haar hatte sie noch nie gesehen. Der alte Hauptkommissar, der ohne Vorankündigung bei ihr aufgetaucht war, hatte sich nicht großartig verändert. Sein Bart war grauer und die Schatten unter seinen Augen hatte sie nicht so dunkel in Erinnerung, aber der Rest entsprach der Person, die sie vor zuletzt zwei Jahren gesehen hatte. Seine Erscheinung strahlte noch immer die Selbstsicherheit aus, die ihn von jeher auszeichnete, und sein Tonfall erinnerte Claudia an einen Hammerschlag, der auf den schweren Guss einer alten Glocke schlug. Aber noch etwas anderes erkannte sie in den Gesichtszügen dieses großen Mannes: Besorgnis. Und auch in dem Gesicht des Rothaarigen war zu erkennen, dass etwas nicht stimmte.

Ein Windstoß streifte sie und riss sie aus ihren Gedanken. Sie tat einen Schritt beiseite und bedeutete den beiden Männern mit einer Handbewegung einzutreten.

Oben angekommen führte sie die beiden Kriminalbeamten ins Wohnzimmer, wies auf die modernen Ledersessel vor sich, wartete, bis sich die Männer gesetzt hatten, und nahm dann selbst auf der Couch gegenüber Platz.

Welke brauchte den Blickkontakt nicht zu suchen. Er wusste, er musste den Grund seines Erscheinens nicht erklären.

»Er hat sich also schon gemeldet?«

»Wer?«

Welke schnaubte genervt. »Tun Sie uns den Gefallen und lassen Sie den Quatsch. Die Sache ist zu ernst, als dass wir Zeit für solche Albernheiten hätten. Ihre bescheidene Hütte riecht nach Brand. Ich gehe mal nicht davon aus, dass er hier ist, seine Klamotten sind es aber definitiv. Zumindest ein verbrannt riechender Pullover. Nämlich in ihrer Mülltonne.«

»Eine Durchsuchung bei der Anwältin eines Tatverdächtigen ohne richterlichen Beschluss? Mutig, Herr Welke.«

»Claudia. Warum gehen Sie nicht einem anderen mit Ihrer Anwaltskacke auf die Eier? Ich habe ein Bonbonpapier in Ihre Tonne geschmissen. Zufallsfund.«

»Ein Fund? Es ist mein Pullover. Eine Beschlagnahme somit unrechtmäßig. Ich empfehle Ihnen also, das Teil spätestens, nachdem Sie durch die Tür schreiten, wieder in die Tonne zu schmeißen. Der Begriff *Verwertungsverbot* sollte Ihnen etwas sagen.«

Welke beugte sich vor und legte die Unterarme auf die Knie, während er Claudia fixierte. »Steiger steckt bis zum Hals in breiiger Scheiße! So tief, er wird sich aller Wahrscheinlichkeit nach bei der kleinsten Bewegung daran verschlucken. Es gibt zu viele Dinge, die mich verdammt noch mal an seiner Unschuld zweifeln lassen.«

»Was genau meinen Sie?«

»Meine Fresse, Claudia! Glauben Sie allen Ernstes, ich versuche hier auf eine Intellekt beleidigende Art und Weise plump an Informationen zu kommen?«

»Subtile Informationsgewinnung liegt Ihnen nicht, da haben Sie recht. Aber Sie fordern so etwas wie Vertrauen? Dann kommen Sie mal aus dem Gebüsch, Welke«, verlangte Claudia energisch, während sie den Hauptkommissar mit schmalen Augen maß.

Heimke wollte das Wort ergreifen, aber Welke legte ihm, ohne ihn dabei anzusehen, eine Hand auf den Unterarm und erstickte seinen Versuch im Ansatz.

»Es gibt zu viele Dinge, die nicht zusammenpassen. Steiger war schon immer ein wahrer Meister im Finden von bis zum Rand gefüllten Fettnäpfchen. Aber er ist ein guter Bulle. Ein verdammt guter Bulle.«

»Gewesen«, unterbrach sie ihn.

Welke nickte ernst. »Bulle, meine Gute, ist man. Man wird es nicht und man hört nie auf, einer zu sein. Alle anderen sind lediglich Polizisten.«

Claudia zeigte keine Regung. »Ich entweihe nur ungern Ihre romantischen Vorstellungen, aber offensichtlich sind der Polizei Polizisten lieber als Bullen.«

Welke schmiss sich gegen die Sofalehne. »Weil Steiger ein verdammter, sturer und zuweilen törichter Idiot ist! Er hat nicht ansatzweise versucht, zumindest etwas Diplomatie an den Tag zu legen!«

Claudia sah gedankenversunken an den Männern vorbei und dachte nach. Welke hatte recht. Steiger war ein verdammter Starrkopf. Er hatte von jeher ein schwieriges Verhältnis zu Vorgesetzten, insbesondere, wenn deren Entscheidungen untrügerisch darauf hinwiesen, dass sie theoretischen Überlegungen entsprangen, was in seinen Augen fast immer der Fall gewesen war. Dazu war er nicht gerade ein Mann der Geduld. Er hatte sich selbst seine Karriereleiter mehrfach weggezogen. »Zumindest war er kein stromlinienförmiges Arschloch«, antwortete sie trotzig, »der für eine gute Beurteilung in das Rektum eines Vorgesetzten kroch!«

Welke erhob sich, trat hinter die Couch und lief auf und ab. Etwas, was er immer tat, wenn er nachdachte. Die hinter dem Rücken verschränkten Arme betonten seine Leibesfülle dabei unvorteilhaft, wobei sich der Stoff seines Hemdes im Bereich der unteren Knöpfe gefährlich spannte. »Ich gehe mal davon aus, Sie wissen um Steigers ausgebrannte Wohnung. Und ich unterstelle mal, Ihnen ist der Fund eines Toten in Steigers Wohnung ebenfalls bekannt.« Welkes Augen suchten den Blickkontakt, stellten aber nicht die geringste Veränderung in Claudias fest. Sie wusste es, daran hegte er keinen Zweifel. Der alte Kommissar setzte sich wieder in Bewegung, bevor er fortfuhr: »Das vorläufige Obduktionsergebnis weist eine Fraktur des oberen Halswirbels als Todesursache aus. Es kann ein Sturzgeschehen gewesen sein, möglicherweise infolge eines Kampfes. Ich vermute dies, da Steiger während des Brandes nackt auf seinem Balkon gesichtet wurde. Frage!« Welke blieb stehen und wandte sich erneut Claudia zu. »Als wie hoch darf ich die Wahrscheinlichkeit einstufen, dass Steiger plötzlich auf Männerärsche steht und er dem Typen, der in seiner Wohnung lag, vorher einen Köttel locker stoßen wollte?«

»Eher konvertiert der Papst zum Islam!«, stellte Claudia innerlich schmunzelnd, äußerlich regungslos fest.

»Richtig«, betonte Welke langgezogen und zeigte mit dem Zeigefinger seiner rechten Hand auf Claudia. »Steiger stand Zeugenaussagen zufolge nackt auf dem Balkon, der Tote wurde bekleidet in seinem Badezimmer aufgefunden, was auf einen Überfall hinweisen könnte und darauf, dass Steiger sich gewehrt und seinem Angreifer entweder die Tasse eingehauen hat oder dieser im Kampf gestürzt ist und dabei ums Leben kam. Das Feuer lassen wir zunächst mal außer Acht. Ist das eine Theorie, mit der Sie sich anfreunden könnten?«

»Es könnte durchaus so gewesen sein.«

Welke setzte sich wieder, wobei er ihr nachsprach. »Es könnte durchaus so gewesen sein. Aber, Sie erlauben mir die Vermutung, es wird einen Grund gegeben haben. Ich meine für den Angriff.«

»Vermutlich.«

»Andere Frage. Wenn etwas passiert, an dem ich keine direkte oder indirekte Schuld trage, gibt es dann für einen Menschen, insbesondere für einen rechtschaffenden und gesetzestreuen Menschen, einen nachvollziehbaren Grund, sich seiner Verantwortung zu entziehen?« Wieder zeigte Welke mit seinem Finger auf Claudia, die ihn noch immer emotionslos ansah.

»Sie begründen also aus der Tatsache, dass Robert sich bisher noch nicht bei der Polizei gemeldet hat, einen Anfangsverdacht. Das kann ich bedingt nachvollziehen. Was sagt der Staatsanwalt dazu? Haben Sie einen Haftbefehl erwirkt?«

Welke nickte und Claudia fiel auf, dass er dabei die Lippen zu einem schmalen Strich zusammenkniff.

»Ist das nicht ein bisschen dünn?«

Diesmal schüttelte Welke langsam den Kopf. »Es gibt da etwas, von dem Sie vermutlich noch keine Kenntnis haben. Und das ist der Grund, warum ich so überraschend hier aufgetaucht und warum ich von der Notwendigkeit einer Zusammenarbeit überzeugt bin, Frau Wind.«

*

Der Mann saß vor seinem Schreibtisch und bediente die Tasten seines PCs. Er war offensichtlich ein geübter Schreiber, denn seine Finger flogen nur so über die einzelnen Buchstaben, während seine Augen auf den Flachbildmonitor gerichtet waren, dessen Hintergrundbeleuchtung sein Gesicht in ein unnatürliches Licht tauchte. Seine Mimik ließ Erschöpfung erkennen, was jedoch nicht an dem Licht seines Bildschirmes lag. Der Mann erhob sich, schritt zu seinem Fenster und lugte beinahe verstohlen durch die heruntergelassene Jalousie nach draußen. Es drang kein Licht von außen durch die gebogenen Lamellen, und er schloss daraus, dass es bereits dunkel war. Der Mann ging wieder zu dem Schreibtisch, nahm Platz und überlegte, wobei er sich gedankenversunken mit zitternden Daumen und Zeigefinger an der Unterlippe spielte. Sein Kopf neigte nach unten, seine Finger wanderten zur Nasenwurzel, rieben darüber und legten sich zusammen mit den Fingern der anderen Hand wieder auf die Tastatur. Steiger hörte über das Headset das Klappern der einzelnen Tastaturquadrate in schneller Folge.

Schlagartig fuhr der junge Mann herum. Sein Rücken drückte sich gegen die Lehne des Stuhls, während sich seine Augen weiteten und er die Hände in einer Abwehrhaltung vor sein Gesicht hob. Es erfolgte ein Geräusch, ähnlich dem Knall einer Peitsche, und der Mann sackte zusammen, fiel zur Seite und schlug mit der Stirn auf der Tischplatte seines Arbeitsplatzes auf. Unter seinem Kopf bildete sich eine Blutlache, die sich langsam kreisförmig ausbreitete.

Steiger starrte gebannt darauf. Er beobachtete, wie der Kopf des Journalisten langsam durch die Blutlache gezogen wurde, betrachtete gebannt die rote Schmierspur, die sich bildete. Unmittelbar darauf erschien eine Hand, die den Toten an der linken Schulter aus dem Bild zog.

Einige Minuten tat sich nichts, bis plötzlich eine vermummte Person auftauchte. Sie hatte eine Sturmhaube auf, trug einen schwarzen Pullover und dunkle Lederhandschuhe, doch Steiger erkannte an den Körperproportionen und der Art, wie die Person sich bewegte, eindeutig einen Mann. Dieser riss einige Blätter einer Papierrolle ab und reinigte den Schreibtisch. Dann baute der Mann den Monitor ab. Als er ihn hochnahm, sah Steiger eine Beschädigung darin. Offensichtlich war das Geschoss nicht durchgedrungen.

»Deswegen fehlte der Monitor«, murmelte Steiger. Der Mann arbeitete stumm und Steiger kam zu der Vermutung, dass er allein agierte, zumindest allein in der Wohnung war, oder so viel Professionalität besaß und mit seinem Komplizen nicht redete. Der Mann verschwand wieder aus dem Aufnahmewinkel der Kamera. Steiger hörte ein schleifendes Geräusch und den Signalton einer Armbanduhr, die mit einer Melodie eine volle Stunde anzeigte. Im nächsten Augenblick wurde es dunkel. Der Mann hatte die Lichtquelle ausgeschaltet.

*

Claudia spürte, wie sich ihre Eingeweide sprichwörtlich zusammenzogen. Sie brauchte einige Momente, um das Gehörte zu verarbeiten, aber diese Zeit blieb ihr nicht. Fieberhaft suchte sie nach einer Möglichkeit, die ihr Luft verschaffen konnte. Welke war ein ausgebuffter Fuchs, dem sie nichts vormachen konnte. Er hatte ihre Unsicherheit erkannt, gerochen, sie genau dort hingeführt, wo er sie haben wollte, und sie war darauf reingefallen, so viel stand fest.

»Sie sind sich da sicher?«, fragte sie mit einer Stimme, die ihr fremd erschien, von der sie aber wusste, dass es ihre war. Regungslos starrte sie Welke an.

»Die Identität steht natürlich noch nicht zweifelsfrei fest. Aber ich würde mich nicht so weit aus dem Fenster lehnen, wenn ich mir nicht ziemlich sicher wäre. Der Tote in Steigers Wagen sieht nicht nur aus wie dieser Schreiner, Roberts Wagen stand darüber hinaus nur einen Straßenzug von dessen Wohnanschrift entfernt. Wir …« Das Geräusch seines Mobiltelefons unterbrach Welke auf unhöfliche Art und Weise und für einen Moment war er geneigt, in seine Tasche zu greifen und den Teilnehmer wegzudrücken. Doch er entschied sich dagegen und holte das Gerät hervor. Welke nannte zunächst nur seinen Namen und sagte eine Zeit lang nichts. In seinem Gesicht zeichnete sich jedoch deutliche Besorgnis ab.

»Okay.« Er wandte sich an Heimke und betrachtete ihn mit ernster Miene. »Haltet mich auf dem Laufenden«, beendete er schließlich das Telefonat, ließ das Gerät wieder in seiner Jackentasche verschwinden und sah die beiden anderen Anwesenden abwechselnd an, deren Blicke um Aufklärung baten. Welke fuhr mit seinen feuchten Handinnenflächen einige Male über seine Oberschenkel, bevor er sich den Nacken rieb und das Gesicht verzog, als suchte er nach den richtigen Worten. »Das war Tetzlaf«, sagte er schließlich zu Heimke gewandt. »Schreiners Wohnung … Sie ist voller Blut. Die KTU ist drin und sichert alle Spuren, aber man muss wohl kein Genie sein, um eins und eins zusammenzuzählen.« Welke schlug Heimke kurz auf dessen Knie und stand auf. »Ich möchte Sie nur um einen Gefallen bitten, Claudia«, führte er versöhnlich an. »Die letzten Informationen werden eine Treibjagd in Gang setzen, die sich meinem Einfluss entzieht. Reden Sie mit ihm. Sagen Sie ihm, dass er sich mit mir in Verbindung setzen soll. Um mehr bitte ich Sie nicht.«

*

Claudia starrte nachdenklich auf ihr Handy. Bis zu seinem plötzlichen Auftauchen waren es zwei Jahre, seit sie Steiger zum letzten Mal gesehen hatte. Vor Gericht. So endete ihre Ehe. Die Scheidungsverhandlung war beinahe unangebracht kurz gewesen. Nach all den Monaten des Streites, der verheulten Nächte, nach all der verlorenen Zeit, auf die sie zurückblicken musste. Wo waren ihre Träume? Wer würde sie dafür entschädigen? Die Träume einer Frau von Familie, von Kindern, die sich morgens in ihr Bett schlichen, sich an sie kuschelten, mit ihrem sorglosen Lachen das Haus erfüllten. Wie oft hatte sie es sich ausgemalt, wie es wäre, den Duft eines Babys aufzunehmen, das auf ihrer Brust ruht, dem langsamen, vertrauten und beruhigenden Herzschlag seiner Mutter lauschend. Der Traum eines wohlbehüteten Heims, eines Zuhauses, so wie sie es kannte. Die Abenteuer, die sie erlebt hatte, die Geschichten, die ihr Vater ihr erzählt hatte. Und die gemeinsamen Besuche bei ihrer Großmutter. Sie hatte sich immer gewünscht, Großmutter sein zu dürfen. In Würde gealtert, zurückzublicken auf ein erfülltes Leben mit einem Partner, mit dem sie gemeinsam alle Höhen und Tiefen gemeistert hatte.

Doch Großmutter war tot. Genau wie Großvater. Und sie hatte durch ihre Entscheidung ihren eigenen Eltern das Recht verwehrt, Großeltern sein zu dürfen. Zehn Minuten. Mehr hatte die Richterin nicht gebraucht, um ihre Ehe als zerrüttet anzuerkennen. Niemand, der ihn zur Rechenschaft gezogen oder angeklagt und vor Augen geführt hätte, was er ihr alles an Möglichkeiten genommen hatte. Er hatte nur dagesessen. Schweigend, wie er es immer getan hatte. Ein einfaches, schlichtes, emotionsloses Ja. Mehr hatte er nicht zu sagen gehabt, als die Richterin ihn gefragt hatte, ob er der Scheidung zustimmte.

So war Steiger. Ein in sich gekehrter, verschrobener Kerl und sie fragte sich, wie lange sie sich an den Gedanken, an die Überzeugung geklammert hatte, ihn genau zu dem Mann formen zu können, den sie sich gewünscht hatte. Das Schlimmste war die Tatsache gewesen, dass er nicht um sie gekämpft, die Situation, das Scheitern ihrer Ehe einfach so hingenommen hatte. »Akzeptiere ihn, wie er ist, und versuche ihn nicht zu ändern«, hatte ihre Mutter ihr anfangs geraten. Heute war ihr klar, einen Mann konnte man nicht nach den eigenen Vorstellungen gestalten, ohne ihn zu brechen. Sie wusste, je mehr sie darüber nachdachte, dass es ein Fehler gewesen war. Umso mehr quälte sie die Frage, ob Robert nicht genau das getan hatte. Sie so zu akzeptieren, wie sie war. Trotzdem – oder gerade deshalb – blieb nichts als Leere, wenn sie sich über ihre Ehe Gedanken machte. Ein ausgetrockneter, staubiger Acker, der keine

Früchte hervorgebracht hatte. Ein verschenktes Leben, nicht auf ein Ziel ausgerichtet. Inhaltslos. Auf einen Traum zurückblickend, der ihr wie eine alte, verblasste Fotografie vorkam und der nichts weiter als Chaos und Elend hinterlassen hatte. Sie war Anwältin, verdiente gutes Geld und ihr Leben war sicher nicht von den existenziellen Sorgen geprägt, die viele ihre Mandanten quälten. Aber sie war jetzt Anfang 40, die ersten Haare im Schläfenbereich wurden bereits grau, wenngleich sie dies noch erfolgreich mit Tönungen überdecken konnte, aber auch die Festigkeit ihrer Haut ließ allmählich nach. Nicht mehr lange und Mutter Natur würde sie aus der Verantwortung entlassen und ihr jeglichen evolutionären Nutzen absprechen. Claudia schüttelte weitere Gedanken ab. Es war Mai und nur noch eine Frage von Tagen, bis die Sonne die Oberhand gewann und sich die depressiv machenden Erinnerungen aus ihrem Kopf schleichen würden. Sie trank einen Schluck Kaffee, als ihr Handy klingelte.

»Wo bist du, Robert?« Ihr Ton war schärfer als beabsichtigt.

»In so einem Internetcafé.«

»Hast du mir etwas verschwiegen?«

»Nein. Ich habe dir nichts verschwiegen. Hör zu …«

»Nein! Du hörst mir zu. Welke war hier. Bist du dir immer noch sicher, dass du mir alles gesagt hast, Robert?«

»Ja, verdammt! Was ist los?«

»Was ist mit dem Toten in deinem Kofferraum?«

»Ein Toter? In meinem Kofferraum?« Es entstand eine kurze Pause, dann antwortete Steiger. »Jetzt wird mir so einiges klar. Heißt der Tote zufällig Tobias Schreiner?«

Claudia antwortete nicht.

»Es ist also Schreiner«, stellte er fest.

»Warst du es, Robert?«

»Natürlich nicht. Wie kommst du auf so eine Idee?«

»Wie ich auf diese Idee komme? Sag mal, ist das dein Ernst? Ein Toter in deiner heruntergebrannten Wohnung, einer in deinem Kofferraum und du auf der Flucht. Und ich soll dir glauben, dass du keinen blassen Schimmer hast, worum es geht. Verarsch mich nicht, Steiger. Wenn du es nicht warst, wer war es dann?«

»Ich habe keine Ahnung, aber es sieht ganz so aus, als ob mir einer an die Karre pissen will und ich habe verdammt noch mal keine Ahnung, warum. Pass auf: Wenn du dir die Mühe machst und mit deinem Laptop zu der Stelle kommst, wo wir uns das erste Mal getroffen haben? Erinnerst du dich?«

»Ich erinnere mich.«

»Also, komm vorbei und ich präsentiere dir den Mörder von diesem Schreiner.«

*

»Kann man das wirklich trennen? Ich meine, nach so vielen Jahren der Zusammenarbeit? Halten Sie es da nicht für möglich, zumindest unbewusst, einer gewissen Objektivität beraubt zu werden?«

Welke lief weiter, schaute Brahmkamp nicht an, doch seine Mimik verriet, dass er sich mit der Frage ernsthaft auseinandersetzte. Die Fußgängerampel, die einzige Möglichkeit, die Rüttenscheider Straße gefahrlos zu überqueren, zeigte Rot und die beiden Männer blieben stehen.

»Sie halten mich noch immer für befangen?«, antwortete er mit einer Gegenfrage.

»Würden Sie es mir verübeln?«

Welke sah Brahmkamp an, zuckte dann aber mit den Schultern. »Es wäre mir völlig Latte.«

Die Ampel wechselte auf Grün und die beiden Männer setzten sich in Bewegung.

»Okay. Wenn Sie jegliche persönliche Komponente außen vor lassen, wie würden Sie als Kriminalbeamter die Sache einschätzen? Halten Sie Kettner wirklich für den Täter?«

Welke dachte darüber nach. »Wer weiß das schon? Aber was ist mit Ihnen? Sie sind doch … unbefangen. Was denken Sie?« Welke blieb stehen und betrachtete seinen Gesprächspartner.

Brahmkamp verzog das Gesicht und deutete ein Abwiegeln an. »Die Indizienkette zeigt eine Richtung auf, die einen hinreichenden Tatverdacht begründet. Wenngleich diese Kette zugegebenermaßen auch einige schwache Glieder aufweist. Aber das Täterprofil scheint mir nicht so recht zu passen.«

Welke trat einen Schritt zurück und ließ eine Frau in einem schwarzen Kostüm vorbei. »Und wie begründen Sie das, Herr Kollege?«

»Ich hatte erhebliche Zweifel, nachdem wir in der Wohnung dieses Schreiners waren. Einen eiskalt ausgeführten Mord begeht man nicht einfach mal so. Aber nach einer solchen Tat auch noch in Ruhe den Tatort zu säubern …«

»Das ist mit ein Grund, warum ich diese Kommission leite.« Welke lief weiter. »Sehen Sie … solche Taten setzen ein enormes Gewaltpotenzial voraus. Abgesehen von Affekttaten und solchen Geschichten sind die meisten gezielt vorgehenden Täter – und um einen solchen handelt es sich hier zweifelsfrei – schon früher wegen Gewaltstraftaten in Erscheinung getreten. Also Körperverletzungen,

Raubüberfälle und solche Dinge. Zwei Tötungsdelikte in Folge, davon einer unter Benutzung einer Schusswaffe, die man sich am Rande bemerkt ja auch nicht an jedem Kiosk kaufen kann … eine schwere Brandstiftung … Ich glaube nicht, dass ein völlig Unbescholtener eine solche Nummer abzieht. Nicht unmöglich, aber doch unwahrscheinlich. Es ist etwas anderes, aus einer gewissen Distanz auf jemanden zu schießen, als sich mit Vorsatz in eine Wohnung zu begeben, dem Opfer die Waffe an den Kopf zu halten, abzudrücken, die Brutalität aufzunehmen, zuzusehen, wie sich das Hirn verteilt und anschließend den Tatort zu reinigen und die Leiche zu beseitigen. Und selbst, wenn man das alles unterstellt … das Opfer dann in den Kofferraum des eigenen Wagens zu legen und damit spazieren zu fahren, obwohl man weiß, dass die Polizei nach dem Fahrzeug fahndet? Wir reden hier von einem ehemaligen Polizeibeamten.«

Brahmkamp nickte zustimmend. »Hört sich alles zu glatt an.«

»Exakt. Ich weiß von allen Kollegen am besten, wie Steiger tickt. Nicht genau, weil er ein etwas introvertierter Kollege ist … war. Aber ich kenne ihn gut genug, um zu wissen, dass seine moralischen Wertevorstellungen einem Polizisten zur Genüge reichen. Diese Moral legt man nicht einfach so ab. Zumindest nicht in einem solch atemberaubenden Tempo. Sie ist Bestandteil des eigenen Charakters. Wenn Leute ein Videospiel spielen und sie in diesem Spiel die Wahl haben, schneller einen Level freigeschaltet zu bekommen, falls sie einen völlig unschuldigen Menschen töten, so entscheidet sich beinahe jeder zumindest beim ersten Mal intuitiv dagegen, obwohl es nicht real ist. Weil diese Hemmung in uns steckt.«

»Ich verstehe, was Sie meinen. Das lässt, so bewertet, nur einen logischen Schluss zu.«

»Und zu welchem Ergebnis sind Sie gekommen?«

»Hört sich ganz nach einer Verschwörungsgeschichte an. Man will Kettner etwas in die Schuhe schieben.«

Welke trat die drei Eingangsstufen hinauf, öffnete die Glastür der Metzgerei und ließ Brahmkamp den Vortritt. »Das könnte eine Möglichkeit sein.«

»Sie glauben nicht daran?«

Die Verkäuferin trat ihnen entgegen und lächelte Welke an.

»Zwei Brötchen mit Braten, bitte.«

»Möchten Sie Remoulade dazu?«

»Danke, nein.«

Welke wandte sich wieder Brahmkamp zu. »Mit dem Glauben ist es so eine Sache. Meist beinhaltet er ein Wunschdenken, das nicht automatisch der Wirklichkeit entspricht. Vor über 2.000 Jahren hat 'ne angeblich unbefleckte Alte ihrem Kerl erzählt, der Heilige Geist hätte sie geschwängert. Der Trottel hat ihr die Geschichte tatsächlich abgenommen. Nur weil ich darin gern die Wahrheit sehen möchte, heißt das noch lange nicht, dass es auch stimmt. Glauben kann man in der Kirche, aber nicht in unserem Verein. Hier zählen Beweise. Alles andere führt mitunter zur Desillusionierung. Aber ich stimme Ihnen zu. Die Wahrscheinlichkeit, dass Steiger es war und sich die Taten genauso zugetragen haben, wie sie sich darstellen, tendiert meiner Auffassung nach zu einer Haaresbreite über null.«

»Stellt sich nur die Frage, warum er auf der Flucht ist.«

Welke dachte nach. »Die Gefahr, etwas zu verlieren, bringt uns schneller zum Handeln, als die Möglichkeit, etwas zu gewinnen. Steiger hat, Ihrer Theorie zufolge, verdammt viel zu verlieren. Nämlich sein Leben. Sowohl in physischer als auch in existenzieller Hinsicht. Das sollte erst einmal Grund genug sein, um einen Fluchtanreiz zu bieten.«

Welke wandte sich der Verkaufstheke zu. Die Verkäuferin schnitt das Brötchen auf.

»Machen Sie mir bitte doch etwas Remo drauf«, sagte er und wirkte dabei auf unerklärbare Art etwas verlegen.

*

Steigers Blick schweifte über die bewaldeten Hügel, die den Essener Baldeneysee sanft umschlossen. Das junge Grün der Laubbäume war um diese Jahreszeit besonders kräftig. Der See verströmte seinen eigenen, individuellen Duft der Ruhr, die sich in Schleifen durch den Essener Süden vorbei an den unzähligen Wiesen und Auenflächen zog und sich in dem Staubecken sammelte, bevor sie am anderen Ende ihre Reise zum Rhein fortsetzte.

Sein Blick löste sich von den Hügeln und wurde erneut von der Wasserfläche angezogen. Wellen bewegten sich auf ihn zu und übten eine beinahe meditative Anziehungskraft auf ihn aus. Einige Insektenschwärme tanzten einem Funkenflug gleich über der silberfarben schimmernden Oberfläche und ein Schwanenpaar zog mit seinen grau gefiederten Jungen wie in einem kitschigen Heimatfilm majestätisch am Ufer entlang. Es war kühl und er hatte sich eine Jacke überziehen müssen, aber die Luft war angenehm klar. Sie wirkte rein und ihr Geruch hatte nichts von der Schwere der Innenstadt. Sogar der aufsteigende Duft seines Kaffees schien intensiver zu ihm zu dringen und er fragte sich, wann er das alles zum letzten Mal so bewusst wahrgenommen hatte.

Beinahe zehn Jahre war es her, als sie sich hier das erste Mal getroffen hatten. Er schloss die Augen und richtete sein Gesicht zum Himmel. Die Sonnenstrahlen wärmten nicht, doch er wusste, dass dies an einem Gewässer oft trügerisch sein konnte. Es war an diesem Abend warm gewesen. Musik aus den Achtzigern war ertönt, die Freifläche war mit bunten, beleuchteten Lampions überspannt gewesen. Steiger erinnerte sich, dass er mit den Securitymännern angetrunken eine heftige Diskussion geführt hatte, weil er keine Eventkarte hatte und die Abendkasse geschlossen gewesen war, als sich eine unbekannte Frau bei ihm eingehakt hatte. Sie hatte ihm einen Kuss auf die Wange gegeben und ihn mit »Hallo, Thomas. Da bist du ja!« begrüßt.

Das Sicherheitspersonal war mit der Gruppe junger Damen, die auf sie in einer betörenden und schmeichelnden Art und Weise eingeredet hatten, derart überfordert gewesen, dass sie Steiger letztendlich eingelassen hatten.

Zehn Jahre, dachte er.

»Wie geht es dir?«

Steiger öffnete die Augen. Er hatte sie nicht kommen gehört.

»Ich drück es mal positiv aus. Beschissen.«

»Das lässt mich hoffen.« Sie warf ihm einen versöhnlichen Blick zu. Ihr blondes Haar war zu einem Zopf geflochten, der über ihrer rechten Schulter lag. Das Tageslicht war nicht so schmeichelhaft wie die Beleuchtung in ihrer Wohnung, weshalb ihm die kleinen Falten an den Augenrändern auffielen. Steiger fand, dass diese sie nicht weniger attraktiv machten, ihr eher eine gewisse Reife bescheinigten und wahrscheinlich dieses gewisse Etwas unterstrichen, welches eine Frau mittleren Alters für jüngere Männer so anziehend machte. Claudia legte den Motorradhelm auf einen der freien Stühle und hob die Notebooktasche auf den Tisch, während ein junger, südländisch aussehender und offensichtlich von seiner unwiderstehlichen Ausstrahlung überzeugt wirkender Kellner am Tisch erschien und ihr ein Sitzkissen reichte. Eine kühle Brise trieb einige abgestorbene Blätter des Vorjahres über die Terrasse und Claudia zog sich den Reißverschluss ihrer taillierten Lederjacke etwas höher.

Sie bestellte sich einen Cappuccino und packte den Laptop aus der Tasche, nachdem sich der junge Kellner entfernt hatte.

Steiger sah sie abwägend an. »Ist man dir gefolgt?«

Claudia lächelte süffisant, während sie das Gerät startete. »Ich war fast acht Jahre mit einem Bullen zusammen.«

Steiger nickte. »Ich mein ja nur. Der einzige Fluchtweg hier wäre über das Wasser.«

Sie richtete den Kragen ihrer Lederjacke auf. »Gemessen an mittelalterlichen Strafverfahren würde die Tatsache, dass du untergehst, zumindest deine Unschuld beweisen.«

»Ich würde sie lieber ohne Gottesurteil belegen wollen.«

Der Kellner kam mit dem Getränk und stellte den Cappuccino auf den Tisch. Beide sahen ihm nach, bis er außer Hörweite war.

Claudia tunkte den beigelegten Keks in ihr Getränk. »Ehrlich gesagt, weiß ich nicht, was ich von dem Ganzen halten soll, Robert.«

»Du glaubst mir nicht.« Es war eine Feststellung.

»Das habe ich nicht gesagt. Aber du tauchst nach zwei Jahren absoluter Funkstille einfach so auf. Und ich muss gestehen, dass ich davon nicht freudig überrascht war. Dafür ist zu viel vorgefallen, Robert. Du präsentierst mir eine ziemlich … abgefahrene Geschichte, die Polizei ist hinter dir her und konfrontiert mich unerwartet mit einem zweiten Toten. Was erwartest du?«

Steiger sah sie mit ernster Miene an. »Ich gebe es zu. Vieles mag in der Vergangenheit nicht optimal gelaufen sein und ich spreche mir auch nicht eine Teilschuld ab. Aber eins habe ich nie getan. Ich habe dich nie belogen.«

Sie betrachtete sein Gesicht, schien etwas darauf erwidern zu wollen, etwas, was sich tief in ihrem Inneren befand und das Wort ergreifen wollte. Stattdessen richtete sie sich beinahe abrupt auf und zog den Laptop zu sich. »Du wolltest mir etwas zeigen.«

Steiger löste sich von ihren Augen, bückte sich, hob eine Plastiktüte auf und entnahm eine Figur, die er auf den Tisch stellte.

Claudia zog fragend eine Augenbraue hoch, während sie die Clownfigur betrachtete. »Statt Blumen?«

Steiger grinste. »Ich wusste, dass sie dir gefällt.« Wieder kramte er in der Tüte und beförderte ein USB Kabel hervor. »Ich habe dieses, zugegebenermaßen geschmacklich grenzwertige Kunstobjekt aus Schreiners Wohnung. Es ist eine Kamera. Im Sockel befindet sich eine Festplatte.« Steiger zog den Laptop zu sich und schloss das Kabel an. Der PC erkannte die Hardware und der Media Player öffnete sich.

Claudia rückte mit ihrem Stuhl neben Steiger, der das Video startete. Während sie die folgenden Szenen anschauten, sagte er kein Wort. Claudia verfolgte das Geschehen ohne erkennbare Reaktion. Lediglich als der Schuss fiel, schien in ihren Augen für einen winzigen Moment eine Regung erkennbar.

Steiger hielt den Film an. »Die nächste halbe Stunde kommt nichts mehr. Glaubst du mir jetzt?«

Sie lehnte sich zurück und atmete hörbar aus. »Harter Stoff. Verdammt harter Stoff.« Ihre Betonung ließ eine gewisse Fassungslosigkeit heraushören und als sie aufblickte, wirkte sie, als hätte sie ein flaues Gefühl im Magen.

Steiger nickte mit zusammengekniffenen Lippen. »Nach der Uhrzeit auf dem Film, geschah der Mord gegen 22 Uhr. Da warst du bei mir. Ich kann somit beweisen, dass ich es nicht war, aber es klärt uns nicht über die Hintergründe auf. Der Mörder ist ein Profi. So eine Nummer ziehst du nicht einfach so durch und räumst anschließend noch auf.«

»Du solltest zur Polizei gehen, Robert. Deine Unschuld steht fest. Der Rest wird sich aufklären. Lass uns Welke aufsuchen.«

Auf dem See fuhr ein Ausflugsschiff der Weißen Flotte vorbei, der Wind trug die Stimmen der wenigen Gäste an Bord zu ihnen herüber, und die Bugwelle brach sich an der Terrasse in einem unrhythmischen Klatschen.

Er wandte sich ihr zu. »Du hast recht. Aber ich kann nicht. Wenn ich mich schützen muss, dann mach ich das lieber selbst.«

Claudia scheuchte eine allzu aufdringliche Fliege mit der Hand fort. »Mir ist da etwas aufgefallen. Starte das Video bitte noch mal.«

Steiger drückte auf das Abspielsymbol und drehte den Bildschirm ihr zu.

Claudia klickte sich mehrfach durch die unterschiedlichsten Menüpunkte und kontrollierte im Anschluss die Abspielgeschwindigkeit. »Du kannst in den Einstellungen die Wiedergabegeschwindigkeit ändern. Schreiner hat erkennbar Angst. Er wusste, dass man ihm ans Leder wollte.«

»Davon ist auszugehen.«

»Auf dem Video sieht man, wie er etwas schreibt, dann aufsteht und aus dem Fenster schaut. Die Jalousien sind heruntergelassen. Was schließt du daraus?«

Steiger überlegte angestrengt. »Er hatte Schiss.«

»Richtig. Aber mir stellt sich eine Frage. Wenn man in Erwägung zieht, dass man gesucht wird, jemand einem nach dem Leben trachtet, dann trifft man doch gewisse Vorsichtsmaßnahmen.«

»Ich verstehe, worauf du hinauswillst«, unterbrach er sie. »Das ist der Grund, warum weder auf der Klingel noch auf dem Briefkasten sein Name verzeichnet war und vermutlich auch, warum er diese alberne Clownkamera eingeschaltet hatte.«

Claudia nickte ungeduldig. Sie schien die Antwort zu akzeptieren, aber es wirkte, als reichte ihr Steigers Aussage noch nicht. »Alles korrekt. Aber ich meine etwas anderes. Wenn ich davon ausgehe, man will mich unter Umständen beseitigen, bleibe ich dann zu Hause und tippe weiter auf meinem Computer? Oder folge ich meinem Instinkt und fliehe? Was hast du getan, Robert?«

Steiger hatte sich diese Frage noch nicht gestellt, wie er feststellte, konnte aber keinen Sinn in der Beantwortung erkennen.

Sie sah ihn erwartungsvoll an, beantwortete ihre Frage dann selbst. »Das kann nur bedeuten, dass er auf jemanden gewartet hat, um demjenigen das zu übergeben, was man in deinem Besitz vermutet.«

»Ich möchte ja die Scharfsinnigkeit deiner These nicht schmälern …«

»Du bist eben etwas langsamer«, konterte sie. »In einer solchen Situation sitze ich nicht am Computer und spiele

Solitär oder schreibe Liebesromane. Die Situation, in der ich mich befinde, bestimmt höchstwahrscheinlich mein ganzes Denken und Handeln.«

»Vermutlich.«

Claudia startete das Video erneut und ergriff den Kugelschreiber. Der Film wirkte in der Zeitlupenwiedergabe verzerrt.

Steiger sah sie irritiert an. »Was machst du? Lass mich bitte nicht dumm sterben.«

»Das werde auch ich nicht verhindern können«, erwiderte sie derart emotionslos, dass Steiger beinahe lachen musste. Sie starrte hoch konzentriert auf die Szene, während sie gleichzeitig etwas schrieb. Anschließend drehte sie den Block und legte ihn sichtbar vor Steiger.

»Du erinnerst dich … als Schreiner vom Fenster zurückkehrte, schrieb er weiter. Dabei zog er seine Tastatur etwas nach vorn. Man kann die einzelnen Tasten sehen.«

Steiger grinste anerkennend. »Es hat zwar gewaltig lange gedauert, aber jetzt verstehe ich.« Er blickte auf den Block. »Auf Zollverein. Alter Mann«, las er ab.

»Es ist sicher nur Spekulation. Aber so wie ich es werte, hat er auf jemanden gewartet, mit dem er sich austauschte. Er wollte etwas mitteilen, was enorm wichtig war, und nahm die Gefahr in Kauf, dass man ihn vorher fand.«

Steiger war von Claudias Entdeckung angesteckt. »Schreiner entfernte seinen Namen von der Klingel und von seinem Briefkasten, um sich ein stückweit anonym zu machen.«

Claudia schien wie elektrisiert und nickte. »Es ist denkbar, dass diese Person überfällig war, was sicher an Schreiners Nerven zehrte. Daher ging er zum Fenster und spähte hinaus. Anschließend schrieb er an seinem Computer eine Nachricht.«

»Vielleicht eine E-Mail?«

Claudia zuckte mit den Schultern. »Möglich.«

»Das könnte bedeuten, dass er auf einen alten Mann wartete oder auf einen alten Mann verwies, der im Bereich der Zeche Zollverein zu finden ist.«

Claudia hob die Tasse an, lehnte sich zurück, streckte die Beine aus und nippte das erste Mal an ihrem mittlerweile erkalteten Cappuccino. »Lass uns Welke informieren, Robert. Die Sache ist eindeutig. Du hast damit nichts zu tun.«

Müde rieb er sich über sein Gesicht, bevor er ihr zustimmte. »Ich fahre zur Zeche Zollverein und sehe mich da um. Ich brauch das einfach, verstehst du?«

Claudia setzte sich wieder aufrecht hin und stellte die Tasse ab. »Vorschlag. Du fährst zur Zeche, ich bringe das Video zu Welke und sage ihm, du wirst dich heute mit mir zusammen stellen. Damit er die Fahndung zurücknimmt und auf den letzten Metern nicht noch etwas Schlimmes passiert.« Claudia schob Steiger ein Handy über den Tisch. »Hier. Nimm es. Und melde dich, sobald du fertig bist.«

Steiger nickte. »Einverstanden.«

*

So sehr sich eine Kantine auch um einen ausgewogenen und im Rahmen ihrer Möglichkeiten gesunden Speiseplan bemühte, es gab Gerichte, die übten eine geradezu magische Anziehung aus. Sie vereinten alle sozialen Schichten unabhängig ihres Bildungsgrades. Currywurst mit Pommes und Majo war im Ruhrgebiet genau das, was die Menschen in dieser Region zumindest auf kulinarische Weise vereinte. Die gesamte Kommission hatte sich in der Kantine des Landgerichtes zu einer Portion *Schutzmann einfach*, wie dieses Gericht in Polizeikreisen auch genannt wurde, eingefunden. Im Anschluss war man in das gegenüberliegende Polizeipräsidium zurückgekehrt, wo man sich bei einer Tasse Kaffee zur Besprechung versammelt hatte.

An den Wänden hingen unzählige Flipcharts, mit denen die Ermittlungsergebnisse zusammengetragen und visuell dargestellt wurden. Die Anmerkungen der Kollegen fielen kurz und sachlich aus. So hatte man anhand einer Prägung festgestellt, dass die Metallplatte im Arm des Toten aus Steigers Wohnung tatsächlich russischer Fertigung entstammte, steckte diesbezüglich aber in einer Sackgasse. Anfragen, an welches Krankenhaus die Platte geliefert wurde und ob man sie mitunter einem Patienten zuordnen konnte, waren auf dem Weg. Zahnstatus und DNA-Muster ergaben in Deutschland keinen Treffer und so hatte man die Daten ins europäische Ausland und nach Russland gesendet, nicht wissend, wann und ob man überhaupt mit einer Antwort rechnen konnte. Reste der Bekleidung des Brandopfers stammten nachweislich aus Asien und ergaben als Massenprodukt ebenfalls keinen Ermittlungsansatz. Tetzlaf schilderte die Ergebnisse hinsichtlich des zweiten Opfers Schreiner: Ledig, beide Elternteile verstorben, eine Tante in Gummersbach, zu der er aber keinen Kontakt pflegte. 2009 wegen Besitzes einer geringen Menge Cannabis' erkennungsdienstlich behandelt, das Verfahren wurde eingestellt. Die Nachbarschaft kannte ihn nicht, was in Anbetracht seines erst seit Kurzem bestehenden Mietverhältnisses glaubhaft klang. Ermittlungen an der letzten Wohnanschrift in Dortmund ergaben ebenfalls nichts Verfahrensrelevantes. Kein Mieter wusste etwas. Eine weitere ehemalige Nachbarin befand sich im Urlaub und konnte noch nicht befragt werden.

Nach Aussage des Rechtsmediziners war Schreiner zum Zeitpunkt des Auffindens seit mindestens zwölf Stunden tot. Er wurde mittels eines Schusses in die linke Kopfseite aus nächster Nähe getötet. Aller Wahrscheinlichkeit nach in seiner Wohnung, in der deutliche Blutspuren gesichert werden konnten, die zweifelsfrei von Schreiner stammten. Er wurde an seinem Schreibtisch erschossen, was die Schmauchspuren auf der Tischplatte belegten, allerdings wurde kein Projektil gefunden. Der Monitor fehlte und wurde vermutlich mitgenommen, weil das Projektil in ihm steckte. Der oder die Täter hatten nach der Tat die Wohnung oberflächlich gesäubert und den Leichnam weggeschafft. Die Schussabgabe erfolgte zurückgerechnet wahrscheinlich gegen Abend. Da das Gebäude sehr hellhörig war, nahm man an, dass der Täter einen Schalldämpfer benutzt hatte, weil niemandem etwas aufgefallen war.

»Den Kollegen Brahmkamp vom Staatschutz LKA habt ihr ja bereits flüchtig kennengelernt«, sagte Welke, der sich dieses Mal nicht erhob.

»Guten Tag, verehrte Kolleginnen und Kollegen. Ich bitte um Nachsicht, dass ich mein Erscheinen bisher noch nicht transparent gemacht habe.« Brahmkamp strahlte in seiner vornehmen Kleidung, mit seiner aufrechten Haltung und durch seine Persönlichkeit eine Autorität aus, die seinen Kollegenkreis unbewusst beeindruckte. Selbst Tetzlaf machte keine Anstalten, sich durch einen lockeren Spruch in Szene zu setzen.

»Wir führen derzeit Ermittlungen gegen eine Gruppe durch, von der wir den Verdacht haben, dass sie Anschläge in der Bundesrepublik planen könnte. Die Betonung liegt auf *könnte*. Im Rahmen dieser Ermittlungen stellten wir fest, dass sich die Wege von Herrn Robert Kettner und Herrn Tobias Schreiner kreuzten. Ich lege Wert auf die Feststellung, dass sich unsere Nachforschungen in keinster Weise gegen die beiden genannten Personen richten. Wir haben ebenfalls keine Kenntnis davon, ob diese Zusammenkunft einer Verabredung entstammte oder als rein zufällig zu betrachten ist. Wie Ihnen bekannt ist, war Schreiner Journalist und Ihr ehemaliger Kollege Privatermittler. Es ist denkbar, aber auch das ist zurzeit reine Spekulation und nicht belegt, dass einer der beiden oder eventuell beide aus eigenem Antrieb heraus oder durch einen Auftrag in gleiche oder ähnliche Richtung ermittelten. Meine Gegenwart erklärt sich somit lediglich damit, dass wir an einen Abgleich der Ermittlungsergebnisse interessiert sind, um das Verhältnis der beiden zueinander einschätzen zu können. Ich hoffe, mögliche Spekulationen bezüglich meiner Anwesenheit damit ausgeräumt zu haben. Ich danke Ihnen.«

Welke nickte Brahmkamp zu, der sich wieder gesetzt hatte. Dann übernahm er das Wort. »Steiger hat einen Festnetzanschluss, der in Flammen aufgegangen ist, und darüber hinaus zwei Mobilfunkanschlüsse. Mutmaßlich einen für geschäftliche Dinge und einen für private. Beide SIM-Karten sind außer Betrieb und vermutlich bei dem Brand vernichtet worden. Die Gesprächsverbindungsprotokolle liegen vor und werden ausgewertet. Von besonderem Interesse sind dabei natürlich Gesprächsverbindungen zwischen Steiger und Schreiner. Gleiches erfolgt selbstverständlich mit den Anschlüssen von Schreiner. Dass unsere Möglichkeiten begrenzt sind, brauch ich nicht extra zu erwähnen. Ich verweise nur auf das Verbot der Vorratsdatenspeicherung. Die Finanzermittler haben von beiden Kontoverdichtungen durchgeführt. Wir gehen noch einigen Hinweisen nach, derzeit scheint sich in dem Bereich jedoch kein Ermittlungsansatz aufzutun. Es sieht also mau aus. Wir werden uns gezielt an die sozialen Umfelder der beiden begeben. Familien. Freunde, Bekannte. Schreiner war Ende 20. Er wird doch verdammt noch mal jemanden gevögelt haben. Sucht sie oder ihn. Findet heraus, ob er in einem Sportverein war, ob und mit wem er Stress hatte … Ich brauch euch das nicht alles vorzukauen. Bevor ich es vergesse, ich war bei Steigers Exfrau. Wie einige wissen, ist sie Anwältin. Es steht außer Frage, dass sie Kontakt zu ihm hat. Ich arbeite daran. Heimke. Du führst nach wie vor die Akte. Ich will, dass du dich darüber hinaus um die Spurenauswertungen kümmerst. Tritt der KTU auf die Füße und informiere mich, sobald es etwas Neues gibt. Und fertige mir eine Exceltabelle. Ich will einen Zeitstrahl, den du mit allen Daten fütterst. An die Arbeit!«

*

Die Silhouette des gewaltigen Förderturms zeichnete sich im Licht der tief stehenden Sonne wie ein majestätisches Monument ab, dessen stählerne Konstruktion sich breitbeinig schützend wie ein Mahnmal der Vergangenheit über die alten, roten Ziegelgebäude stellte. Steiger blieb auf dem gepflasterten Ehrenhof, dem Vorplatz der Zeche, stehen und betrachtete diesen monströsen Wächter, der sich vor ihm gen Himmel streckte. Alles wirkte ordentlich und sauber, nahm dem Gelände aber etwas von seinem Charakter, wie er fand.

Steiger atmete tief ein und ihm war, als schmecke er die schwere Luft seiner Kindheit, diesen eigenen Geruch der Kokerei, den der Wind über das Viertel gelegt und der den Norden der Stadt angekündigt hatte. Wie friedlich, dachte er. So lange er zurückdenken konnte, hatte er diese Zeche als einen schmutzigen Ort mit heruntergekommenen Gebäuden in Erinnerung und nichts von der Schönheit erahnt, die sich unter der staubigen schwarzen Schicht verborgen hielt, die sich auf alles niederlegte und die Ziegel schwarz gefärbt hatte.

Steiger zog den Kragen seiner Jacke enger und lauschte der Melodie des Windes, der um die Metallverstrebungen des Turmes und die Mauernischen wehte und dieses leise, säuselnde Lied der Vergangenheit zu ihm hinübertrug. Er schloss die Augen und für einen Moment meinte er, dass die alte Zeche zu ihm sprach. Zurückblickend auf die vergangenen Stunden erschien ihm das Erlebte in diesem Moment wie eine Illusion, doch es war Realität. Und diese Wirklichkeit entwickelte sich offensichtlich zu seiner eigenen, ganz privaten Hölle.

Das Stimmengewirr, welches sich von links ankündigte, überdeckte das Flüstern der alten Gebäude, störte aufdringlich. Er war müde, etwas, was ihm soeben wieder bewusst wurde. Die Touristengruppe kam stetig näher. Die Stimme der Reiseführerin schien nicht dafür ausgelegt zu sein, sich lautstark Gehör zu verschaffen und verlief sich in einer monotonen und viel zu hoch klingenden Tonlage, die nach Steigers Empfinden einer Kreissäge glich.

Er betrachtete die gut 30 Personen große Rentnertruppe, die alle Zivilisationskrankheiten zu verkörpern schien und deren Aufnahmefähigkeit in Anbetracht der Informationsflut schon lange erschöpft war. Ehe er es sich versah, befand er sich inmitten der vornehmlich aus Männern bestehenden Combo, die beinahe ausnahmslos in rentnertypischen, beigefarbenen Westen gekleidet war und eine Duftwolke aus *Old Spice* und Tabak vor sich hertrieb. Die Reiseführerin lief wie ein gehetztes Tier an ihm vorbei. Steiger löste sich aus der Traube und schlug die entgegengesetzte Richtung ein. Es begann zu nieseln, der Wind frischte auf und der Sprühregen nahm ihm etwas von seiner Müdigkeit. Wo fände er diesen alten Mann?, dachte er sich. Er musste einfach mal seinen Grips anstrengen!

Er ging einige Meter weiter, blieb vor einem Lageplan der Zeche stehen und betrachtete die Legende in der Hoffnung, eine Anregung zu finden. Nicht weit entfernt, so war dem Wegweiser zu entnehmen, befand sich das sogenannte *Visitor Center*, und er beschloss, dort sein Glück zu versuchen.

Einer Eingebung folgend blieb er kurz stehen und betrachtete wie hypnotisiert den Mann, der in einer Arbeitermontur aus einer der Hallen trat, über der sich ein Schriftzug mit dem Namen *Casino* befand. Etwas in Steiger wollte ihn wachrütteln, eine Botschaft senden, die eindeutig mit dieser Person zusammenhing, doch die Antwort blieb in den Tiefen seines Gedächtnisses verborgen. Steiger folgte dem Mann, beschleunigte seine Schritte und holte auf, als er beinahe mit zwei Personen zusammenstieß. Es dauerte einige Sekunden, bis er realisierte, dass es sich bei den zwei Männern, die sich angeregt unterhielten, um Mitarbeiter des Wachdienstes handelte, die ihn prüfend und misstrauisch ansahen. Der Schock fuhr im durch die Glieder. Suchte man ihn hier? War das möglich?

Beinahe reflexartig drehte er sich um. Steiger fluchte. Alles, was einem im Leben passierte, wirkte sich auf die

Zukunft aus. Hätte ihn dieser verdammte Arbeiter nicht aufgehalten … Es war ihm, als bewege er sich auf einer dünnen Eisfläche, von der er wusste, sie würde ihn nicht lange tragen. So dünn, dass sie glasklar wirkte, er durch sie hindurch den Grund sehen konnte und die bei jedem weiteren Schritt unter seinem Gewicht knarrte, Risse bekam, die sich wie ein Spinnennetz in alle Richtungen ausbreiteten. Steiger wartete darauf, dass sie ihn anschrien, beim Namen riefen. Er hatte das Gefühl, ihren Atem in seinem Nacken zu spüren.

Die Halle, auf die er zuschritt, war nur geschätzte 15 Meter entfernt. Warum kam er ihr nicht näher? Warum, verdammt noch mal, blieb diese scheiß Halle auf Distanz, egal wie viele Schritte er auch tat? Nur nicht rennen, dachte er. Er musste cool bleiben und sich zusammenreißen! Der Fluchtinstinkt schien ihn zu überwältigen. Der gebogene Türgriff aus Edelstahl fühlte sich kalt an. Steiger drückte ihn nach vorn, aber die Tür öffnete sich nicht. Er musste sie aufziehen, ein Stück nach hinten treten, als unerwartet einige Gäste die Halle verließen und ihm den Weg versperrten. Er hatte das beinahe unbändige Verlangen, sie beiseite zu stoßen und sich den Weg in das rettende Gebäude zu erkämpfen. Dann war die Gruppe durch. Widerstrebend, wie unter Zwang warf er einen Blick zurück, suchte seine Verfolger, konnte sie jedoch nirgends ausmachen, und trat schließlich ein.

Steiger schritt zum Fenster. Ihm wurde schwindelig und für einen Moment glaubte er, er müsse sich übergeben, doch dann ebbte das Gefühl ab und er beruhigte sich wieder. Als er aus dem Fenster blickte, schienen die Männer verschwunden. Er sah wieder die Rentnertruppe, die den Worten ihrer Reiseführerin lauschte. »Bei dem Begriff

Kohlenpott oder abgekürzt *Pott*, mit dem das Ruhrgebiet auch bezeichnet wird, handelt es sich um eine abgewandelte, oder, wenn Sie so wollen, moderne Bezeichnung des früheren Begriffes *Pütt*, der einigen von Ihnen vielleicht ebenfalls geläufig ist. Sie müssen sich vorstellen, zu Beginn des Bergbaus wurde die Kohle nicht in Stollen abgetragen. Vielmehr grub man von oben große trichterförmige Vertiefungen zu den Flözen, die infolge tektonischer Verschiebungen bis nahe an die Oberfläche aufgefaltet wurden. Diese Schurfgräben dienten der Kohleentnahme aus geringer Tiefe. Nach und nach entstand so ein regelrechter Bergbauweg, in dem diese Gruben nebeneinander dem Flöz folgend durch das Ruhrgebiet angelegt wurden. Diese Löcher, man nannte sie *Pingen*, waren im Vergleich zum späteren Bergabbau nicht tief und den Witterungsverhältnissen ausgesetzt, sodass Regen und insbesondere Grundwasser diese Löcher relativ schnell mit Wasser füllten. Die Pfützen in diesen Pingen wurden als Pütt bezeichnet, eine Abwandlung des lateinischen Wortes ›Puteus‹. Aus diesem Begriff entstand später die Bezeichnung Pott. Mit Ruhrpott ist somit eine mit Wasser gefüllte Pinge im Abbaugebiet des Ruhrgebietes gemeint. Wenn Sie mir bitte folgen würden?« Die Reiseführerin schritt langsam weiter.

Steiger blickte sich um, doch die baulichen Gegebenheiten ließen ihn nicht erkennen, ob sich die Männer des Wachdienstes noch vor dem Gebäude befanden. Er folgte der Reisegruppe, die wenige Meter weiter erneut anhielt und sich halbkreisförmig um ihre Führerin scharte. Steiger gesellte sich dazu und lauschte notgedrungen den Ausführungen der Frau.

»Lassen Sie uns jetzt gemeinsam zur ehemaligen Maschinenhalle gehen, direkt neben der alten Waschkaue. In der

Maschinenhalle befindet sich der sogenannte Kunstschacht Zollverein. Wir werden die Möglichkeit erhalten, in dem dortigen Montanmuseum Exponate aus der Zeit des Kohleabbaus zu begutachten.« Die Gruppe setzte sich wieder in Bewegung und Steiger beschloss, die Sicherheit der Menschenmenge noch eine Weile in Anspruch zu nehmen.

»Hinter dem Kunstschacht schließt der Skulpturengarten an, dem wir uns im Anschluss widmen. Eine dieser Skulpturen ist von besonderem Interesse«, fuhr die Reiseleiterin fort, während sie langsam weiterging. »Sie haben auf unserer Anreise sicher die großen gelben Kanarienvögelskulpturen an den Zufahrtsstraßen erkannt, welche den Besuchern den Weg zur Zeche Zollverein weisen und im Rahmen der Vorbereitungen zur Kulturhauptstadt 2010 aufgestellt wurden. Auf eine dieser Figuren werden wir an der Maschinenhalle treffen. Es ist ein beliebtes Motiv und Sie werden ausreichend Gelegenheit haben, einige Fotos zu schießen. Man gedenkt den gefiederten Freunden der Bergleute aus einem bestimmten Grund. Der Vortrieb in neue Grubenfelder erforderte einen steten Ausbau der Bewetterung, dem man nicht immer gerecht werden konnte. Wenn Sie bedenken, dass im Jahr 1851 ungefähr 13.000 Tonnen Kohle gefördert wurden und diese Fördermenge bis 1890 auf eine Million Tonnen wuchs, dann verdeutlichen diese Zahlen das rapide Wachstum dieser Zeche. Oftmals waren die Bergleute unter Tage erhöhten Kohlenmonoxydwerten ausgesetzt. Das Fatale an diesem Gas ist, dass es farb- und geruchlos ist. Wie einige von Ihnen vielleicht wissen, bindet sich der Sauerstoff, den wir zum Leben benötigen, an dem Hämoglobin in unserem Blut. Das Kohlenmonoxyd aber bindet sich bis zu 200 Mal stärker an das Hämoglobin und verhindert so, dass Sauerstoff aufgenommen werden kann. Erstickungstod ist die Folge. Kanarienvögel reagieren weitaus empfindlicher auf dieses Gas und zeigten schon bei geringen Konzentrationen Unwohlsein. Sie konnten so, unter Tage mitgeführt, die Kumpel zu einem sehr frühen Zeitpunkt warnen.«

»Ich dachte, die Vögel hätten die Bergleute vor unterirdischen Explosionen gewarnt?«, wandte einer der Teilnehmer ein.

»Ich weiß, was Sie vermutlich meinen.« Die Reiseleiterin blieb stehen, blickte den Mann kurz an, um sich dann wieder an die gesamte Gruppe zu wenden.

»Ein großes Problem unter Tage stellt nach wie vor die Explosionsgefahr dar. Man bezeichnet sie auch als schlagendes Wetter oder Schlagwetter. Hierfür gibt es zwei Hauptgründe. Zum einen dern Kohlenstaub, der sich während des Abbaus in der Luft verteilt. Oftmals reicht schon ein Funke aus, um die staubhaltige Luft zu entzünden. Ein weiteres Problem stellt Methangas dar, welches im Laufe der Jahrmillionen zusammen mit der Kohle entstanden ist und sich in den Flözen auch heute noch ablagert. Ein für Menschen unter Tage in der vorkommenden Konzentration nicht giftiges, aber explosives Gas, welches sich bei der Kohlegewinnung löst und in die Atemluft übergeht. Die Vögel reagierten auf das Gas, indem sie sich aufplusterten, in Ohnmacht fielen oder bei erhöhter Konzentration daran zugrunde gingen. Lange Zeit waren die Bergleute dieser Gefahr beinahe schutzlos ausgeliefert, wenn sie die Vögel nicht mitführten. Sicherheit bot erst eine Schutzlampe, die Ihnen allgemein als Grubenlampe bekannt sein dürfte. Sie war so konsturiert, dass das Feuer darin das Gas im Stollen nicht entzündete. Gleichzeitig verfärbte sich die Spitze der Flamme durch den Methangehalt bläulich. Die Bergleute sprachen von einem *Hütchen*. Ein wichtiges Warnsignal. Im Übrigen stellt dieses Gas in den stillgelegten Stollen und Schächten noch immer ein akutes Problem dar, da es nach wie vor aus der Kohle diffundiert. Jedenfalls sind dies die Gründe, warum das Ruhrgebiet über eine lange Zeit hin eine besondere Beziehung zu diesen Vögeln hatte und diese Tiere auch in den Wohnstuben der Menschen regelmäßig anzutreffen waren.«

Die Gruppe ging weiter und verließ die Halle. Steiger trat an eines der Fenster und spähte hinaus, konnte die Wachmänner aber nicht erkennen. Er ging zu einem Verkaufsstand, erwarb eine Schirmmütze mit Zechenmotiv für 9,95 Euro, setzte sie auf, zog sie sich tief ins Gesicht und schritt aus dem Gebäude. Es nieselte noch immer leicht, doch klarte der Himmel langsam auf.

Steiger sah sich verstohlen um, erkannte aber niemanden, der ihm verdächtig vorkam. Obwohl er keinen konkreten Grund hatte, sich Vorwürfe zu machen, schließlich hatte er sich nichts anzukreiden, beschlich ihn erneut dieses ausgeprägte Gefühl des Unbehagens. Allmählich nahm er die stetig anbrandende Woge aus Angst um seine Zukunft wahr. Problemen war er in der Vergangenheit stets ausgewichen und hatte dabei verdrängt, wie verdammt kompliziert das Leben deshalb wurde. Egal, wie die Jagd auf ihn ausging, etwas würde immer hängen bleiben. Wobei, dachte er sich, was hatte er zu verlieren? Sein Vermögen? Eine Beziehung? Oder vielleicht seine beruflichen Aussichten? Steiger schüttelte den Kopf über sich selbst. Je mehr er darüber nachdachte, desto amüsanter wurde die Geschichte. Er musste es einfach mal von einer anderen Warte aus betrachten, überlegte er weiter. Das Pech klebte an ihm wie ein Heftpflaster. Sein Leben war bisher ein einziger Offenbarungseid.

Keine Inszenierung einer höheren Macht, kein Schicksalsschlag, nichts und niemand, dem er die Schuld in die Schuhe schieben konnte. Er hatte sich in den letzten Jahren selbst verloren, war das Ergebnis seiner pessimistisch depressiven Grundstimmung und würde Glück nicht mal dann erkennen, wenn man es ihm mit einem Hochgeschwindigkeitsprojektil direkt in sein stures Hirn ballern würde. Er durfte sich nicht beschweren und musste tun, was er immer tat: ermitteln. Der einzige, kleine Unterschied war der, sich vorher nicht erwischen zu lassen.

Er ging unter dem Förderturm vorbei am Kokskohlenbunker in Richtung Schacht XII und trat vor das Visitor Center, dessen über 50 Meter lange Treppe zum hoch gelegenen Eingangsbereich führte. Er musste sich eingestehen, dass er von diesem Gebäude ziemlich beeindruckt war. Zwei mächtige Hydraulikstoßdämpfer hielten das breite Eingangstor in der Höhe, über dem in einem grellen Orange *A 14 Kohlenwäsche* zu lesen war und ermöglichten einen Blick auf die nicht enden wollenden Rolltreppen, die sich steil in die Höhe reckten. Sie waren mit orangen Plexiglasscheiben verkleidet, deren Beleuchtung der mit Glas überdachten Gangway etwas Futuristisches gab.

Er trat auf die Rolltreppe, fuhr hinauf und genoss den atemberaubenden Ausblick über das Zechengelände und das nördliche Umland. Die Sicht war grandios und er konnte sogar das geschlossene Kuppeldach der Schalke-Arena in Gelsenkirchen sehen. Die Zeche zog ihn derart in ihren Bann, dass er für einen Moment sogar vergaß, dass er auf der Flucht war.

Oben angekommen betrat Steiger das Gebäude. Eine Hinweistafel erklärte ihm, dass in dieser alten Kohlenwäsche das Gestein von der leichteren Kohle mit unvorstellbaren Wassermengen getrennt worden war. Er ging am Informationscenter und dem Kassenbereich vorbei zum rechts vom Eingang liegenden Café. Er setzte sich und dachte nach. Steiger war ratlos.

Die Kellnerin kam zum Tisch und er bestellte sich eine Cola ohne Eis. Seit er gelesen hatte, dass Salmonellen über Eiswürfel übertragen werden konnten, verzichtete er auf die gekühlten Würfel. Die Bedienung kam kurz darauf mit dem Getränk zurück.

»Sie wissen nicht zufällig etwas über einen alten Mann?«, fragte er sie, wobei ihm die Lächerlichkeit seiner Frage in Anbetracht der fast ausnahmslos älteren Besucher schlagartig bewusst wurde. »Ich meine nicht die Öppakes …« Steigers Verlegenheit war unübersehbar.

Die Kellnerin grinste und blickte über Steiger hinweg. »Günther«, rief sie mit samtweicher Stimme. Steiger drehte sich und sah einen älteren Arbeiter, der mit einer Werkzeugkiste den hinteren Hallenbereich durchschritt, nun stehen blieb und in Richtung Café sah.

»Gibt es hier auf der Zeche einen alten Mann? Ich meine, außer dir?«

»Es gibt nur alte Frauen. Männer sind wie Weine. Je älter, desto besser!«

Steiger erhob sich und lief winkend auf den Mann zu. »Entschuldigung«, sagte er beschwichtigend. »Diese blöde Frage kommt von mir.«

Der Mann blieb stehen und wartete, bis Steiger bei ihm war.

»Ich ermittle hier auf der Zeche. Ich habe einen Hinweis auf einen alten Mann bekommen. Haben Sie ’ne Ahnung, wer damit gemeint sein könnte?«

»Sind Sie Polizist?«

»Einer muss den Job ja machen«, log er selbstbewusst.

Der Mann lachte und setzte sich wieder in Bewegung. »Kommen Sie.«

Günther Markgraf, so stellte er sich vor, trug eine abgewetzte Jeanshose und ein kariertes, kurzärmliges Oberhemd, welches mit Flecken übersät war und einen metallenen Geruch verströmte, der offensichtlich von unzähligen Werkzeugspänen in den Fasern herrührte. Markgraf war untersetzt, breitschultrig, auf seiner Stirn schimmerte ein leichter Film dunklen Schmieröls, doch die kräftigen, aber gepflegten Hände, seine rasierte Gesichtshaut und das akkurat geschnittene und gekämmte Haar machten offensichtlich, dass es sich um Arbeitskleidung handelte und nicht das Ergebnis nachlässiger Körperpflege war.

Der Geruch aus dem Mund seines Gegenübers, der trotz des Minzekaugummis zu ihm drang, war untrügerisch, und ein regelmäßiger Schluck diente wohl dazu, so war sich Steiger sicher, das leichte, kaum merkliche Zittern der Hände in einem unauffälligen Rahmen zu halten.

»Was ist Ihr Job hier?«

Markgraf nahm einen Schraubenschlüssel aus dem Kasten und zog eine Schraube an einem alten Maschinenteil nach, deren Funktion sich Steiger nicht erschloss.

»Die Maschinen stehen unter Denkmalschutz. Ich war früher Ingenieur auf Zollverein und kümmere mich ehrenamtlich etwas um die Instandhaltung. Ist, wenn Sie so wollen, ein Hobby.«

»Sagt Ihnen der Name Tobias Schreiner etwas? Ein junger Mann.«

Markgraf grübelte, schüttelte dann aber den Kopf. »Nie gehört.«

»Haben Sie 'ne Ahnung, was mit …«

»Sie meinen dem alten Mann?«, unterbrach Markgraf ihn.

Steiger nickte.

»Ein Begriff aus dem Bergbau. Es handelt sich um einen alten Abbaustollen. Wenn ein Stollen nicht mehr genutzt und geschlossen wird, so sind einige Sicherungsmaßnahmen notwendig, da ansonsten die Gefahr besteht, dass die hinterlassenen Hohlräume aufgrund des Bergdrucks, Erdbewegungen oder anderer Gründe einsacken. Es kommt an der Oberfläche zu Rissen in Fahrbahndecken, die Statik von Häusern ist gefährdet und nicht selten führt ein eingestürzter Stollen zu einem sogenannten Tagesbruch. Das kommt relativ häufig vor. Ich erinnere mich, dass es im Mai 2011 zu insgesamt drei Tagesbrüchen in Essen innerhalb von nur zwei Wochen kam. In Altendorf, Bredeney und Altenessen. Also in weit voneinander entfernten Stadtteilen. Um ein solches Ereignis nach Möglichkeit auszuschließen, werden aufgegebene Stollen in der Regel verfüllt oder mit besonderen Stützmaßnahmen versehen. Dies lässt sich natürlich nicht immer durchführen und in einigen Fällen ist es eine Kostenkalkulation, welche die Verantwortlichen dazu veranlasst, einen solchen Stollen nicht zu sichern. Beispielsweise, wenn die geologischen Gegebenheiten eine Notwendigkeit solch aufwendiger Maßnahmen nicht unbedingt erforderlich machen oder Gebäude- und Personenschäden auszuschließen sind. Das wird im Einzelfall per Gutachten bewertet und entschieden. Umgekehrt ist der Einsturz eines Stollens in bestimmten Fällen sogar gewollt. Er wird dann, wie wir sagen, *beraubt*. Das bedeutet, dass die Stützmaterialien, also die Grubenstempel, entfernt werden, damit das Deckenmaterial, man nennt es auch das Hangende oder Stollendach, nachsacken und somit den Stollen verfüllen kann. Einen aufgegebenen Schacht nennt man alten Mann. Er wird gesondert gekennzeichnet. In der Regel mit einem Andreaskreuz, welches Bergleute darauf hinweist, dass es sich bei diesem gesperrten Schacht um einen alten Mann handelt und dass das Betreten lebensgefährlich ist.«

»Weil einem jederzeit buchstäblich die Decke auf den Kopf fallen kann. Verstehe«, erwiderte Steiger.

»Unter anderem. Aber auch, um eine weitere Gefahr zu bannen.«

Steiger runzelte die Stirn. »Die da wäre?«

»Das ist nicht in zwei Sätzen erklärt«, sagte Markgraf. »Vielleicht besuchen Sie eine unserer Informationsveranstaltungen, die …«

»Können wir sofort darüber reden? Ich kann das jetzt nicht näher erklären, aber die Informationen sind sehr wichtig für mich.«

Markgraf sah auf seine Uhr. Er überlegte einen Augenblick, wobei er Steiger ansah, als versuche er, dessen Intention einzuschätzen.

»Vielleicht bei einem Kaffee, oder, wenn Sie mögen, bei einem Bier?«, fragte Steiger, bevor Markgraf die Möglichkeit hatte abzulehnen.

Markgraf seufzte betont, öffnete seine Tasche, legte das Werkzeug hinein und wandte sich wieder an seinen Gesprächspartner. »Es scheint Ihnen in der Tat sehr wichtig zu sein. Na gut. Überredet.«

»Haben Sie schon einmal etwas von Methangas gehört?« Markgraf stellte sein Bier auf den Tisch und wischte sich den Schaum von der Oberlippe.

Steiger nickte und trank ebenfalls einen Schluck. »In vielerlei Hinsicht. Klimaschädlich, soweit ich weiß. Gebundene Methanvorräte in den Weltmeeren, die sich aufgrund der Ozeanerwärmung lösen und in die Atmosphäre eintreten. Darüber hinaus eine enorme Anreicherung durch die Massenviehzucht, da meines Wissens Kühe und andere Wiederkäuer Unmengen davon ausstoßen. Die Australier meinen, wir sollten lieber Kängurus essen, um die Welt zu retten. Und natürlich die Probleme unter Tage.«

Markgraf nickte, hob sein Glas etwas an, wischte mit dem Ärmel seiner Jacke den Wasserkreis von der blank polierten Tischplatte und stellte sein Bier wieder auf exakt die gleiche Stelle. »Ganz genau. Methan ist ein Gas, was überall auf der Welt in großen Mengen vorkommt. Es entsteht bei der Umsetzung organischer Substanzen. Kohle ist ehemaliges Holz, und bei der Inkohlung, wie wir es nennen, hat sich eine enorme Menge dieses Gases entwickelt. Das Zeug ist für Menschen in den üblich vorkommenden Konzentrationen ungiftig, aber hochexplosiv. Es reicht schon ein Anteil von nicht mal fünf Prozent in der Luft, um eine Explosionsgefahr zu begründen.« Markgraf hob sein Glas erneut und zu Steigers Erstaunen leerte er es ohne erkennbare Schluckbewegung. Steiger suchte kurz den Blickkontakt zur Bedienung, hob den Arm und zeigte dann auf den Tisch. Die Bedienung verstand und zapfte zwei weitere Pils.

»Da der Kohleabbau tief unter der Erde stattfand, wurde die Methangasgefahr für die Umwelt zunächst unterschätzt. Gott sei Dank sind die mit Methangas gefüllten Stollen von jeglicher Sauerstoffzufuhr abgeschnitten, sonst würden wir buchstäblich auf einer riesigen Bombe sitzen.«

Die Bedienung stellte die nächste Runde auf den Tisch. Steiger bemerkte sein noch halb gefülltes Glas und trank es mit hastigen Zügen aus, ehe er es auf das Tablett der

Kellnerin stellte. Markgraf hob sein Bier, prostete seinem Gegenüber zu, tat erneut einen großen Zug und Steiger überlegte einen Moment, ob er nicht direkt die nächste Lage bestellen sollte.

»Das Wissen um die Methangasgefahr ist in der Bevölkerung relativ unbekannt. Es wird auch heute noch ein enormer und vor allen Dingen kostenintensiver Aufwand betrieben, um Methan aus alten Stollen gezielt abzuleiten. Das Dumme ist nur, dass sich das Problem ein stückweit unberechenbar zeigt. Zunächst wissen wir nicht genau, wo es überall alte Männer gibt. Viele aus dem Beginn der Bergbauzeit sind nicht verzeichnet. Unterlagen gingen in den Weltkriegen verloren. Darüber hinaus ist steigendes Grundwasser ein enormes Problem, da es das Gas förmlich aus den Stollen durch Risse und Spalten in Richtung Oberfläche drückt. Dazu das Phänomen zunehmend heftig ausfallender Niederschläge. Unsere Städte sind dermaßen oberflächenversiegelt, dass Regenwasser nicht mehr auf natürliche Weise versickern kann und Straßen unterspült oder vorhandene Hohlräume erweitert, die sich dann mit Methangas füllen können. Das steigende Grundwasser flutet die Abgasungsrohre, die man eingebracht hat. Diese Rohre leiten das Gas kontrolliert ab und sind mit einem Rückschlagventil ausgestattet. Aber das nützt natürlich nichts, wenn die Rohre voll Wasser laufen.« Wieder hob Markgraf das Glas und stellte es leer auf den Tisch.

Zu Steigers Verwunderung erschien Augenblicke später die Kellnerin mit einem weiteren Gezapften und stellte es vor Markgraf auf den Tisch, wobei sie Steiger verschwörerisch zuzwinkerte. Sie erwiderte sein Lächeln und gab den Blick auf ein schneeweißes Gebiss frei.

»Danke, Tanja«, sagte Markgraf, ohne die Dame anzusehen.

»Hört sich ja gruselig an«, antwortete Steiger. »Wie viel von dem Zeug lagert dann da unten?«

Markgraf lächelte. »So genau weiß das keiner. Aber allein die Summen, die das Landesoberbergamt nur für Nordrheinwestfalen nennt, sind geradezu unvorstellbar.«

»So viel?«

Markgraf nickte. »Die letzte mir bekannte Statistik stammt noch aus meiner aktiven Zeit Mitte der 80er-Jahre, ist also uralt. Demnach betrug das damals geschätzte Vorkommen allein für Nordrhein-Westfalen weit über 100 Millionen Kubikmeter. Aber neuere Messungen haben ergeben, dass man diesen Wert großzügig … sehr großzügig nach oben korrigieren muss.«

»Bitte?«

Markgrafs Lächeln verbreiterte sich, was zu einem Teil sicher seinem Durst geschuldet war. »Wenn Sie so wollen, sitzen wir auf einer Gasbombe, die geeignet wäre, das halbe Ruhrgebiet in den Orbit zu katapultieren.«

Steiger trank einen kleinen Schluck, da sich der Gerstensaft bereits durch einen leichten Schwindel in seinem Kopf bemerkbar machte. »Da können wir wohl mächtig froh sein, dass von dem Gas nicht allzu viel nach oben kommt.«

»Tanja!« Markgraf hob sein leeres Bierglas hoch.

»Noch zwei?«, fragte die Dame, die gerade ein Glas polierte.

Steiger winkte ab und zeigte nickend auf sein Gegenüber.

»Sie meinen, es kommt nicht viel hoch?« Markgraf lehnte sich zurück und lachte kurz auf. Dann beugte er sich wieder nach vorn, dicht an Steiger, als würde er plötzlich ein konspiratives Gespräch führen, dessen Inhalt auf keinen Fall durch die Geräuschkulisse des Cafés sickern sollte. »Sie haben doch von dem Tagesbruch hier um die Ecke gehört. Drei Mal dürfen Sie raten, was der Grund war.« Markgraf lehnte sich wieder zurück, wobei ein süffisantes Lächeln seine Mundwinkel umgab.

»Sie meinen, es war eine Methangasexplosion? Davon hab ich nichts gelesen. Das würde dem Bergamt doch bekannt sein?«

»Natürlich haben Sie nichts davon gelesen. Weil wir alle täglich beschissen werden. Was meinen Sie, was los wäre, wenn bekannt werden würde, dass halb Essen-Katernberg, dass sich das halbe Ruhrgebiet auf einem Pulverfass befindet, welches jederzeit in die Luft gehen kann.«

»Das kann man doch nicht verheimlichen«, widersprach Steiger. »Haben Sie etwa andere Erkenntnisse?«

Markgrafs Lächeln fiel zusammen. »Ich weiß es. Weil es sich angekündigt hat.«

»Sie meinen, die Verantwortlichen hatten Hinweise und haben nichts dagegen unternommen?«

Markgraf schüttelte den Kopf. Bevor er antworten konnte, erschien Tanja und stellte ihm das vierte Bier auf den Tisch. Er umfasste das Glas mit den Fingerspitzen beider Hände, hob es jedoch nicht an. »Genau einen Tag vor dem … nennen wir es mal Tagesbruch. Einen Tag vorher fand ich hinter dem Casino auf dem Gelände der Zeche unzählige tote Spatzen. Es müssen Dutzende gewesen sein. Ihre Leiber verkrampft. Ich bin mir absolut sicher, dass dort bereits Methangas aus der Erde getreten ist.«

»Sagten Sie nicht gerade eben, dass es ungiftig ist?«

»Ja, das sagte ich. Für uns Menschen. Spatzen gehören zu den Sperlingen. Genau wie Kanarienvögel. Man kann beide Arten sogar kreuzen, wenngleich auch nur fortpflanzungsunfähige Bastarde hervorkommen. Diese Vögel reagieren auf Methan, in dem sie Schwindel und teilweise Bewusstlosigkeit zeigen.«

»Aber die Tiere waren tot, sagten Sie.«

»Stimmt. Sie waren tot. Das liegt zum einen an einer hohen Konzentration und daran, dass Grubengas oftmals neben einer hohen Methangaskonzentration eine große Menge an Kohlenmonoxid beinhaltet. Methan ist leichter als Sauerstoff. Wenn die Vögel in eine solche Wolke fliegen, fallen sie aufgrund fehlender Thermik zu Boden. Das recht schwere Kohlenmonoxid in Bodennähe gibt ihnen den Rest.«

»Das riecht nach einem Skandal, wenn Sie mich fragen«, sagte Steiger nachdenklich.

Markgraf nickte. »Ein abendfüllendes Thema, wie Sie feststellen.« Der alte Bergmann hob sein Glas an, trank es aus und schob seinen Stuhl zurück. »Ich muss mich jetzt leider verabschieden. Danke für die Einladung«, sagte er und stand auf. »Ich hoffe, ich konnte Ihnen etwas weiterhelfen.« Markgraf streckte Steiger seine Hand entgegen und schüttelte diese zur Verabschiedung. »Wenn sich bei Ihren Recherchen noch weitere Fragen ergeben, wissen Sie ja, wo Sie mich finden.«

*

Steiger nahm das Handy in die Hand, blickte nachdenklich durch die große Schaufensterscheibe des Cafés auf den belebten Kennedyplatz und betrachtete das Getümmel der Menschen. Er wählte Claudias Nummer und setzte sich wieder an den Tisch, mit dem Rücken zur Wand. Eine

Eigenart, die er unbewusst vollzog. Drei ältere Damen saßen ihm gegenüber und ein junges Paar hatte es sich in einer Ecke bequem gemacht. Er hörte das Schlagen eines Löffels gegen eine Kaffeetasse, Fetzen einer Unterhaltung und aus Richtung Theke vernahm er das Geräusch einer Espressomaschine, während Soul aus den Boxen drang. Niemand schenkte ihm Beachtung und er glaubte, eine Paranoia zu entwickeln, die wahrscheinlich jeden heimsuchte, der auf der Flucht war. Er beobachtete die Tür und den Gang zur Toilette und taxierte jeden Gast.

Er hatte versucht, etwas zu essen, doch die Tragweite des Erlebten lastete zu schwer auf seinem Gemüt. Viel lieber hätte er sich bis zum Pupillenstillstand besoffen. Es klingelte mittlerweile ziemlich lang, sodass er befürchtete, Claudia würde nicht rangehen oder sei verhindert.

»Hast du etwas rausgefunden?«, begann sie das Gespräch.

»Schon, aber ich weiß noch nicht, inwieweit es von Bedeutung ist.«

»Was ist mit dem alten Mann?«

»Genau das meine ich. So wie es aussieht, meinte Schreiner einen stillgelegten Stollen, der als alter Mann bezeichnet wird. Ich habe aber keine Ahnung, was es damit auf sich hat.«

»Einen alten Stollen? Bist du sicher?«

»Ziemlich. Ich habe mich mit einem Fachmann unterhalten. War ein recht interessantes Gespräch.«

»Hast du ihn gefragt, ob er Schreiner kennt?«

»Natürlich. Er kennt ihn nicht. Aber ich habe eine merkwürdige Feststellung gemacht. Als ich auf der Zeche war, habe ich jemanden erkannt. Ich wusste aber nicht, wo ich ihn hinstecken sollte. Du kennst das. Man trifft jemanden, weiß ihn aber nicht sofort einzuordnen. Und ehe man sich versieht, ist man abgelenkt und vergisst die Person wieder.«

»Und wen hast du … meinst du getroffen zu haben?«

»Der Typ heißt Schmidt. Gerd Schmidt. Ein ehemaliger Einbrecherkönig, den ich einige Male weggesperrt habe. Er kam aus dem Casino. In Arbeitermontur. Und irgendetwas sagt mir, dass dies kein Zufall war. Der Typ würde niemals einer ordentlichen Arbeit nachgehen.«

»Was willst du nun tun?«

»Was wohl? Ich werde Schmidtchen mal einen Besuch abstatten.«

*

Die gebündelten Strahlen der Sonne, die sich wie Scheinwerfer durch die wenigen Lücken der Wolkendecke brannten, trafen auf den schäbigen, wie von Motten zerfressenen Stoff des schmutzigen Rollos, bohrten sich durch dessen Löcher, drangen in den ebenso schäbigen Raum dahinter und tauchten das spärliche Mobiliar in ein warmes, beinahe angenehmes Licht. Steiger betrachtete die unzähligen Staubpartikel, die zur tonlosen Musik in der Luft tanzten. Er blickte auf zwei Personen, die regungslos auf der nackten Matratze des schmalen Bettes lagen. Er kniete sich hin und betrachtete aus nächster Nähe die mädchenhaften Züge einer jungen Frau, die völlig entspannt auf der Seite lag. Es gehörte so wenig dazu, ein Kind zu zerstören, dachte er, ergriff mit einem Finger eine der ungezähmten Locken, hob das pechschwarze Haar an und ließ die Strähne langsam über die Kuppe seines Daumes gleiten, bis sie sich zart auf der kaffeebraunen Haut an den Schultern niederließ. Obwohl

Steiger das Mädchen nie zuvor gesehen hatte, kannte er ihre Geschichte. Sie würde kein Happy End nehmen.

»Zeit zum Aufstehen!« Steiger erhob sich, fasste die Kordel mittig unter dem Rollo, zog diese kurz hinunter und ließ sie dann los.

»Was zum Teufel …« Der Mann, der eben noch komatös in seinem Bett gelegen hatte, versuchte aufzuspringen, bis die beiden mit einem albernen Leopardenkunstfell besetzten Handfesseln, die seine Handgelenke umschlossen und ihn an den Metallrahmen seines Bettes ketteten, seinen Schwung jäh stoppten.

»Tu mir einen Gefallen und schmeiß die Nutte raus«, sagte Steiger, der noch immer durch das schmutzige Fenster blickte.

»Steiger, du mieses Stück Scheiße! Du vollgeschissener Strumpf …«

Steiger trat ans Bett, beugte sich über die verängstigt wirkende Gespielin, die ihn mit weit aufgerissenen Augen ansah, nahm beiläufig den Geruch von billigem Parfüm, Schweiß und ungewaschenen Haaren wahr und presste einen Streifen Paketklebeband über den Mund des Mannes, dessen Hasstiraden zu Lauten verkamen.

»Lady! Abmarsch!« Steiger fasste die junge Frau unsanft am Oberarm, zog sie hoch und drückte ihr ihre Kleidung in die Hände. Ohne sich weiter darum zu kümmern, dass sie bis auf ihren Slip nackt war und wie eine Hafenhure in irgendeiner fremden Sprache fluchte, drängte Steiger sie aus der Wohnung, schmiss ihr die Schuhe hinterher und schloss die Tür des verkommenen Einzimmerappartements hinter sich. Danach nahm er einen Stuhl und stellte ihn in ausreichender Entfernung neben das Bett des noch immer unkontrolliert umhertretenden Mannes.

»Nette Titten. War sie schon 18?« Steiger beugte sich über den Mann und riss das Klebeband mit einem kräftigen Ruck von dessen Mund, dass dieser augenblicklich in der Bewegung verharrte und ein schmerzverzerrtes Gesicht machte. »Fuck! Bist du bescheuert?«, schrie er mit sich überschlagender Stimme.

Steiger betrachtete die Aufenthaltsgestattung der Prostituierten in seiner Hand, die er in ihrer Kleidung gefunden hatte, ergriff mit dem Zeigefinger und dem Daumen sein Kinn, setzte ein übertrieben nachdenkliches Gesicht auf und schüttelte bedächtig den Kopf. »Doch noch keine 18. Dachte ich es mir. Sag mal, hast du nicht noch Bewährung offen? Was sagt dein Bewährungshelfer wohl dazu?«

»Was willst du?« Der Mann bäumte sich noch immer gegen seine Fesseln auf, lag aber ansonsten ruhig.

»Reden, Schmidtchen. Mal ein Tötterchen halten.«

»Leck mich!«

Steiger beugte sich vor und sah dem Mann in die Augen, aus denen ihm unverhohlener Hass entgegenstarrte. »Freust du dich denn überhaupt nicht, mich zu sehen?« Steiger streichelte über das stets schmierig wirkende und schüttere Haar des Gefesselten, der seinen Kopf angewidert zur Seite riss. »Ich meine ja nur. Ist schließlich schon lange her. Wie viele Jahre hast du noch mal gekriegt?«

»Das weißt du Bastard ganz genau. Drei verdammte Jahre!«

»Drei Christstollen? Lange Zeit«, erwiderte Steiger.

»Was willst du, Steiger? Ich weiß, dass du kein Bulle mehr bist. Du kannst mir gar nichts. Du kannst mich höchstens gepflegt am Arsch …«

Steiger legte seine flache Hand auf die Stirn des Mannes und schlug dessen Hinterkopf abrupt gegen das metallene Kopfteil des Bettes mit dem Ergebnis, dass sich sofort Ruhe einstellte. Danach ergriff er den Mann am Kinn und zwang ihn, ihn aus nächster Nähe anzusehen. »Stimmt, Schmidtchen. Ich bin kein Bulle mehr. Weißt du auch, was das heißt? Was das für dich heißt?« Steiger machte eine kurze Pause, bevor er fortfuhr. »Das heißt, dass ich mich an keine Regeln mehr halten muss, verstehst du, mein Prinz?« Steiger lehnte sich wieder entspannt zurück. »Drei Jahre. Nicht auszudenken, wie viele es geworden wären, wenn du den Albaner nicht verpfiffen hättest.«

»Was laberst du für einen Scheiß? Ich habe niemanden verpfiffen.«

»In deiner Vernehmung liest sich das anders.«

»Ich ... habe ... niemanden ... verpfiffen! Soll ich es dir buchstabieren?«

»Ich wusste gar nicht, dass du buchstabieren kannst. Hast wohl im Knast die Zeit genutzt und die Sesamstraße geguckt. Wie viel war es noch gleich? Zwölf Kilogramm, oder? Zwölf Kilogramm reinster Kokainstein. Auf wie viel hätte man das Koks strecken können? 40, 50 Kilogramm? Mindestens. Wenn nicht sogar mehr.«

»Ich weiß nicht, wovon du redest.« Schmidt war unsicher. Er wusste, Steiger kannte seinen Lebenslauf aus den unzähligen Akten, die sich im Laufe seiner Karriere bei der Polizei angehäuft hatten.

Steiger lächelte. »Ach, Schmidtchen ... Gezim Gashi. Erinnerst du dich an ihn? Natürlich tust du das. Weißt du, dass er bald rauskommt? Er wird einen mächtigen Hals auf denjenigen haben, der ihm sechs Jahre eingebracht hat. Mal abgesehen von der Kohle, die er in den Sand gesetzt hat.« Steiger tat so, als grübelte er. »50 Kilogramm sind 50.000 Gramm. Pro Gramm, sagen wir mal um die 50 Euro. Im schlechtesten Fall. Abzüglich der 250.000 Euro, die er in etwa bezahlt haben wird …« Steiger sah Schmidt direkt an. »Er wird mächtig sauer sein. Er wird das Geld nicht allein aufgebracht haben, vermute ich. Gashi wird sich einer Menge Leute gegenüber rechtfertigen müssen. Man hat gegen ihn in Albanien wegen eines Tötungsdeliktes ermittelt, wusstest du das? Anstiftung zum Mord«, log Steiger.

»Was soll die Scheiße, Mann? Man hat mir Vertraulichkeit zugesichert!«

»Ah. Ich verstehe. Vertraulichkeit. Stimmt. Daher tauchst du nur als Anonymus in der Hauptakte auf. Lass mich mal überlegen. Wer hat dir Vertraulichkeit zugesichert?«

»Die Vernehmungsbeamten. Da gibt es so was vom Innenministerium oder so.«

»Die Vernehmungsbeamten. Mag sein. Aber ich auch?«

»Was willst du?«, wiederholte der Mann seine Frage mit zittriger Stimme.

Steiger sah, dass sich seine Arme nicht mehr gegen die Fesseln aufbäumten, was er als untrügerisches Zeichen dafür wertete, dass sein Widerstand nahezu gebrochen war. »Du wirst mir einen Gefallen tun. Es sei denn, du möchtest als verurteilter Wiederholungstäter einem Richter erklären, warum du wieder einmal eine Minderjährige gevögelt hast. Ich könnte mir gut vorstellen, dass man bei einer erneuten Verurteilung über eine Sicherheitsverwahrung nachdenken wird. Wobei das deine geringste Sorge sein dürfte, wenn der Albaner Wind davon bekommt, dass du ihn verpfiffen hast.« Steiger beugte sich über Gerd Schmidt und löste nacheinander die Handfesseln. Er wusste, er hatte keine Gegenwehr mehr zu erwarten. »Mann, du stinkst vielleicht nach Sprit. Ich hoffe, es ist noch etwas Restverstand in deinem versoffenen Hirn«, sagte Steiger mit aggressiver Stimme.

Schmidt setzte sich aufrecht hin und massierte sich abwechselnd die geröteten Handgelenke. Steiger betrachtete sein Gegenüber, der nur mit einer Unterhose bekleidet auf der Matratze saß und dessen Beine so kurz waren, dass sie den Boden nur mit den Zehen berührten. Er war klein und sein formloser, untersetzter Körper dicht behaart. Eine abstoßende Persönlichkeit, die rauchte, soff und in der Regel nach altem Schweiß roch. Schmidt hatte ein Faible für minderjährige Mädchen, was ihm bereits mehrfach diverse Haft- und Bewährungsstrafen eingebracht hatte. Aber noch etwas war Schmidt, alias Schmidtchen. Er war ein Genie, wenn es darum ging einzubrechen. Die Tatsache, dass er den größten Teil seines Lebens im Knast verbracht hatte, beruhte nicht auf einer stümperhaften Tatausführung. Er war, abgesehen von seinem kriminellen Talent, ein nichtsnutziger Wichtigtuer mit einem ausgeprägten Hang zur Selbstdarstellung, zur Prahlerei. Und sein allzu sorgloser Umgang mit reichlich Alkohol und Kokain war das, was ihm in der Vergangenheit unzählige Male das Genick gebrochen hatte.

Während er Schmidt so betrachtete, schwirrten ihm die tollsten Gedanken durch den Kopf. Wenn sich seine Vermutung nicht bestätigte, dann würde es schwer werden, sein Gegenüber zum dauerhaften Stillschweigen über das zu bewegen, wozu er ihn gleich nötigen würde.

Der Ganove musterte ihn aufmerksam. Man sah ihm an, er winselte förmlich um Aufklärung, aber er hatte offensichtlich Schiss, was schon mal die halbe Miete war. Steigers Zurückhaltung ertrug er nur schwer. »Was für einen Gefallen?«

Die Ratte fühlt sich in die Enge getrieben. Sehr gut, dachte sich Steiger. »Zunächst sagst du mir, was du auf Zollverein zu suchen hattest. Und bevor du, Kerbtier, auf die Idee kommst, mich zu verarschen, denk daran, du weißt nicht, was ich weiß.«

»Was soll ich da schon gemacht haben? Ich hab mir das Teil angesehen. Ich …«

Die Ohrfeige kam ansatzlos und riss Schmidts Kopf zur Seite. Sein pomadiges Haar hing ihm anschließend wirr im Gesicht.

»Letzte Chance, Schmidt.«

»Krieg dich ein! Ich hatte einen Auftrag.«

Steiger beugte sich leicht nach vorn. »Schmidtchen. Redest du jetzt in flüssigen Sätzen oder muss ich dir jedes Mal eine runterhauen, damit du ein weiteres Wort ausspuckst?«

Schmidts Augen waren rastlos, schienen nach einem Ausweg zu suchen. Fürchteten die Konfrontation mit Steigers Blick. »Scheiße, Mann. Da war so ein Typ. Der hat mir eine Menge Kohle geboten, wenn ich die Alarmanlage von diesem Casino stilllege.«

»Warum solltest du sie deaktivieren?«

»Keine Ahnung. Wenn man mir derart viel Kohle bietet, dann stell ich keine Fragen. Ist der Gesundheit nicht zuträglich. Und ehrlich gesagt, geht mir das auch am Arsch vorbei.«

»Von wem hast du den Auftrag erhalten?«

»Wat meinst du denn, Steiger? Ich hab keine Visitenkarte bekommen. Ich sollte lediglich diese verfickte Anlage ausstellen und zwar so, dass niemand was merkt. Ist mir auch scheißegal, was die vorhaben. Und jetzt sag mir endlich, was du von mir willst.«

Steiger machte eine Pause, um seiner Forderung Nachdruck zu verleihen und Schmidts wachsende Unsicherheit zu nutzen. »Du wirst für mich einen Bruch machen«, sagte Steiger entschieden. »Und es wird wahrscheinlich der gefährlichste sein, den du je begangen hast.«

Schmidt wirkte perplex. »Einen Bruch?«

Steiger beugte sich vor und sah Schmidt ernst an. »Es gibt da ein paar Leute, die mir an die Wäsche wollen.«

Schmidt grinste und zeigte Steiger sein entblößtes Gebiss mit schiefen und verfärbten Zähnen.

»Auch wenn es deine Laune schlagartig erhellen mag, handelt es sich um Leute, die eine Nummer zu groß für uns beide sind. Wir reden hier von zwei Toten in den letzten 24 Stunden. Und sollte es uns beiden Hübschen nicht gelingen, meinen Plan in die Tat umzusetzen, dann werde ich der Nächste sein. Nur dass wir beide ein Team sind, dafür habe ich Sorge getragen. Meine Probleme sind von nun an auch deine. Der Albaner und die kleine Nutte sind dagegen ein Fliegenschiss.«

»Warum soll ich dir glauben, Steiger? Wer garantiert mir, dass du mir hier nicht einen Haufen Scheiße erzählst oder mich in irgendeine Falle lockst? Was ist, wenn ich dir vorschlage, dass du mich da küssen kannst, wo die Sonne nie hinscheint?«

Steiger stand auf, trat wieder an das Fenster und öffnete es. Die frische Luft, die er einatmete, tat ihm gut. »Geh!« Noch immer sah er aus dem Fenster.

»Was?«

Steiger drehte sich zu Schmidt und sah ihn ernst an. »Du kannst gehen. Aber ich verspreche dir, dass du in kürzester Zeit nicht mehr am Leben sein wirst.«

Schmidts Augen verengten sich zu Schlitzen. »Und wie kommst du darauf?«

Steiger warf ihm einen gefalteten Zettel hin. Schmidt zögerte, bevor er das Papier an sich nahm und es auseinanderfaltete. Noch ehe er die Frage, die ihm auf der Zunge lag, loswerden konnte, sprach Steiger: »Sollten die Typen, die hinter mir her sind, dich nicht finden, wird ein einziges Telefonat dir die Hölle auf Erden bescheren. Das ist die Telefonnummer des Mannes, den du verpfiffen hast. Und ich schwöre dir, noch bevor du diesen Raum verlassen hast, wird er davon Kenntnis haben, wer der Verräter war.«

5. KAPITEL

Die beiden Männer blickten durch die dichte Ligusterhecke auf die Rückseite des Gebäudes, das durch die wenigen Strahlen der angrenzenden Straßenlaternen dezent beleuchtet wurde. Die friedliche Stille um sie herum wurde nur durch den Lärm der wenigen Fahrzeuge gestört, die die Hauptstraße entlangfuhren und die Dunkelheit mit ihren Scheinwerfern zerschnitten. Mehrere Stunden hatten sie vor dem Haus gewartet, bis sie sich sicher waren. Kein Licht, welches bei der eintretenden Dämmerung eingeschaltet wurde. Keine Bewegungen an den Fenstern.

Steiger betrachtete Gerd Schmidt, der, deutlich kleiner als er, die Zweige des Buschwerkes mit seinen feingliedrigen Händen, die in dünnen Lederhandschuhen steckten, auseinanderschob und mit hektischen Augen die Umgebung wie ein Wiesel absuchte. Schmidt warf seine Kippe auf den Boden und trat sie mit der Spitze seines Sportschuhes aus, um sie anschließend aufzuheben und in die aufgesetzte Tasche seiner Jacke verschwinden zu lassen.

Steiger nahm den kalten Rauch aus seinem Mund wahr, als er sich flüsternd an ihn wandte. »Ich werde mich jetzt von vorn nähern, um mir den Bau anzusehen. Du stehst Schmiere.« Schmidt nahm seinen Rucksack ab, legte ihn auf den Boden und öffnete ihn. Steiger beobachtete ihn, während er in seiner Tasche kramte und eine Ledertasche mit Reißverschluss zutage förderte.

»Du willst von vorn ran? Ich dachte, wir steigen von hinten ein?«

Schmidt hielt kurz inne, grinste gehässig, während Steiger meinte, in seinen Augen ein Aufblitzen von Herablassung zu erkennen.

»Ihr Bullen habt echt keinen Plan. Ein Blinder mit Krückstock erkennt, dass dieses Haus besonders gesichert ist. Siehst du die dunkle Plastikkugel da an der Hauswand? Das ist eine Überwachungskamera. Von hinten ran ist also nicht. Es sei denn, du fliegst über die Kamera hinweg. Ich will mir einen Überblick über den Schließmechanismus an der Haustür verschaffen. Vielleicht kommen wir da rein.«

Steiger betrachtete das aufgeschwemmte und talgige Gesicht des Berufsganoven und dachte darüber nach, ob es die richtige Entscheidung gewesen war, sein Schicksal ein Stück weit in die Hände dieses Kriminellen zu legen. Er spürte, dass Schmidt ihn belauerte, beobachtete, sich innerlich gegen ihn auflehnte. Sich in dieser Situation auf diesen Verbrecher verlassen zu müssen, bereitete ihm Unbehagen. Gleichzeitig war ihm bewusst, über welche Fähigkeiten Schmidt verfügte, als dieser einen Hyundai in weniger als einer Minute geöffnet und kurzgeschlossen hatte. »Keine auffällige Karre. Ein Frauenauto mit Kindersitz und *Hello Kitty*-Sonnenblende, das niemandem verdächtig vorkommen wird«, waren seine Worte gewesen. Steiger hatte dies anerkennend zur Kenntnis genommen. Es handelte sich um einen zugelassenen Wagen, den sie von dem Gelände einer Vertragswerkstatt hatten und der laut eines innen liegenden Arbeitsauftrages zur Inspektion auf dem Hof stand, sodass ihn vor morgen früh niemand vermissen würde.

Ohne weiter von Steiger Notiz zu nehmen, verschwand Schmidt in der Dunkelheit.

Steiger fragte sich, ob Schmidt, körperliche Defizite aufweisend, sozial nicht intrigierbar und offenkundig frei von jeglichen moralischen Wertevorstellungen ein Nischenprodukt der Evolution darstellte und als eine Art eigenständige menschliche Gattung zu betrachten war, deren abgrundtief schlechter Charakter sich nicht auf eine kindliche Prägung begründete, negative Erfahrungen, fehlende Chancengleichheit und solchen Dinge. Vielleicht war er einfach das Ergebnis einer Parallelentwicklung der Natur, welche die Lücke, die ihm gesellschaftlich geboten wurde, füllte und erfolgreich für sich nutzte. Sein Egoismus, dieses Fehlen jeglicher sozialer Kompetenz und jeglichen Unrechtsbewusstseins waren Bestandteil seiner Überlebensstrategie. Eine Abkehr von diesen Eigenschaften stellte sich, aus einer solchen Sicht betrachtet, nur als ein existenzgefährdendes Hindernis dar. Könnte es sein, fragte er sich, dass in Schmidts Erbgut ein Paradebeispiel für ein kriminelles Gen verborgen lag und er somit nicht in der Lage war, sich normgerecht zu verhalten?

Steigers Augen hatten sich mittlerweile an die Dunkelheit gewöhnt, und das diffuse Licht, welches von der angrenzenden Baustelle zu dem Grundstück drang, genügte, um ausreichend sehen zu können, wenngleich alles grau war.

Steiger wurde von einem seitlichen Rascheln alarmiert. Unmittelbar darauf trat Schmidt durch das Gebüsch.

Seine Atmung war beschleunigt. »Wird nicht so einfach. Die Bude ist alarmgesichert.«

»Bedeutet?«

»Die Tür verfügt über einen besonderen Schließapparat. Ziemlich ungewöhnlich. Wer auch immer hinter den Türen haust, hat was zu verbergen oder zu verstecken.«

»Und was heißt das jetzt genau?«

»Das Schloss der Haustür kann nur mittels eines codierten Schlüssels geöffnet werden. Du musst dir das so vorstellen … im Schlüssel befindet sich ein Sensor, der auf eine bestimmte Frequenz justiert ist. Führe ich den Schlüssel in das Schloss, so berührt der Schlüsselbart einen sogenannten Eingangsfilter, der nur auf die eingestellte Frequenz reagiert, oder besser gesagt: nicht reagiert. Führst du also einen falschen Schlüssel oder einen Gegenstand zur Manipulation in den Schließzylinder, dann schaltet sich die angeschlossene Alarmanlage ein. Meist mit einem stillen Alarm, sodass du nicht mal weißt, dass du einen ausgelöst hast, wenn du drin bist. Ich hasse die Dinger, weil es dir passieren kann, dass du völlig unerwartet in die Knarre eines Bullen oder in das Gebiss eines scheiß Köters glotzt.«

»Kriegst du das hin?«

»Nicht in so kurzer Zeit. Man kann die Frequenz beim Öffnen abgreifen, aber das setzt einen gewissen technischen Aufwand voraus.«

»Komm schon, Schmidtchen.« Steiger schlug ihm aufmunternd auf die Schulter. »Enttäusch mich nicht. Du willst mir doch nicht erzählen, dass deine Ganovenehre es zulässt, dass du vor einer Haustür kapitulierst?«

Schmidt verzog abwägend das Gesicht. »Ich bin … war nie jemand, der im Vorbeigehen spontan einen Bruch macht. So 'ne Schnellschussnummer liegt mir nicht. Du kannst davon ausgehen, die Wohnungen in dem Haus werden einiges an Überraschungen bieten, wenn schon die Haustür und das Gelände so gesichert sind.«

»Tja, Schmidt. Kein Schwanz ist so hart wie das Leben. Lass dir gefälligst was einfallen!«

Könnten Blicke töten, Steiger wäre auf der Stelle leblos zusammengebrochen, doch Schmidt schluckte seine Bemerkung, die ihm sichtbar auf der Zunge lag, wie einen trockenen Kloß hinunter. »Die Tür wird, davon müssen wir ausgehen, einen Sabotagekontakt haben, der ebenfalls über das Schloss aktiviert oder deaktiviert wird. Darüber hinaus eine Vielzahl gehärteter Verriegelungsbolzen. Stümperhaft rumhebeln wird da nichts bringen.« Schmidt griff erneut in seinen Rucksack und beförderte eine Art Brille heraus, wie Steiger sie von Schweißarbeiten kannte. Er verfolgte seine Bewegungen, traute ihm noch immer nicht über den Weg und konnte sich nicht sicher sein, ob seine Drohungen bei Schmidt immer noch fruchteten. »Klär mich auf.«

Wieder bedachte Schmidt ihn mit einem abfälligen Gesichtsausdruck, wie ein Bühnenmagier, dem man mit Gewaltandrohung seine Tricks abrang. »In der Regel werden im Innenraum Bewegungsmelder installiert. Die meisten reagieren nicht, wie immer angenommen, auf die Bewegung selbst, sondern auf Temperaturunterschiede, sonst würden die Dinger bei jeder umherschwirrenden Scheißhausfliege losgehen. Dafür senden sie ein Infrarotlicht aus, was ich mit der Brille sehen kann.«

»Sachen gibt's …«

Schmidt spie aus und Steiger wusste nicht, ob er einfach so aus Nervosität rotzte oder damit generell seine Missbilligung zum Ausdruck bringen wollte.

Schmidt wandte seine Blick nicht von der Hauswand, während er sprach. »Zwei Etagen, zuzüglich Dachgeschoss. Metalljalousien im Erdgeschoss. Ich kann Infrarotstrahlen in der ersten Etage erkennen. Die anderen Etagen liegen zu hoch. Die unteren Etagen sind gesondert gesichert, das steht außer Frage. Bei den höher liegenden

Geschossen muss das nicht zwangsläufig so sein. Da konzentriert man sich auf den Bereich der Türen. Könnte also sein, dass man dort etwas nachlässiger vorgegangen ist. Letztendlich ist das aber völlig latte. Wir kommen da nicht rein, ohne aufzufallen. Nicht ohne Vorlaufzeit. Schlage vor, wenn es dir so wichtig ist, wir versuchen es in den kommenden Tagen …«

»Heute! Jetzt!«, unterbrach ihn Steiger.

»Du kapierst das nicht, oder? Wir kommen da nicht rein. Es sei denn, du willst dich vom Dach abseilen.« Schmidt betrachtete Steigers Grinsen. »Steiger. Noch mal langsam für dich. Das Haus ist freistehend, falls du es noch nicht bemerkt haben solltest. Du kommst nicht auf das Dach.«

Steigers Grinsen wurde noch breiter. »Ich nicht. Aber du, Schmidtchen.«

Steiger war überrascht, wie geräuschlos sich der Drehkranz des Kranes in Bewegung setzte. Der Aufstieg über die außen angebrachte Metallsprossenleiter hinauf zu der geschätzt 15 Meter über dem Boden befindlichen Führerkabine hatte ihm seine ausgeprägte Höhenangst vor Augen geführt. Jetzt, in der Sicherheit der Kabine, legte sich die beklemmende Lähmung etwas. Der Sicherungskasten des Stromaggregats am Boden war relativ schnell überwunden, genauso wie das Schloss der Kabine, aber als er auf die Steuerungseinheit blickte, glaubte er zunächst nicht mehr an den Erfolg seiner Idee. Doch zu seiner eigenen Verwunderung ließ sich der Kran leicht bedienen. Nachdem er ein Gefühl dafür bekommen hatte, wie stark er den Joystick bewegen musste, um den Drehkranz und somit den Ausleger auf die gewünschte Position auszurichten, versuchte er sich in der Bedienung der Laufkatze, an deren Haken eine Schubkarre hing, die in ungefähr fünf Metern Höhe über dem Boden schwebte. Nach einigem Hantieren bewegte sich die Laufkatze tatsächlich nahezu geräuschlos in die gewollte Richtung. Schwieriger gestaltete sich das Absenken des Hubseiles, sodass beinahe die Last auf den Boden aufgeschlagen wäre. Nach mehreren Versuchen gelang es ihm, die Schubkarre so zu positionieren, dass Schmidt hineinklettern konnte.

»Zieh mich rauf. Aber sei vorsichtig!«, krächzte Schmidt in das kleine Walkie-Talkie, welches er Steiger gegeben hatte. Der Typ schien an alles gedacht zu haben. Steiger betätigte einen Knopf und sah am Ende des Auslegers, wie die Hubseile sich in Bewegung setzten. Schmidt kauerte in der Schubkarre, während er ohne große Pendelbewegungen an Höhe gewann. Wieder folgte die Maschine Steigers Befehlen, der Kran drehte sich etwas und der Ausleger richtete sich auf das Dach des Gebäudes aus. Beinahe wäre die Schubkarre gegen den Schornstein geschlagen. Schmidt hob den Kopf, blickte zu der Führerkabine und zeigte mit dem Daumen nach unten. Steiger senkte die Last und beobachtete, wie Schmidt auf das Dach kletterte und sich dabei so geschmeidig auf den Dachpfannen bewegte, als hätte er nie etwas anderes getan. Bis vor Kurzem war Schmidt für Steiger lediglich eines dieser kriminellen Subjekte, denen man einige ihrer Taten nicht nachweisen konnte, weil sie einfach unverschämtes Glück gehabt hatten. Jetzt, wo er ihn bei seiner *Arbeit* beobachtete und seine professionelle Einstellung kannte, dazu den technischen Sachverstand, war er sich beinahe sicher, dass es bisher Zufall gewesen war, ihn jemals geschnappt zu haben. Sein unförmiger Körper, der Danny DeVitos glich, bewegte sich beeindruckend behände mit der Leichtigkeit einer Katze. Schmidt war unzweifelhaft in seinem Element, und Steiger fragte sich, was er noch alles auf dem Kerbholz hatte.

Schmidt legte seinen Rucksack ab und kletterte auf die andere Dachseite. Kurz war Steiger gehalten, ihn über Funk zu fragen, was das soll, als es ihm einfiel. Dieser Fuchs, dachte er sich. Auf diese Weise würde der Kranfahrer am Morgen das Einstiegsloch im Dach nicht sehen. Nach wenigen Minuten, vielleicht waren es auch nur Sekunden, erschien Schmidt wieder. Anschließend wickelte er ein dünnes Seil um den gemauerten Kaminsims, band das andere Ende um seine Taille und verschwand wieder auf der Sicht abgewandten Seite.

Steigers Herz pochte vor Aufregung und die Szene ließ ihn beinahe vergessen, dass er Teil dieses Einbruchs war. Nicht nur Anstifter, sondern Mittäter. Das Funkgerät krächzte und augenblicklich vernahm er die blechern klingende Stimme von Schmidt. »Ich bin drin. In der Wohnung befindet sich ein Bewegungsmelder. Er ist auf die Tür ausgerichtet, die, wie ich vermutet habe, tatsächlich mit einem digitalen Schloss gesichert ist. Dem ersten Anschein nach ist hier nicht viel zu holen.«

Steiger drückte die Sprechtaste, wartete eine Sekunde, bis sich der Funkkanal geöffnet hatte, und sprach dann in das Gerät. »Ich bin stolz auf dich. Pass auf. In der Wohnung befinden sich Umschläge. Ich brauche sie unter allen Umständen. Und wenn du sie nicht findest, dann bring mir alle Unterlagen, Fotos und Dokumente, die du finden kannst, und seien sie in deinen Augen noch so wertlos. Hast du mich verstanden?«

»Fick dich!«

*

Während Wladimir Kristschow an seiner Zigarette zog, blickte er in Gedanken versunken durch die Rauchschwaden und durch das große Panoramafenster seiner Hotelsuite auf die Lichter der Stadt. Der zurückliegende Tag hatte alle Erwartungen erfüllt. Die Verhandlungen in Essen waren sehr gut verlaufen, die Vorverträge unterzeichnet. In wenigen Wochen würde der Verkauf seines Maschinenbauunternehmens abgeschlossen sein. Sein Privatvermögen würde über Umwege, getarnt als Investitionen diverser Scheinfirmen, nach Deutschland und in andere europäische Länder überwiesen werden. Er würde sich absetzen und aus seinem Exil heraus Informationen unzähliger Oppositioneller dazu verwenden, auf die Missstände unter Putins Herrschaft hinzuweisen.

Putin hatte das Land fest im Griff und seine Geheimdienste setzten alles daran, um die Feinde des Staates, oder die, die sie dafür hielten, aufzuspüren. Jedes unbedachte Wort, jede falsche, öffentlich zum Ausdruck gebrachte politische Gesinnung konnte fatale Folgen haben. Es kam nicht darauf an, einem Verdächtigen ein wirkliches Verbrechen nachzuweisen. Es reichte, wenn auffällig gewordene Personen mit unbedachten und unbeabsichtigten Zweideutigkeiten mangelnde Loyalität zeigten und den Glauben an das System infrage stellten. Seine besonderen diplomatischen Fähigkeiten und darüber hinaus eine große Portion unverschämten Glücks hatten Kristschow bisher davor bewahrt, direkt in eine Zelle oder ein Straflager zu marschieren. Denn selbst der Geheimdienst benötigte in seinem Pflichteifer gegenwärtig zumindest ein fadenscheiniges Argument, um jemanden anzuklagen.

Kristschow war kein Akademiker, niemand von adliger Abstammung oder auch nur gutem Hause. Als Sohn eines

Werksarbeiters, der wusste, dass Wissen in seinem Land genauso viel Macht bedeutete wie Geld, war er ein Organisationstalent, ein tiefsinniger Denker und Analytiker, der weitaus früher als die meisten verstanden hatte, dass man ein tief stehendes Hindernis nicht überwand, in dem man unablässig mit dem Kopf dagegen rannte. Sich im richtigen Moment zu bücken, brachte einen mitunter schneller ans Ziel. Insbesondere in einem Land, in dem die geistig kulturelle Ausrichtung gen Westen und eine Anlehnung an demokratische Werte nur ein außenpolitisches Pseudoargument darstellte, mit denen man von den Missständen und Menschenrechtsverletzungen ablenken wollte. Sein Talent, Menschen einzuschätzen, ihre Schwächen zu erkennen, hatte ihm insbesondere bei der Vergabe von Genehmigungen stets gute Dienste geleistet. So gelang es ihm, den ein oder anderen behördlichen Entscheidungsträger mit einer privaten Spende davon zu überzeugen, seine Loyalität gegenüber geltenden Vorschriften nochmals zu überdenken. Bisher schützte ihn seine Bekanntheit, wenn auch nur geringfügig, denn das Misstrauen der Bevölkerung gegen die Schergen des Kremls wuchs mit jeder Person, die verschwand oder einem Unfalltod zum Opfer fiel, insbesondere, wenn sie eine herausragende Rolle in der Opposition spielte.

Kristschow hatte sich angewöhnt, niemandem zu vertrauen, und lebte in der Vorstellung, der Geheimdienst könnte jeden seiner Gedanken mitlesen. Diese Umsicht hatte ihn bisher am Leben gehalten, doch er stand auf der Abschussliste und der Lauf des Gewehres war bereits auf ihn gerichtet, so viel stand für ihn fest. Es war nur eine Frage der Zeit, bis sich der Zeigefinger krümmte, denn die Botschaft des Geheimdienstes war in der Regel so brutal wie einfach: Wer sich gegen das System auflehnte, hatte Konsequenzen zu tragen.

Kristschow war sich bewusst, seine oppositionelle Unterstützung war Grund genug, ein ähnliches Schicksal zu erleiden. Aber nicht nur der Geheimdienst hatte seine Informanten. Auch Kristschow selbst hatte Kontakte und seine finanziellen Möglichkeiten taten die ein oder andere Quelle auf.

Doch Kristschow hatte einen wunden Punkt. Eine Achillesferse, die ihn angreifbar machte. Er hatte, als er seinen Reichtum aufgebaut hatte, branchenüblich innerrussische Steueroasen genutzt, um sein Vermögen vor dem Fiskus zu schützen. Dies wäre ein gefundenes Fressen seiner Gegner, um auf die kriminellen Machenschaften Großindustrieller und die Notwendigkeit weiterer Verstaatlichung inländischer Wirtschaftsunternehmen hinzuweisen. Er würde ein weiteres, prominentes Beispiel abgeben, an dem man ein Exempel statuieren könnte. Aber Kristschow hatte vorgesorgt. Die Bekanntgabe der Fusion mit der Prostahl AG am kommenden Tag in der Zeche Zollverein würde den Höhepunkt seines Planes darstellen. Kristschow drückte seine Zigarette aus und verließ die Suite mit leicht schwankendem Gang, der seiner massigen Statur geschuldet war, um seinen geschickten Schachzug an der Hotelbar mit einer weiteren Flasche Champagner zu begießen.

*

Die Zeit verging, ohne dass Schmidt sich meldete, und Steiger merkte die innere Anspannung, die nicht nur von der Höhenangst herrührte. Von seiner Position aus konnte er über das Viertel blicken und bei jedem Scheinwerferpaar, welches sich in seine Richtung bewegte, verkrampfte er sich innerlich. Sein Shirt klebte an seinem Körper und er roch den Stress in seinem Schweiß. Er bereute es, nur mit einem Sweatshirt und einer dünnen Jacke bekleidet zu sein. Einige Male sah er einen Lichtschein unruhig in der Wohnung tanzen.

Schmidt meldete sich. »Die Bude ist wie geleckt. Wem auch immer sie gehört, er oder sie übernachtet in der Wohnung, wohnt hier aber nicht. Die Schränke sind leer und in der Küche sind nicht mal Teller.«

Steigers Ungeduld war kaum zu ertragen. »Hast du die Unterlagen?«

»Ich habe alle Räume durch. Da ist nichts. Aber ich habe einen Wandsafe entdeckt. Geschickt versteckt hinter einem Sicherungskasten.«

Steiger strich sich über die Stirn. Seine Handflächen waren nass. »Kriegst du ihn auf?«

»Ist der Papst katholisch? Aber ich brauch deine Hilfe.«

»Wie soll ich in die Wohnung kommen?« Steiger vernahm ein heiseres Lachen aus dem Gerät.

»Wie war das noch, Steiger? Kein Schwanz ist so hart wie das Leben. Lass dir gefälligst was einfallen!«

Der Ausleger war ungefähr 90, vielleicht 100 Zentimeter breit. Steiger fühlte den kalten Stahl, dessen Kälte sich in seinen Brustkorb brannte, durch sein verschwitztes Shirt. Der Wind fuhr in Böen gegen seinen Leib, riss an seiner Kleidung und rüttelte an der Metallkonstruktion, sodass sie unruhig hin und her schwankte. Eine nicht zu kontrollierende Macht zwang ihn dazu, entgegen seinem Willen die zu einem schmalen Schlitz verengten Lider zu öffnen und nach unten zu blicken. Irgendein Tier verbarg sich in dem dichten Gebüsch weit unter ihm und verfolgte ihn mit gelb leuchtenden Augen.

Sämtliche Konturen verschmolzen in der Dunkelheit, nahmen ihm das Gefühl für die Höhe, nicht jedoch seine Angst. Als er nach vorn greifen wollte, um langsam seinem Ziel entgegenzukriechen, verweigerten seine Hände ihren Dienst. Zu groß war der Respekt vor dem Abgrund. Viel zu fest krallten sich seine Gliedmaßen um die Metallverstrebungen. Sein Verstand musste jedem einzelnen Fingerglied den Befehl erteilen loszulassen. Zentimeter um Zentimeter, jede Bewegung in Gedanken vorbereitend, schob er sich mit dampfendem Atem über den Ausleger, roch dabei das Fett des Hubseiles, an dessen Ende die Schubkarre hing, während der Wind nach wie vor aus allen Richtungen in heftigen Stößen an ihm zerrte. Seine Augen tränten, sein offener Mund war trocken. Er war klatschnass geschwitzt und fror entsetzlich. Langsam tastete er sich mit halb geschlossenen Augen weiter, bis er unter sich die silberne Regenrinne und die schuppenartig angebrachten Ziegel des steil ansteigenden Daches sah. Steiger hob den Kopf, blickte nach vorn, spürte die verkrampfte Nackenmuskulatur und sah die Schubkarre, die sich ungefähr drei Meter unter ihm befand.

Er drehte sich zur Seite, spürte jede einzelne Faser seines Körpers. Als er sich herabließ und seine Beine keinen Halt fanden, war er kurz davor, die Fassung zu verlieren. Er wollte schreien. Um Hilfe rufen. Seine Hände krallten sich an dem Haken der Laufkatze fest, während seine Arme ihm mit einem unkontrollierten Zittern signalisierten, dass ihre Kräfte erschöpft waren. Kurz war er versucht, sich hochzuziehen. Sich auf den sicheren Halt des Auslegers zu flüchten, doch seine Muskulatur machte dicht. Steiger konnte sich nur noch langsam nach unten hangeln, bis er den Boden der Schubkarre direkt unter sich glaubte, und ließ sich fallen. Der dumpfe Aufprall hallte durch die Nacht.

»Bist du bescheuert? Willst du die ganze Gegend wachmachen?«

Steiger sah irritiert in das breit grinsende Gesicht von Schmidt, der mit beiden Händen die Schubkarre ergriffen hatte. Für einen Moment dachte er, Schmidt würde ihn in die Tiefe stoßen. Dann reichte er ihm die Hand.

Die Dachziegel waren durch die Luftfeuchtigkeit rutschig, eine Tatsache, die ihm zuvor nicht aufgefallen war, als er Schmidt auf dem Dach beobachtet hatte. Schmidt hatte einige der Dachpfannen abgehoben, die Dämmung entfernt und die darunter befindlichen Rigipsplatten eingetreten. Der Profieinbrecher und der Amateur kletterten durch die Öffnung und befanden sich in einer rechteckigen Küche. Sie wirkte wie ein steriles Ausstellungsstück aus einem Möbelhaus. Keine Gewürzdosen, keine Küchenrolle, nichts, das auf regelmäßige Nutzung schließen ließ.

»Der nächste Raum ist die Diele. Ich hab den Bewegungsmelder abgeschaltet.«

»Wie das?«

»Geht dich einen Scheiß an.« Schmidt lief auf die gegenüberliegende Wand zu, in der eine metallene Tür eingelassen war. »Gar nicht mal so unclever.« Schmidt öffnete sie und die beiden Männer sahen sich einer Sicherungstafel und einem Drehstromzähler gegenüber. »Wäre beinahe darauf reingefallen.« Er zog an dem seitlichen Rahmen des eingelassenen Kastens und es tat sich eine zweite Tür auf, hinter der sich ein in die Wand eingelassener Tresor befand, der mit einem digitalen Schloss gesichert war. »Einen Wandsafe vermutet man nicht in der Diele. Meistens sind die Teile in Büroräumen oder im Schlafzimmerschrank eingelassen. Ein Sicherungskasten im Flur fällt nicht auf. Hier! Guck dir das mal an.«

Steiger trat näher an die Schalttafel.

»Der Drehzahlmesser des angeblichen Stromzählers ist mit einer Batterie ausgerüstet. Das Ding dreht sich tatsächlich. Coole Sache.«

»Wie hast du das gemerkt?«

Schmidts selbstbewusstes Grinsen, welches seinen listigen Gesichtsausdruck noch verstärkte, schien Steiger mitzuteilen, dass er diese Frage als Anerkennung auffasste. »Die Scheibe dreht sich, aber der Zählerstand verändert sich nicht«, erwiderte er, wobei er sich mit dem rechten Zeigefinger an die Stirn tippte und sich dann zu seinem Rucksack bückte, der auf dem Boden lag. Steigers Schweigen war für ihn Belohnung genug, und in der Tat war dieser von seiner Kombinationsfähigkeit beeindruckt.

»Was hast du vor? Willst du den Kasten aufflexen? Das wird die halbe Gegend aufwecken.«

Schmidt erhob sich und hielt einen metallenen Zylinder in der Hand, der unzweifelhaft erkennbar Marke Eigenbau war. Er wirkte übertrieben genervt und genoss es anscheinend in vollen Zügen, seine Überlegenheit zur Schau zu stellen.

Steiger kannte das Werkzeug. Es war ein sogenannter Ziehfix, ein beliebtes und äußerst wirkungsvolles Einbruchswerkzeug. Es bestand aus einem Rundkörper aus Metall, in dem sich eine Vorrichtung befand, die mittels eines am anderen Ende des Gerätes angebrachten Hebelsystems eine enorme Zugkraft entwickelte.

»Rechts ist die Tastaturtafel des digitalen Schlosses. Sie läuft mit einer externen Stromquelle, also einer Batterie. Sollte diese Batterie erschöpft sein oder es zu einem technischen Defekt kommen, muss man trotzdem die Möglichkeit haben, an den Inhalt zu gelangen. Daher befindet sich in der Mitte ein Schloss.« Schmidt tippte auf den bündig abschließenden Rundzylinder. »Hier links siehst du den Drehknopf, mit dem der Tresor geöffnet wird, wenn du den richtigen Zahlencode eingegeben oder den Kasten mit dem passenden Schlüssel aufgeschlossen hast.« Wieder bückte sich Schmidt und holte diesmal ein kleines Gerät mit einem digitalen Monitor und einer langen, flexiblen Stange hervor. »Kriegst du in jedem Elektrofachhandel für unter 300 Euro.« Schmidt schaltete das Gerät ein und Steiger erkannte ein Endoskop, dessen flexibler, circa 50 Zentimeter langer Schlauch mit einer Kamera und einer Leuchtdiode ausgerüstet war.

Schmidt beförderte einen kleinen Akkuschraubendreher hervor und bohrte beeindruckend leise eine Edelstahlschraube wenige Zentimeter in den Zylinder des Tresors. Anschließend setzte er die Metalldose des Ziehfix über die Schraube und begann mit dem am Ende des Gerätes befindlichen Hebel Spannung aufzubauen. Mit einer enormen Kraft zog das Einbruchswerkzeug an der Edelstahlschraube, bis Steiger ein deutliches Knacken hörte. Schmidt löste den Ziehfix und nahm das Gerät von der Tresortür. Steiger erkannte den mittig gebrochenen Schließzylinder samt darin befindlicher Schraube in der Metalldose des Einbruchwerkzeuges. Schmidt legte das Gerät auf den Boden und drückte die andere Hälfte des Zylinders mit einem Schraubendreher nach innen, die mit einem dumpfen Aufprall in den Safe fiel. Danach führte er den Endoskopschlauch durch die Öffnung und schaltete das Gerät ein. Der Innenraum des Tresors wurde in ein helles Licht getaucht. Gebannt starrte Steiger auf den Monitor, der das

Innere des Safes in einem Schwarz-Weiß-Bild darstellte. Schmidt drehte die Kamera zur Seite.

»Halt das Gerät«, sagte er zu Steiger und bückte sich erneut. Schmidt beförderte aus seinem Rucksack eine dünne Metallstange, die an beiden Enden wie ein Golfschläger gearbeitet war. Er führte das Instrument durch die Öffnung des Tresors. »Leuchte mal nach links. Und dreh dich. Ich muss den Monitor sehen.«

Auf dem Monitor war zu erkennen, wie Schmidt mit dem Instrument ein Gestänge innerhalb des Tresors bewegte.

»Das müsste es gewesen sein«, sagte er dann und zog das Instrument aus dem Zylinderloch. Schmidt ergriff den Drehknopf und der Tresor schwang geräuschlos auf. »Na, da brat mir doch einer einen Storch!« Schmidts Hand ergriff das dicke Geldbündel und hielt es sich demonstrativ unter die Nase.

»Leg es wieder rein!«

»Hast du den Arsch offen?«

Steiger riss ihm die Rolle aus der Hand und warf sie zurück in den Tresor.

»Bist du …?«

Ehe Schmidt ausreden konnte, packte ihn Steiger am Revers und drückte ihn gegen die Wand. »Vergiss nicht, Schmidt. Wir sind keine Partner. Du bist für mich Mittel zum Zweck. Ich beabsichtige, meinen Arsch zu retten, und das ist der einzige Grund, warum ich mich mit so einer Schmeißfliege wie dir einlasse. Komm also nicht auf die Idee, uns beide auf eine Stufe zu stellen.« Beinahe angewidert stieß er Schmidt weg, wandte sich dem Tresor zu und entnahm zwei Umschläge, mit denen er in die Küche ging. Hinter sich hörte er Schmidt, der ihm folgte und sich dann fast unmerklich neben ihn stellte.

»Hoffe, der ganze Aufwand hat sich wenigstens gelohnt.«

Steiger öffnete den ersten Umschlag. »Das werden wir gleich feststellen.«

»Sieht aus, wie ein altes Dokument.«

Steiger nickte und betrachtete das Schriftstück im Schein der kleinen, aber äußerst leistungsstarken Taschenlampe. »Eine Kopie. Russisch. Hier oben steht CCCP. Sieht wie eine Identitätsurkunde aus.«

»Guck dir mal das Foto an. Der Typ trägt 'ne Uniform.«

Schmidt hatte recht. Auf dem Schwarz-Weiß-Foto war ein junger Mann in Armeeuniform abgebildet.

»Kannst du den Namen lesen, Steiger?«

»Nein. Warte mal ... vielleicht anhand der Unterschrift. Der Vorname ist Andrej. Der Nachname könnte Malinow oder Malinkow lauten. Nie gehört ...« Steiger nahm das nächste Papier hoch. »Das ist ein kopierter Aktenauszug vom Ministerium für Staatssicherheit.«

Schmidt verzog das Gesicht. »Von der DDR?«

»Ja. Ein Antrag auf Ausstellung eines Personalausweises. Hartmut Voßbeck. Sieh dir das Foto an. Das ist derselbe Kerl wie auf der russischen Kopie.«

»Derselbe?«

Steiger antwortete nicht, sondern sah die nächsten Papiere durch. »Alles Kopien. Mitgliedsausweis, Freier Deutscher Gewerkschaftsbund ... was haben wir denn hier?« Steiger betrachtete das mehrseitige Dokument in einem roten Einband. »Proletarier aller Länder vereinigt Euch!«, las er laut vor. »Was ist das denn für ein Käse?« Er schlug das Dokument auf. »Ach so. Mitgliedsbuch Sozialistische Einheitspartei Deutschlands. Die Spaßtruppe vom guten alten Erich ...«

Schmidt tippte mit dem Finger auf das Passbild. »Das ist doch wieder derselbe Vogel wie auf dem anderen Foto.«

»Recht hast du.« Steiger legte die Papiere auf den Tisch, griff erneut in den Umschlag und beförderte mehrere Farbkopien hervor, auf denen blaue Ausweise zu sehen waren. »Personalausweis für Bürger der Deutschen Demokratischen Republik. Hier. Auf Seite drei. Foto und Name identisch mit Voßbeck.«

»Was ist denn an diesem Ossi so besonders?«

»Das versuche ich herauszufinden.« Steiger blätterte zur Seite drei des nächsten Dokuments. »Hartmut Voßbeck. Vom Ausstellungsdatum her älter als der andere Ausweis.«

»Du meinst also, ein Ausweis ist gefälscht.«

Steiger legte die Dokumente zurück in den Umschlag. »Echt werden beide sein. Die Frage ist, ob es die betreffenden Personen gibt.«

Schmidt kratzte sich nachdenklich an seinem Kinn. »Das verstehe ich nicht. Wieso ist Voßbeck einmal Voßbeck und dann Malinkow?«

»Weil man die Person, die hier abgebildet ist, mit unterschiedlichen Identitäten versehen hat. Ich vermute, die Ausweise sind echt, weisen also keine Fälschungsmerkmale auf. Sie halten somit jeder Dokumentenprüfung stand.«

»Du meinst, dass Malinkow die Identität dieses Voßbeck angenommen und sich die dazu passenden Ausweise besorgt hat?«

Steiger nickte, ohne den Blick von den Dokumenten zu nehmen. »So oder so ähnlich. Ich vermute, dass beide Namen fiktiv sind und er sich die Pässe nicht beschafft hat. Man hat sie auf ihn ausgestellt.« Er öffnete das zweite Kuvert. »Eine Liste mit Namen. Dahinter Nummern«, flüsterte er vor sich hin. Steiger faltete einen Papierbogen auseinander. »Sieht wie ein Grundriss aus. Würde zu gern wissen, wovon.«

Schmidt schlug Steiger beinahe freundschaftlich auf die Schulter. »Wenn es weiter nichts ist.«

»Klugscheißer«, erwiderte Steiger, ohne Schmidt anzusehen.

»Gut, Steiger. Wenn du nicht willst.«

Diesmal sah Steiger Schmidt mit einem spöttischen Blick an. »Als wenn du wüsstest, was das für ein Gebäude ist.«

Da war es wieder. Dieses selbstherrliche, linkische Grinsen. »Natürlich kenn ich den Schuppen.«

»Und woher?«

»Weil ich die letzten Tage darin … gearbeitet habe.«

Steiger blickte zu dem Kranausleger in beinahe drei Metern über ihnen. Hörte das Ächzen der Metallkonstruktion, die sich gegen den Wind stemmte, und das leichte Aneinanderreiben der Kettenglieder.

Schmidt sah seine Angst, und selbst wenn es stockdunkel gewesen wäre, er hätte sie gerochen.

»Kackst dir wohl gleich in die Hose, Steiger?«

»Und wenn, wisch ich mir mit dir den Arsch ab!«

Schmidt unterdrückte ein lautstarkes Lachen und hielt sich den Mund zu, wobei sein ganzer Körper rhythmisch zuckte. Er warf Steiger einen amüsierten Blick zu. Doch er beruhigte sich recht schnell und stieg ohne ein weiteres Wort in die Schubkarre, die Steiger festhielt. Vorsichtig erhob sich Schmidt und griff nach der Kette. Seine Bewegungen waren ungelenk und die Szene hatte in der Tat etwas Komisches, als er sich emporzog, aber er gelangte zügig nach oben. Mit einem Bein stellte er sich auf den großen Haken der Laufkatze, während er sich mit beiden Händen an dem Stahlseil festhielt und hinstellte. Vorsichtig streckte er einen Arm aus und umfasste eines der unteren Stahlrohre des Auslegers. Schmidt zog sich mit strampelnden Beinen ruckartig hoch und blieb mit dem Bauch in Blickrichtung Führerkabine liegen. Kurz blickte er nach unten. Steiger stand noch immer wie angewurzelt auf dem Dach und hielt die Schubkarre fest.

»Komm schon!«, forderte er ihn auf, wobei er mit einer Hand winkte.

Steiger konnte es sich selbst nicht erklären, aber die unmittelbare Nähe seines unfreiwilligen Komplizen gab ihm etwas Sicherheit. Eine Sicherheit, die mit jedem Zentimeter, den Schmidt sich entfernte, verloren ging und seine aufkommende Panik noch verstärkte. Er krallte sich an die Stahlkette und stieg mit dem rechten Bein in die Schubkarre. Anschließend zog er das linke Bein nach. Er verlagerte sein Gewicht ungünstig und die Schubkarre begann bedrohlich zu schwanken.

Schmidt hatte mittlerweile gut ein Drittel der Strecke zurückgelegt, als sein Blick von einer Bewegung in Bodennähe abgelenkt wurde. Ein dünner Lichtstrahl tanzte in unruhigen Zickzackbahnen über das Gelände. Sein Herz drohte für einen Moment stehenzubleiben. Und dann hörte er das Winseln und das leise Einwirken eines Halters auf seinen Hund. Steiger saß in der Falle!

Auch Schmidt hatte den Schein der Taschenlampe bemerkt und kroch nun deutlich schneller den schmalen Ausleger entlang. Er war ein Fluchttier. Ein Feigling, der in die Enge getrieben einen Schneid entwickelte, der nichts mit Mut zu tun hatte, sondern auf seinem Selbsterhaltungstrieb gründete. Dieser Instinkt ließ ihn beinahe jedes Risiko eingehen und wenn es darum ging, die eigene Haut zu retten, kannte dieser Schlag Mensch nur sich selbst.

Steiger wusste, er war auf sich allein gestellt. Einen

flüchtigen Augenblick dachte er daran, aufzugeben, sich zu stellen und auf die Gerechtigkeit, auf die Fähigkeiten seiner ehemaligen Kollegen zu setzen, wobei ihm sofort die Hoffnungslosigkeit seiner Situation klar war. Obdach- und mittellos. Zwei Tote, die er erklären musste, von dem Einbruch ganz zu schweigen. Und als Sahnehäubchen obendrauf versuchte irgendjemand, ihn umzubringen.

Steiger lachte. Es war kein heiteres Lachen. Es war jene nicht nachvollziehbare, irrationale Reaktion, welche das tiefe Gefühl der Verzweiflung mitunter hervorrief. Während Steiger lachte, rollten ihm Tränen über die Wangen. Plötzlich war die Angst weg. Sie wich dem Gefühl einer geradezu tröstenden Gleichgültigkeit. Sie kam einer Verlockung gleich, wie er sie zuvor nie erlebt hatte. Die Tiefe unter ihm war nichts Bedrohliches mehr, im Gegenteil, sie schien ihn anzuziehen. Er brauchte nur die Arme auszubreiten und sich fallen zu lassen. Langsam, als hätte er alle Zeit der Welt, löste er seinen Hosengurt und zog den Gürtel durch die Schlaufen. Das eine Ende wickelte er sich um sein linkes Handgelenk. Dann streckte Steiger die Arme aus. Er legte das andere Ende des Gürtels über das Stahlseil unterhalb des Auslegers, der die Laufkatze bewegte, und umfasste es.

»Fuck!« Dann stieß er sich ab.

Obwohl der Ausleger beinahe gerade wirkte, reichte die leichte Neigung aus, um die Geschwindigkeit, mit der er das Stahlseil entlangrutschte, mit jedem Meter zu erhöhen. Steiger hörte das surrende Geräusch über sich und spürte einen feinen Sprühnebel aus ranzigem Maschinenfett, welches der breite Ledergürtel vor sich herschob. Schon hatte er die Hälfte der Strecke hinter sich und er beschleunigte noch immer, als er Schmidt erkannte, der sich nur noch wenige Meter vor der Führerkabine befand. Unmittelbar darauf schoss er unter ihm vorbei. Steiger winkelte die Beine an und es gelang ihm, mit den Füßen eine der breiten Verstrebungen des Turms zu erwischen. Trotzdem war der Aufprall hart und er wurde zur Seite gerissen. Mit beiden Armen griff er in die Stahlkonstruktion und klammerte sich fest.

»Keine Bewegung! Polizei!«, schrie jemand unter ihm. Steiger blickt in Richtung des Rufenden und erkannte einen Lichtstrahl, der sich deutlich unruhiger als zuvor in seine Richtung bewegte, den Turm hochschnellte und ihn erfasste.

»Beweg dich!«

Steiger hörte Schmidt, der direkt über ihm war und ihn aus seiner Starre riss. Schon drängte sich Schmidt rücksichtslos an ihm vorbei, ergriff die Leiter und rutschte seitlich an ihr hinunter. Steiger tat es ihm nach, schätzte aber das Tempo falsch ein und stürzte, als er am Boden ankam. Der Lichtkegel der Taschenlampe blendete ihn, sodass er reflexartig den Arm vor seine Augen hielt.

»Stehen bleiben!«

Steiger sprang auf, drehte sich um und rannte in die Richtung, in welcher er Schmidt vermutete. Wieder schrie der Polizist hinter ihm, doch er verfolgte ihn nicht. Dann hörte er den Hund. Es war kein Bellen. Es war ein hohes, triebhaftes Jaulen, welches sich unter den Anfeuerungsrufen des Hundeführers verstärkte. Mit einem Mal war das Tier ruhig. Steiger wusste, was dies bedeutete. Der Beamte hatte den Hund von der Leine gelassen.

Er mobilisierte seine letzten Reserven. Seine gereizten Lungen schienen überfordert. Während er rannte, suchte sein Gehör nach verräterischen Geräuschen hinter ihm. Steiger lief auf einen Bauzaun zu, der wie aus dem Nichts erschien, dabei erkannte er Schmidt, der auf der anderen Seite in Richtung Seitenstraße rannte, wo sie den Wagen geparkt hatten. Die Dunkelheit wurde schlagartig durch ein blaues und unruhiges Licht durchbrochen. Er hörte unzählige Martinshörner, die sich in seine Richtung bewegten.

Steiger sprang aus vollem Lauf, richtete die Arme nach vorn und bekam den oberen Querholm des Zaunelementes zu fassen. Er zog sich hoch, wobei seine Füße hektisch Halt an dem Zaun suchten. Plötzlich flog ein dunkler Schatten auf ihn zu. Der Hund katapultierte sich mit aufgerissenem Fang in die Höhe und schnappte nach seinem Unterschenkel. Steiger saß auf dem Zaun, versuchte instinktiv sein Bein anzuziehen, doch das pfeilschnelle Tier erwischte ihn am Hosenschlag. Die Zähne gruben sich durch den Jeansstoff. Das knurrende Tier riss den Kopf wie tollwütig hin und her. Die Kraft des Hundes war beeindruckend, und beinahe wäre Steiger vom Zaun gefallen. Dann zog ihn sein Gewicht auf die andere, die rettende Seite. Der Hund hing noch immer an seiner Hose, alle vier Läufe in der Luft, bis der Stoff riss und das Tier zu Boden fiel. Sofort richtete sich der Schäferhund wieder auf. Er war noch nicht bereit, seine sicher geglaubte Beute aufzugeben. Links und rechts lief er auf und ab, änderte seine Taktik und suchte nun nach einer Möglichkeit, unter dem Zaun hindurchzukriechen. Steiger erhob sich, stolperte los und rannte Schmidt hinterher. Dieser riss bereits die Fahrertür des Wagens auf. Nochmals beschleunigte Steiger. Er hörte die rasend schnelle Trittfolge der Hundepfoten, deren Krallen auf dem Asphalt trommelten. Der Hund musste eine Möglichkeit gefunden haben, den Zaun zu umgehen. Als Steiger den Türgriff des Autos umfasste und die Tür öffnete, war er für einen Moment sicher, sein vierbeiniger Verfolger würde ihn so kurz vor dem rettenden Ziel einholen.

Steiger sprang auf den Sitz und zog die Tür zu. Einen Augenblick später prallte der Hund gegen die Fahrzeugseite, stellte sich auf die Hinterläufe und kratzte mit den Vorderpfoten an der Fensterscheibe. Der Hund bellte ohne Unterlass. Steiger blickte in ein furchterregendes Gebiss. Speichelfetzen des Tieres flogen gegen die Seitenscheibe, als der Hund sich plötzlich abwand. Steiger erkannte einen uniformierten Polizeibeamten, der aus einer Einfahrt auf die Straße gerannt kam. Der Hund richtete sich neu aus. Das Tier kannte keinen Unterschied. Es wollte Beute machen. Mit atemberaubender Geschwindigkeit schoss der Hund nach vorn. Der Polizeibeamte erfasste die prekäre Situation und flüchtete sich auf einen Baum. Der Hund sprang einige Male an den Stamm hoch und lief dann in hektischen Bewegungen laut bellend um den Ahorn herum.

»Fahr los!«, brüllte er Schmidt an, der hektisch an einigen einzelnen Kabeln des Kabelbaumes hantierte, der unter dem Lenkrad hervorguckte. Dann endlich startete er den Motor.

*

Der Wagen schoss nach vorn und der hubraumschwache Motor dröhnte unter der Höhe der Drehzahl. Schmidt riss das Lenkrad an der nächsten Einmündung nach links, sodass der Wagen mit leicht ausbrechendem Heck und quietschenden Reifen um die Kurve rutschte.

»Pass auf!«, schrie Steiger erschrocken und drückte sich reflexartig in den Sitz. Der Streifenwagen raste mit Blaulicht, Signalhorn und blinkenden Scheinwerfern auf sie zu, um sich augenblicklich querzustellen. Die Beamten wollten die Straße nicht blockieren, vielmehr schienen sie von dem plötzlich auftauchenden unbeleuchteten Fahrzeug überrascht. Schmidt wich nach rechts aus und touchierte mit der Beifahrerseite eine Hauswand. Das Geräusch des sich mit Gewalt verformenden Metalls ging Steiger unter die Haut. Instinktiv zog er die Beine an und riss die Knie nach links, wobei er den Dachhaltegriff verkrampft mit beiden Händen umschloss. Unmittelbar darauf wurde er nach rechts gerissen, da Schmidt gegensteuerte und versuchte, den Wagen wieder unter Kontrolle zu bringen. Während dieser beschleunigte, drehte sich Steiger um und bemerkte den Streifenwagen, der ihnen folgte. Immer wieder forderten die Polizisten sie über den Außenlautsprecher auf, stehen zu bleiben. Schmidt fuhr einige Seitenstraßen entlang und gelangte auf die Bredeneyer Straße in Richtung Essen-Werden. Ihr Wagen raste die steil abschüssige Straße in einem waghalsigen Tempo hinab und das Fahrwerk, das zeigten die schlingernden Bewegungen an, befand sich am Limit dessen, was es zu leisten in der Lage war. Immer wieder riss Schmidt das Lenkrad hin und her und verhinderte so, dass der dicht folgende Streifenwagen sie überholte.

»Scheiße, scheiße, scheiße!«

Steiger fuhr herum. Schmidts Gesicht hatte unter der Anspannung fremdartige Züge angenommen. Er trat unvermittelt auf die Bremse und Steiger musste sich am Armaturenbrett abstützen. Dann sah auch er, was Schmidt meinte. Zwei Streifenwagen standen mit eingeschalteten Blaulichtern und Warnblinkanlagen Front an Front quer zur Fahrbahn und blockierten die Weiterfahrt. Zwei Beamte liefen ihnen auf dem Gehweg im sicheren Abstand mit rotleuchtender Kelle und einer Taschenlampe wild gestikulierend entgegen.

»Halt an, Schmidt!«

»Bist du behämmert? Die sperren mich weg! Für immer!«

Und damit hatte Schmidt vermutlich recht, wie Steiger wusste. Ihm wurde schlagartig klar, der Einbrecher hatte nichts zu verlieren. Wie ein Außenstehender betrachtete Steiger die Situation und nahm beinahe unbewusst wahr, wie der Motor aufheulte und das Auto nach vorn schoss.

Die beiden Polizeifahrzeuge standen in einem spitzen Winkel zueinander, sodass ein Durchkommen an dieser Stelle nicht möglich war, ohne das eigene Leben aufs Spiel zu setzen. Auch Schmidt war das bewusst. Unmittelbar vor der Blockade riss er das Lenkrad nach links. Steigers Augen weiteten sich und sein Mund stand offen, als ihr Wagen, noch immer beschleunigend, auf den hinteren Bereich des linken Streifenwagens zuhielt. Der Aufprall war mörderisch. Schneller, als sein träges Bewusstsein die Situation erfassen konnte, wurde sein Oberkörper nach vorn katapultiert, der Airbag öffnete sich und schoss ihm mit ungeheurer Wucht ins Gesicht.

Als sich sein Verstand wieder einschaltete, sah er durch eine Wand weißen Rauches die verzogene und nach oben gebogene Motorhaube ihres Wagens, der noch immer langsam nach vorn rollte. Der Airbag fiel in sich zusammen und Steiger drückte ihn zur Seite. Das war es, fuhr es ihm durch den Kopf, während er stumpf durch die gerissene Windschutzscheibe starrte. Er blickte nach links und sah Schmidt, der beide Fensterheber bediente. Augenblicke später spürte er einen kalten Luftzug, der ihm ins Gesicht schlug und den Geruch von Kraftstoff und heißen Bremsbelägen in den Innenraum trug. Das weiße Gleitpulver des

Airbags, welches sich wie feinster Puder auf ihre Gesichter gelegt hatte, gab Schmidt dabei ein dämonisches Aussehen; das Blut, welches aus seiner Nase lief, verstärkte diesen Eindruck noch. Auch Schmidt räumte den in sich zusammengefallenen Sicherheitssack zur Seite, während er den Schalthebel bediente und im Getriebe rührte.

Steiger hörte Schreie und nahm seitlich eine Bewegung wahr. Als er den Kopf drehte, sah er einen Polizisten, der nach dem Türöffner griff. Gleichzeitig vernahm er mehrere dumpfe Geräusche und das Splittern von Glas. Plötzlich schoss ihr Wagen nach vorn. Steiger sah rechts den Polizisten, der seine Tür öffnen wollte, zu Boden stürzen. Die Schreie der Beamten wurden lauter, sie rannten dem Wagen nach, riefen ihnen hinterher, doch Schmidt fuhr unbeirrt weiter. Qualm drang aus dem Motorraum und der Wagen stotterte, wenn Schmidt Gas gab. Schmidt riss erneut das Lenkrad nach links, um in Richtung Werden-Mitte abzubiegen, als Steiger im Augenwinkel von rechts einen weiteren Streifenwagen erkannte, der aus Richtung Essen-Kettwig kam und auf sie zuhielt. Diesmal hatte er nicht das Gefühl, die Polizisten wollten eine Kollision vermeiden. Der Streifenwagen raste direkt auf sie zu. Schmidt bog auf die Brückstraße ein, wobei der Polizeiwagen sie am rechten Heck erwischte. Der Hyundai wurde herumgerissen, die rechten Räder hoben ab, der Wagen drehte sich um die eigene Achse, bis das Fahrzeug mit der linken Seite gegen ein Hindernis prallte. Steiger schlug mit der rechten Schläfe an die B-Säule, wurde anschließend nach links gegen Schmidt geschleudert, dessen Kopf gegen den Seitenairbag knallte, der sich nur auf seiner Seite geöffnet hatte, als plötzlich eine unheimliche Stille eintrat. Die Jagd war vorbei. Doch etwas irritierte Steiger. Benommen nahm er wahr, wie der Wagen schwankte. Schaukelte. Und dann spürte er eine Gewichtsverlagerung nach links. Steiger sah sich um. Versuchte, sich zu orientieren. Plötzlich blickte er in den Himmel. Sah die Sterne und die Wolken, die vorbeizogen. Und er fühlte, wie er nach hinten gedrückt wurde. Und mit einem Mal, innerhalb eines Bruchteils einer Sekunde, war er wieder voll da. Steiger riss den Kopf nach links, blickte vorbei an Schmidt und sah die Ruhr, deren Wasseroberfläche mit unglaublicher Geschwindigkeit auf sie zuzurasen schien.

*

Sie knallten mit der Front auf die Wasseroberfläche. Die Schnauze des Wagens tauchte tief ein, der Wagen hob sich wieder, pendelte sich ein und schaukelte wie eine Boje. Steiger hörte das Strudeln des eindringenden Wassers und spürte die Kälte, die sich in Sekunden in seinem Körper ausbreitete. Schmidt versuchte, die Fahrertür gegen den enormen Druck zu öffnen, was ihm nicht gelang. Dabei spritzte ihm das trübe Wasser durch die geborstenen Scheiben ins Gesicht und raubte ihm den Atem. Steiger hörte, wie er prustete und in Panik Luft holte. Der Wagen kippte zur Seite und plötzlich war das zerstörte Beifahrerfenster über Steigers Kopf. Er zwängte seinen Oberkörper durch die Öffnung, stützte sich mit beiden Armen am Fahrzeugrahmen ab und schob sich hinaus.

In der Gewalt des Gewässers wurde der Wagen zu einem Spielzeug und trieb mit beeindruckender Geschwindigkeit flussabwärts. Steiger spürte, wie das Auto immer tiefer sank und ihn dadurch nach unten zog. Mit weit ausholenden Armbewegungen versuchte er zum rettenden Ufer zu gelangen. Er blickte sich um, suchte den Wagen, fand ihn nicht, hörte die aufgeregten Rufe der Polizeibeamten hoch über ihm, sah die Strahlen ihrer Taschenlampen, die auf die dunkle, fast schwarze Wasseroberfläche trafen und war versucht, um Hilfe zu schreien, als er unerwartet etwas an seinen Händen spürte. Schon strich es ihm unangenehm kalt und glitschig durch das Gesicht. Für einen Moment gelang es ihm, die Panik zu unterdrücken, die von ihm Besitz ergriffen hatte. Er richtete sein Augenmerk nach vorn und bemerkte die Wasserpflanzen, die bis zur Oberfläche reichten und sich ihm in den Weg drängten. Er senkte die Beine ab, fühlte die rutschigen Basaltsteine unter sich und kämpfte sich ans Ufer vor, spuckte das Gemisch aus Wasser, Entengrütze und Dreck aus. Seine nasse Kleidung hing an ihm herab, und er rutschte mehrmals auf dem schlammigen Uferbereich aus, bis er festen Boden unter sich hatte. Steiger drehte sich um, sah in einiger Entfernung auf dem Brückenplateau die unzähligen Polizeifahrzeuge und vernahm das Stimmengewirr seiner ehemaligen Kollegen. Von überall her schienen weitere Einsatzfahrzeuge zu kommen, die sich weit entfernt durch ihre Signalhörner ankündigten. Die Polizei und die Rettungskräfte würden sich zunächst auf den unmittelbaren Unglücksbereich konzentrieren, was ihm einige Minuten Vorsprung verschaffte. Steiger erhob sich, richtete sich auf, als er auf etwas aufmerksam wurde. Ein Geräusch. Wie das entfernte Grollen eines Gewitters. Nur dass dieser Ton keine Pause einlegte, sondern anschwoll. Er wandte seinen Blick in Richtung des Donners und als er seinen Kopf etwas anhob, erkannte er die Positionslichter des Hubschraubers, der sich schnell in seine Richtung bewegte. Steiger drehte sich um und rannte los.

*

Welke trank einen Schluck des frisch aufgebrühten Kaffees. Er genoss diesen seltenen Moment, in dem die Dienststelle beinahe wie ausgestorben war. Kein Stimmengewirr, kein wildes Durcheinander. Beinahe eine Oase der Ruhe und Besinnlichkeit. Sogar der Lärm der nahen Hauptstraße drang nur dezent zu ihm. Das Telefon läutete und Welke blickte auf das Display. Es zeigte keinen Namen. Ein externer Anrufer.

»Welke.«

»Frank hier. Ich bin gerade in Bredeney bei einer Familie und sehe mir ein Video an.«

Welke blickte auf seine Uhr und überlegte, ob er sich darüber wundern und dies zum Ausdruck bringen sollte, rief sich aber in Erinnerung, mit wem er sprach, und übte sich zunächst in Zurückhaltung.

»Was gibt es, Tetzlaf?«

»Einen Hinweis auf Steiger. Und ich bin mir sicher, er wird dir nicht gefallen.«

»Erzähl.«

»Heute Nacht hat ein Zeuge zwei Vögel dabei ertappt, wie sie auf einer Baustellte in Essen-Bredeney rumschlichen. Außerdem hat eine Zivilstreife zwei Männer beobachten können, die dort auf einem Baukran rumturnten. Die beiden sind abgehauen und es kam zu einer kurzen Verfolgungsjagd, die es in sich hatte. Ich habe die Videoaufzeichnungen des verfolgenden Funkstreifenwagens angesehen. Dass kein Kollege zu Schaden kam, war reine Glückssache. Doch, stimmt nicht ganz: Ein Kollege hat was abbekommen. Wurde von einem Diensthund in den Arsch gebissen. Der Fluchtwagen wurde in Werden schließlich gerammt und stürzte von einer Brücke in die Ruhr. Die Such- und Bergungsmaßnahmen laufen noch, bisher wissen wir noch nicht genau, ob die Täter entkommen konnten oder abgesoffen sind. Im Auto, das ist mittlerweile gehoben, saß Gott sei Dank keiner mehr. Taucher sind unterwegs. Eine Videoüberwachung eines Nachbargrundstücks hat die Männer dabei aufgenommen, wie sie sich dem Baugelände näherten. Die Kollegen von der Kriminalwache sollten die Spurensicherung übernehmen, haben davon im Rahmen einer Zeugenbefragung erfahren und sich das Videomaterial angesehen. Und jetzt darfst du drei Mal raten …«

»Verarsch mich nicht!«

»Tu ich nicht. Das Video ist auf 'ner Festplatte und konnte daher heute Nacht nicht gesichert werden. Die Kollegen haben mich heute Morgen kurz vor Feierabend zu Hause angerufen und darüber informiert, weil sie meinten, ein Täter hätte verdammte Ähnlichkeit mit Steiger. Sie waren sich aber nicht sicher und haben deshalb heute Nacht nicht alle Mann von uns aus den Betten geholt.«

Welke stellte seine leere Tasse auf den Besprechungstisch. »Bleib, wo du bist. Gib mir die Adresse, ich bin schon unterwegs«, sagte er, den Hörer unter sein Kinn geklemmt, während er sich die Adresse auf einem Zettel notierte. Er knallte den Hörer auf das Telefon, eilte in sein Büro und griff sich seine Jacke, als er beinahe gegen Brahmkamp geprallt wäre.

»Sie scheinen es eilig zu haben«, sagte dieser aus einer Duftwolke Aftershave heraus. »Etwas mit unserem Fall?«

*

Es gab Tage, da stand man auf und wusste um das Gewitter, welches aufziehen würde, ohne eine logische Erklärung dafür zu haben. Für Rainer Kamphoff sollte es so ein Tag werden. Ein Blick auf die Leuchtziffern seiner Wanduhr zeigte ihm die Nutzlosigkeit des Versuches, seine abendlichen Einschlafprobleme mit einem großzügigen Weinbrand zu überlisten. Schon beim Aufstehen peinigte ihn nun ein aufsteigender, stetiger Fluss brennender Magensäure, den er mit einer doppelten und somit viel zu hohen Gabe an Säureblockern entgegentrat.

Obwohl er viel zu spät in der Kanzlei eintraf, war Gisela noch nicht da. Gisela Schröder, die gute Seele des Hauses, rechte Hand und ihm als Mädchen für alles seit beinahe 25 Jahren treu ergeben. Als hätte ihn die Erkenntnis, sie nicht im Büro anzutreffen, wachgerüttelt, griff Kamphoff in seine Jacketttasche und beförderte sein Smartphone hervor, dessen schwarzer Bildschirm auch nach mehrmaliger Berührung keinerlei Reaktion zeigte. Er schritt durch den Empfangsraum, vorbei an der modernen Theke in sein Büro und suchte ergebnislos in den Schubladen und Fächern seines Mobiliars nach dem Ladekabel.

Kamphoff fuhr seinen Laptop hoch und blätterte unterdessen den papiernen Kalender nach Terminen des heutigen Tages durch, die sich zu seiner Erleichterung in Grenzen hielten.

Anschließend begab er sich in die kleine Küche und schaltete den Kaffeeautomaten ein.

Die Leuchtdiode der Telefonanlage hinter dem Rezeptionstresen blinkte. Er drückte den Knopf für den Anrufbeantworter, schaltete den Lautsprecher ein und ging wieder in die Küche, um sich den ersten Kaffee des Tages zu genehmigen.

Die erste Ansage war von Gisela, die er nur daran erkannte, weil sie sich mit Namen meldete und die ihm mitteilte, dass sie erkrankt war und nicht kommen konnte.

Die nächsten beiden Nachrichten waren von Mandanten. Einer sagte einen Termin ab und bat um telefonische Kontaktaufnahme zwecks erneuter Terminabsprache, ein weiterer bat ebenfalls um Rückruf, ohne den Grund zu nennen.

Kamphoff drückte die Wahltaste des Kaffeeautomaten, der augenblicklich begann, Milch aufzuschäumen, um ihm 30 Sekunden später ein koffeinhaltiges Gebräu in seine Tasse zu füllen, welches mit einigem guten Willen als Kaffee durchging. Er entnahm die Tasse und gab zwei Stück Süßstoff in das Getränk. Kamphoff war jetzt 53 Jahre alt und sah sich mit der Tatsache konfrontiert, sich von seinem gewohnten Lebenswandel verabschieden zu müssen, da sein Körper von Jahr zu Jahr mehr Unterhautfettgewebe aufbaute. Natürlich war es Unsinn, dem entgegenzuwirken, indem er seinen Kaffee mit Sacharin verschandelte, das wusste er. Aber es gab ihm ein gutes Gefühl.

Die Telefonanlage kündigte einen weiteren Anrufer an. Er nahm seine dampfende Tasse und während er wieder hinter den Tresen schritt, nippte er zur Temperaturkontrolle vorsichtig an dem Getränk.

»Rainer? Claudia hier.«

Er erkannte ihre Stimme sofort.

»Ich habe versucht, dich auf deinem Handy zu erreichen, aber es scheint ausgeschaltet zu sein.«

Kamphoff fluchte innerlich. Dieses verdammte Smartphone.

»Bitte ruf mich sofort zurück. Ich brauche deine Hilfe. Es ist dringend. Sehr dringend! Grüße, Claudi.«

Kamphoff stellte seine Tasse auf den Tresen und eilte in sein Büro.

*

Unruhig lief sie auf und ab, wobei sie beinahe minütlich auf ihre Uhr sah. Genauso oft starrte sie auf das Display des Telefons, als würde sie dem Gerät nicht trauen, ihm die Verlässlichkeit absprechen zu klingeln, wenn jemand ihre Nummer gewählt hatte. Obwohl sie das Telefon in der Hand hielt, erschrak sie, als es läutete. Beinahe wäre es ihr aus den Fingern geglitten. Zitternd drückte sie die grüne Taste und nahm das Gespräch an.

»Rainer hier. Was ist passiert?«

»Gott sei Dank. Rainer.« Als hätte ihr jemand eine zentnerschwere Last von den Schultern genommen, ließ sie sich erleichtert auf ihre Couch fallen.

»Was ist los? Du hörst dich besorgt an. Ist dir etwas passiert?«

Claudia schüttelte den Kopf, obwohl ihr Gesprächspartner sie nicht sehen konnte. »Es geht um Robert.«

»Um Robert? Ich dachte, ihr wärt geschieden? Hast du Probleme mit ihm?«

»Nicht mit ihm direkt. Das ist mit zwei Sätzen nicht erklärt.«

»Schieß los. Ich habe Zeit. Wo drückt der Schuh?«

Es tat gut, seine Stimme zu hören. Ihre beinahe 15-jährige Freundschaft hatte trotz der Tatsache Bestand, fast ausschließlich sporadischen, telefonischen Kontakt zu haben – von einigen wenigen Treffen abgesehen – und an Intensität nichts verloren. Sie empfand so etwas wie eine innere Verbundenheit ähnlich der Beziehung, die man zu einem großen Bruder pflegte. Er selbst hatte nie intensivere Gefühle für sie gehegt, die über ihre Freundschaft hinausgingen. Es war eine Art Seelenverwandtschaft, die sie verband, seit sie sich das erste Mal begegnet waren. Damals, in einer Gemeinschaftskanzlei in Münster, wo sie nach ihrem Studium anfing. Er stand ihr mit Rat zur Seite, auch nachdem er nach Dortmund gezogen war; als Andrea, seine Frau, schwer erkrankt war, war sie es, die für ihn dagewesen war. Zuletzt ebenfalls in den schweren Stunden nach ihrem Tod.

Claudia berichtete ihm die Ereignisse der vergangen 48 Stunden, wobei Rainer Kamphoff, der sich dazwischen Notizen machte, sie nicht einmal unterbrach, bis sie ihre Schilderung beendet hatte.

»Eine hollywoodreife Geschichte.« Claudia hörte ein Kratzen und nahm an, dass sich Rainer über sein Kinn fuhr. »Okay. Dieser Schreiner kommt ursprünglich aus Dortmund?«

»Ja. Dortmund. Sonnenstraße. Rainer. Ich mach mir ernsthafte Sorgen. Irgendetwas ist Robert zugestoßen. Das spüre ich. Wir hatten vereinbart, zu Welke zu gehen. Er wollte lediglich zu diesem Schmidt, um nochmals etwas zu überprüfen. Das war gestern. Ich habe Steiger in der Wohnung einer Freundin untergebracht. Er war definitiv da. Im Bad lag seine Kleidung. Völlig verdreckt und klitschnass.«

»Er hat keine Nachricht hinterlassen?«

»Nein. Und ich erreiche ihn nicht.«

»Gut. Pass auf. Ich versuche, etwas über diesen Schreiner herauszufinden. Vielleicht gelingt es mir festzustellen, woran er gearbeitet hat. Versuch du weiter, Robert an die Strippe zu kriegen. Und geh zu Welke. Wir wissen nicht, ob Robert etwas passiert ist, und die Polizei sollte Kenntnis davon haben. Ich melde mich bei dir, sobald ich was weiß. Und schick mir bitte das Bildmaterial per E-Mail. Möglicherweise fällt mir noch etwas auf.«

*

»Was denkst du?« Welke betrachtete konzentriert mit leicht gesenktem Kopf die kurze Videosequenz auf dem Monitor durch die Gläser seiner Brille, die er sich auf die Spitze seiner Nase geschoben hatte.

»Schwer zu sagen. Von der Statur her könnte es passen. Aber sicher bin ich mir nicht.«

»Kann man das Bild vergrößern?«, fragte Brahmkamp und näherte sich dem Bildschirm.

»Zumindest nicht an diesem Gerät. Ob man das an einem PC kann, wage ich zu bezweifeln. Das Bildrauschen wäre zu groß«, erwiderte Tetzlaf und wandte sich an seinen Chef. »Hast du 'ne Ahnung, wer der zweite Kerl ist?«

Welke schüttelte den Kopf, sagte aber nichts, sondern starrte weiter auf die Szene, die nur wenige Sekunden dauerte und in eine Endlosschleife geschaltet war.

»Die Verfolgungsfahrt hat das gesamte Viertel geweckt«, erklärte Tetzlaf. »Die Truppe von der Kriminalwache hat den Tatort gemacht und im Zuge dessen die Anwohner befragt. Herr Schlürscheidt«, Tetzlaf zeigte auf den Hauseigentümer, der im Eingangsbereich des Zimmers stand, »hat das Überwachungsband überprüft.«

Schlürscheidt schien dies als Aufforderung zu verstehen und trat neben die Beamten. »Das mit den Einbrüchen in der Gegend nimmt hier zu. Ihre Kollegen sagten, dass diese osteuropäischen Einbrecherbanden wie ein Schwarm Heuschrecken eingefallen sind und sich gleich ganze Straßenzüge vornehmen«, gab er etwas übereifrig an.

»Der Wegfall der Grenzkontrollen hat nicht nur Vorteile«, pflichtete Tetzlaf ihm bei.

Welke strafte ihn mit einem strengen Blick. »Es gibt noch genügend Einbrecher, die einen deutschen Nachnamen tragen.« Tetzlaf hatte mit seiner Aussage nicht

Unrecht. Dies aber nach außen zu tragen, schickte sich seiner Meinung nach nicht. Man lief als Polizeibeamter zu schnell Gefahr, voreingenommen zu sein.

»Welcher Teil ihres Grundstückes ist auf dem Video zu erkennen?«, lenkte er mit einer Frage ab.

»Der rechtsseitige in südliche Richtung. Ich habe an den Flanken des Gebäudes und am rückwärtigen Teil Kameras installiert. Wie übrigens viele meiner Nachbarn. Sie sollten sich dort ebenfalls mal umhören. Bei dem Gebäude, welches an den rechten Teil meines Grundstückes anschließt, handelt es sich um eine Eigentümergemeinschaft. Früher war es mal von einem älteren Ehepaar bewohnt. Nach dessen Tod haben sich die Erben zerstritten. Ich vermute, es sind Anlageobjekte. Jedenfalls scheinen die Leute, die dort wohnen, die Wohnungen nur für wenige Monate anzumieten. Wenn Sie mich fragen, sind das Geschäftsleute. Da stehen meist gehobene Mittelklassewagen vor der Tür, in der Regel mit auswärtigen Kennzeichen.«

»Was Verdächtiges in der letzten Zeit?« Eine Standardfrage, die Tetzlaf wie ein Reflex herausrutschte, die ihre Daseinsberechtigung hatte, aber in dieser Situation unangebracht war, zumindest aber zu früh gestellt wurde, wie Welke fand.

»Nein. Ehrlich gesagt, sind das unauffällig und anständig wirkende Leute. Die Mietpreise dürften hier dementsprechend sein. Ich vermute, dass Firmen diese Wohnungen anmieten. Wir haben hier die direkte Anbindung zur Messe Essen, und Düsseldorf samt Flughafen ist ebenfalls in unter 30 Minuten erreichbar.«

»Okay«, unterbrach Welke den Redefluss Schlürscheidts. Zeugen hatten tendenziell das Bestreben, ausufernd zu berichten in der Annahme, jedes noch so unbedeutende Detail könnte wichtig sein. Es war das Beste, ein Gespräch durch gezielte Fragestellungen in die gewünschte Richtung zu führen. Diese ganze Fernsehscheiße, wie er es nannte, ließ die Leute glauben, sie wüssten alles über Polizeiarbeit. Doch sie wussten nichts. Absolut nichts.

»Wenn ich den Film richtig deute, entfernen sich die beiden Männer dann zum rückwärtigen Teil«, führte Brahmkamp folgerichtig an.

Schlürscheidt nickte. »Richtig. Zum Garten. Hinten raus.«

»Der«, wie Welke feststellte, »Ihren Angaben zufolge auch videoüberwacht ist.«

Schlürscheidt trat einen Schritt zurück, als fühlte er sich durch den Größenunterschied bedrängt. »Das stimmt. Aber nur ein Teil. Der Garten ist relativ groß und die Kamera erfasst nur den Bereich nahe der Terrasse. Ich habe das schon überprüft. Dort ist nichts zu sehen.«

Welke hatte sich das anders erhofft. Die Aufnahmen waren in Schwarz-Weiß, und die Sekundärbeleuchtung des Hauses in der Nähe des Objektivs führte zu einer Überbelichtung des Films, der somit nicht gut erkennbar war. »Was ist hinter dem Haus? Ich meine, was schließt da an?«

»Das ist die Baustelle«, riss Tetzlaf die Antwort an sich.

»Genau«, fügte Schlürscheidt an. »Dort wird eine Doppelhaushälfte gebaut. Sie können sich gar nicht vorstellen, wie viel Lärm und Dreck dort produziert wird. Unsere Putzfrau kommt mit dem Staubwischen schon nicht mehr nach.«

Welke antwortete nichts und vermied, auch wenn es unhöflich war, erneuten Blickkontakt, um dem Hausherrn nicht eine weitere Gesprächsgrundlage zu bieten. Er bat

Tetzlaf, mit ihm zu kommen, und setzte die Unterhaltung auf dem Gehweg fort. »Hat man schon rausgefunden, was die beiden auf der Baustelle wollten?«

Tetzlaf sah auf die Aufzeichnungen seines aufgeklappten Notizblocks und schüttelte den Kopf. »Nach Aussage der Kollegen ist ein Anwohner, der wohl nachts mal pinkeln musste, auf Geräusche aufmerksam geworden und hat die Polizei informiert. Der Zeuge ist davon ausgegangen, da will jemand Werkzeug oder etwas in der Art klauen. Ein Hundeführer, der zuerst eintraf, hat dann zwei Männer ertappt, die gerade den dort aufgestellten Kran runterkletterten. Die Männer flüchteten. Er hat zwar seinen Hund losgelassen, aber der Vorsprung der beiden war wohl zu groß. Jedenfalls hat der Köter sich dann in den Hintern eines Kollegen verbissen. Der ist nach ambulanter Behandlung, ein paar sauberen Nadelstichen und einer Tetanusspritze vom Dienst abgetreten.«

»Hat der Steiger erkannt?«

»Die Kollegen haben ihm Lichtbilder gezeigt, aber er war – sprichwörtlich gesagt – zu sehr damit beschäftigt, seinen Arsch zu retten.«

Welke runzelte nachdenklich die Stirn. »Hat man einen genauen Tatort? Ich meine, weiß man, worauf sie es abgesehen hatten?«

»Nein. Derzeit sieht es so aus, als ob die beiden über den Baukran in die oberen Etagen des Rohbaus wollten. Wahrscheinlich haben sie dort oben Werkzeug vermutet. Aber genau können wir das erst sagen, wenn wir mit der Baufirma gesprochen haben.«

Welke verzog das Gesicht und machte einen zerknirschten Eindruck. Während er überlegte, massierte er sich den unteren Rücken, obwohl ihm dies keine Linderung verschaffte. »Das passt alles hinten und vorne nicht. Ich meine, Steiger, wenn er es denn tatsächlich war, ein Einbrecher? Das ist doch alles dummes Zeug. Was war mit der Verfolgungsfahrt?«

»Bringt uns auch nicht weiter. Die Täter haben eine Straßensperre durchbrochen. Unseren Jungs ist es beinahe gelungen, die beiden festzunehmen, aber die haben ihre Karre in letzter Sekunde wieder zum Laufen gebracht. Die Airbags sind dabei hochgegangen und dementsprechend sah es im Innenraum aus. Zwei weißgepuderte Männer. Einer klein, der andere groß. Apropos Karre: Ein Bergungsunternehmen hat den Wagen, der im Übrigen von einem Werkstatthof geklaut wurde, aus der Ruhr gezogen. Fraglich, ob wir da noch Spuren gewinnen können.«

Welkes Unmut wuchs. Die Situation frustrierte ihn. Nichts war greifbar. Sämtliche Ermittlungsergebnisse wollten nicht zueinander passen; je mehr er versuchte, gedanklich einen Zusammenhang herzustellen, desto mehr glichen alle Informationen einem konfusen Wollknäuel mit lauter losen Enden. Das Einzige, was sie wirklich hatten, waren zwei Tote und Steiger, der unbestritten etwas damit zu tun hatte, aber nicht auffindbar war.

»Versucht es trotzdem. Und sieh zu, dass du ein Bild von dem zweiten Kerl an alle Dienststellen übermittelst. Vielleicht kennt ihn ja einer.« Welke schritt in Richtung seines Wagens, drehte sich dann aber noch mal um. »Und gib mir sofort Bescheid, wenn du mit den Baufritzen gesprochen hast. Und dass mir ja keiner von denen da rumturnt, bevor die Spusi durch ist«, sagte er, ließ Tetzlaf stehen und ging, gefolgt von Brahmkamp, zu seinem Wagen.

*

Steiger fühlte sich wie benommen. Noch vor wenigen Tagen hatte er ein für seine Verhältnisse normales Leben geführt. Kein aufregendes. Und sicher keins, welches auf ein bestimmtes, erstrebenswertes Ziel ausgerichtet war. Aber es war berechenbar gewesen. Wenn er auf das Ergebnis seines gigantischen Ermittlungsaufwandes blickte, dann war da nichts. Er hatte nichts, womit er seine Rolle in diesem Wahnsinn erklären konnte. Die Dokumente waren futsch. Trieben irgendwo in der Ruhr. Der ganze Aufwand war umsonst gewesen. Steiger war erschöpft. Eine Müdigkeit wie nach einer verkaterten Nacht, inklusive rebellierendem Magen. Das geschluckte Ruhrwasser hatte zu wahren Kotzattacken geführt. Steiger spürte die Hitze im Bereich seiner Schläfen, wobei er gleichzeitig fror. Er hoffte, dass das beginnende Fieber nicht allzu sehr schwächte. Beinahe zwei Stunden hatte er unter der Abdeckplane auf der Pritsche eines Lieferwagens gelegen, der unter einer Unterführung geparkt stand, bis sich das Geräusch des Hubschraubers entfernt hatte. Und mit ihm die Wärmebildkamera, die den gesamten Stadtteil in Planquadraten abgesucht hatte. Der ältere Zeitungsbote, der einer offensichtlich jahrelangen Eigenart folgend seinen alten Opel Kombi mit laufendem Motor am Straßenrand abgestellt hatte, würde seinen Wagen recht schnell wiederbekommen. Steiger hatte ihn gut sichtbar vor einer Firmeneinfahrt positioniert, deren Angestellte die Polizei zu Arbeitsbeginn anfordern mussten, wollten sie auf das Gelände.

Steiger näherte sich der Zeche Zollverein, und erneut wurde sein Blick von dem Förderturm angezogen. Unweigerlich musste er an Schmidt denken. Ob er es geschafft hatte? Oder war die Ratte abgesoffen? Es würde in jeglicher Hinsicht keinen Verlust darstellen, und dennoch fühlte er sich, als hätte er Schmidts Seele verkauft, wenngleich der Unfall nicht auf seine Kappe ging. Mit Anstrengung verdrängte er den Gedanken an dieses hässliche Erlebnis.

Eine Seitenstraße war durch breite rot-weiße Absperrbarken gesperrt, auf denen gelbe Blinklichter befestigt waren und die quer über der Fahrbahn standen. Links und rechts auf den Gehwegen standen Verkehrsschilder, die eine Sackgasse anzeigten. Hier musste sich der Tagesbruch befinden, dachte er sich. Er konnte ihn nicht einsehen, aber er erkannte einen Bereich, der mit einem großen Bauzaun komplett eingefriedet war. Dahinter befanden sich unterschiedliche Fahrzeuge, Maschinen und ein Container, der als Büro oder als Aufenthaltsraum diente. Steiger ging näher heran. Einige Arbeiter liefen bereits auf dem Gelände herum und der Wind trug den herrlichen Geruch frisch aufgebrühten Kaffees zu ihm herüber.

Alles lief hier zusammen. Schreiner, der auf den alten Mann verwies. Schmidt, der hier im Auftrag eines angeblich Unbekannten Manipulationen an der Alarmanlage des Casinos vornahm. Dieser Voßbeck aus der ehemaligen DDR, der vielleicht ein Russe war und der einen Grundriss des Casinos besaß. Steiger hatte die Teile des Puzzles vor sich liegen. Vollständig, jedoch noch unsortiert. Und er spürte, dass dieses Puzzle auf etwas Großes hinauslief. So groß, dass es vielleicht gewichtiger war als bloß die Summe aller Teile.

Die bleierne Müdigkeit und die schmerzenden Muskeln wollten ihn keinen klaren Gedanken fassen lassen. Ziel war das Casino. Aus welchen Gründen auch immer – darauf lief alles hinaus. Steiger drehte sich um und ging los in Richtung Zeche Zollverein.

*

Franka Heising blickte mit einer Mischung aus Misstrauen und Neugier durch den schmalen Spalt der Tür, die mit einer Kette gesichert war. Dahinter stand ein Fremder, der ihr einen Ausweis hinhielt.

»Ja?«

»Frau Heising? Mein Name ist Kamphoff. Rainer Kamphoff. Ich bin Rechtsanwalt.« Der Widerhall des hohen Hausflures verstärkte die Stimme des Unbekannten und gab ihr einen unnatürlichen, beinahe harten Klang.

Die junge Frau sagte nichts, löste ihren Blick von dem Gesicht Kamphoffs und betrachtete den Ausweis, wobei die Verunsicherung zuzunehmen schien.

»Es geht um Tobias Schreiner.«

Sie löste die Kette, die mit einem Rasseln gegen das Türblatt schlug, und ihre Mimik wechselte hin zur Besorgnis. »Was ist mit ihm?« Ihre Frage klang ängstlich.

Kamphoff war um ein warmes Lächeln bemüht. »Ich würde lieber reinkommen und dies mit Ihnen in Ihrer Wohnung besprechen, wenn Sie nichts dagegen haben.«

Die junge Frau zögerte einen flüchtigen Moment, dann öffnete sie die Tür und bat ihn herein.

Kamphoff schritt den mit hellen Echtholzdielen ausgelegten Flur entlang und betrat das Wohnzimmer. Auf dem Balkon erkannte er eine Vielzahl an Topfblumen, deren hellgrüne Blätter auf einen länger bestehenden Nährstoffmangel hindeuteten. Wie viele Wohnungen gerade junger Frauen enthielt auch diese eine praktische, teils verspielte Einrichtung und er erkannte einen noch deutlichen Bezug zur gerade erst zurückliegenden Zeit des Heranwachsens.

Franka Heising zeigte auf eine Couch, über welche sie einen Überwurf gelegt hatte. »Bitte.«

Kamphoff setzte sich und betrachtete die Frau, vielleicht

Mitte bis Ende 20, die auf einem Stuhl ihm gegenüber Platz nahm. Ihr Körper war zierlich, die Brüste klein und das Becken etwas zu groß, aber sie war auf eine gewisse Art hübsch. Sie hatte ihre langen blonden Haare hochgesteckt und strich sich eine Strähne, die sich gelöst hatte und ihr ins Gesicht hing, mit einer Handbewegung hinter ihr linkes Ohr, in dessen Muschel er eine Vielzahl an Ohrringen ausmachte. Vielleicht war es auch nur eine Geste, um ihre Nervosität zu überspielen.

»Zunächst möchte ich mich für mein unangemeldetes Auftauchen entschuldigen. Ich habe Ihre Adresse auf abenteuerliche Weise herausbekommen. Letzten Endes hat mich die Aussage einer ehemaligen Nachbarin von Tobias Schreiner auf Ihre Spur gebracht.«

»Was ist mit Tobias?« Unbewusst begann sie, an ihren Nägeln zu kauen. Kamphoff betrachtete die schmalen Finger und stellte fest, dass sie zitterten.

»Ihm ist etwas passiert, hab ich recht?« Franka Heising schmiss sich gegen die Rückenlehen ihres Schreibtischstuhls, strich mit ihren Handinnenflächen die Schläfen entlang und fasste sich mit beiden Händen in die Haare. »Ich wusste es. Verdammt, ich wusste, es wird nicht gut gehen.« Schlagartig fing sie sich, beugte sich nach vorn und forderte eine Antwort. »Was ist passiert?«

Kamphoff setzte sich aufrecht hin, um einen mitfühlenden Ton bemüht. »Es tut mir aufrichtig leid.« Er sah, wie sich ihre Augen mit Tränen füllten, die beim nächsten Wimpernschlag in großen Tropfen die Wangen herunterliefen.

»Wie?«

»Erschossen. Man hat ihn erschossen.«

Die junge Frau drehte sich zur Seite. Ihre Unterlippe

bebte, und für einen Moment dachte Kamphoff, sie würde die Fassung verlieren. Zu seiner Überraschung holte sie mehrmals tief Luft und wandte sich ihm wieder zu. Ihr Gesichtsausdruck hatte sich verändert. Die Züge wirkten hart. Sie griff in die Vordertasche ihrer Jeans, beförderte ein Papiertaschentuch heraus, schnäuzte sich die Nase und hielt das zerknüllte Tuch verkrampft in ihrer Hand fest.

»Was wollen Sie?«

Kamphoff hörte einen leicht ablehnenden Unterton heraus. »Die Umstände des Todes sind noch nicht geklärt. Eine Kollegin vertritt einen Mandanten, der mit dem Tod Tobias' in Verbindung stehen soll. Ich sage Ihnen aufrichtig, dass ich die genauen Hintergründe nicht kenne, aber wir hegen erhebliche Zweifel an der Tatbeteiligung des Mandanten. Unser Bestreben ist es nicht, irgendeine Schuld zuzuweisen. Vielmehr sieht es so aus, als ob Tobias Schreiner auf etwas, vielleicht aber auch auf jemanden aufmerksam wurde und ihm dieses Wissen dann zum Verhängnis geriet.«

Frankas Augen verengten sich und sie taxierte den Fremden vor sich. »Warum sollte ich Ihnen glauben?«

Kamphoff nickte verständnisvoll und griff in seine Innentasche. »Das ist mein Personalausweis. Auf der Visitenkarte steht auf der Rückseite die Telefonnummer der Anwaltskammer. Ich bin dort als Fachanwalt für Strafrecht und Strafprozessrecht eingetragen. Wenn Sie möchten, überprüfen Sie das. Sie dürfen die Karte behalten.«

Sie legte die Karte auf die Glasplatte des Wohnzimmertisches, nahm sich eine Zigarette, zündete sie an und inhalierte den Rauch tief.

»Hören Sie, Franka. Ich darf Sie doch Franka nennen? Meine Kollegin schilderte mir den Vorfall, der ihrem Mandanten widerfahren ist. Tobias Schreiner war offensichtlich auf der Flucht, während er zu dem Mandanten, der zufällig seinen Weg kreuzte, ins Auto sprang. Wir wissen nicht, vor wem Tobias weglief, aber nicht nur er wurde gejagt. Mittlerweile ist auch der Mandant meiner Kollegin bereits Opfer eines Angriffes geworden, dem er nur knapp entkommen konnte. Wer auch immer dahintersteckt, versucht seitdem, ihm den Mord an Tobias in die Schuhe zu schieben.«

Franka schnippte die erkaltete Asche der Zigarettenspitze in den Aschenbecher. Sie griff nach einem länglichen Glas, in dem sich Mineralwasser befand, und trank einen Schluck. »Was wollen Sie genau von mir?«

»Nach unseren vorliegenden Erkenntnissen ermittelt die Polizei unserer Meinung nach in die falsche Richtung. Wer auch immer Tobias ermordet hat, lenkt die Ermittlungsbeamten durch geschickte Manipulationen auf eine falsche Fährte. Entweder, um den eigentlichen Täter zu decken oder um von etwas anderem abzulenken. Ein derart wichtiges Ziel, für dessen Erreichen man sogar die Tötung von Menschen in Kauf nimmt.«

Franka Heising hielt seinem Blick stand. »Ich denke, ich kann Ihnen nicht weiterhelfen.«

»Sind Sie nicht dran interessiert, denjenigen hinter Gitter zu bringen, der Tobias erschossen hat?«

Die junge Frau erhob sich. »Es ist besser, wenn Sie jetzt gehen.«

»Wie Sie wollen«, sagte Kamphoff, erhob sich aber nicht, öffnete seine Aktentasche und beförderte eine Klarsichtmappe zutage. »Nachdem Tobias aus dem Wagen sprang, verlor er vermutlich einen Speicherchip. Er schien jemanden beobachtet und dabei fotografiert zu haben. Vielleicht haben Sie einen der beiden Männer schon einmal gesehen?« Kamphoff legte einen Fotoausdruck auf den Wohnzimmertisch und drehte ihn zu Franka Heising.

Sie warf einen flüchtigen Blick auf das Bild. »Verfluchter Mistkerl!«, entfuhr es ihr. Frankas Blick löste sich von der Fotografie. Sie lehnte sich zurück und das Misstrauen war aus ihrem Gesicht gewichen. Sie begann erneut, an ihren Nägeln zu kauen. »Tobias hatte einen Tipp bekommen. Von einer Frau, anonym. Die hat behauptet, Mitte der 80er-Jahre die Bekanntschaft eines Mannes gemacht zu haben. Sie war zu dieser Zeit Sekretärin in einem Unternehmen in Bonn, welches im Auftrag der damaligen Bundesregierung den Bau des Bundestages abwickelte. Was genau die Firma dort machte, weiß ich nicht. Tobias sagte, dass es etwas Sicherheitsrelevantes gewesen war. Jedenfalls ist dann die Polizei bei ihr aufgetaucht und hat sie verhaftet. Man hat ihr Spionage vorgeworfen.«

»Spionage? Für wen? Ich meine, für welches Land?«

»Die Behörden unterstellten ihr, für die Staatsicherheit gearbeitet zu haben.«

»Für die Stasi?«

Franka Heising antwortete mit einem knapp Nicken.

»Lassen Sie mich raten. Der Mann, dessen Bekanntschaft sie gemacht hatte …«

»Der Mann war wohl ein Spion der Stasi.«

»Einer der Männer auf dem Foto, hab ich recht?«

Heising tippte mit dem Zeigefinger auf einen Mann in einem dunklen Mantel. »Der hier. Jedenfalls gab die Frau an, den Mann vor wenigen Wochen in Düsseldorf gesehen zu haben. Sie arbeitet jetzt in einer Parfümerie und hat ihn wiedererkannt. Er hat ein Parfüm bestellt. Wohl einen Herrenduft. Als der Mann aus dem Geschäft trat, hat sie sich den Bestellschein angesehen.«

Kamphoffs Verblüffung war nicht gespielt, doch bevor er nachfragen konnte, antwortete Heising: »Sein Name ist Hartmut Voßbeck.«

*

Es hatte sich nichts verändert. Die imposante Fassade des beinahe hundert Jahre alten Polizeipräsidiums hatte etwas Erhabenes und faszinierte sie jedes Mal aufs Neue. Es harmonierte mit dem fast ebenso alten, wenn auch moderner wirkenden Gebäude des gegenüberliegenden Landgerichtes auf beeindruckende Weise. Die alten Häuser des Haumannviertels schufen eine Atmosphäre, geeignet, einen Betrachter ein Stück weit in die Vergangenheit zu tragen. Nur die modernen Fahrzeuge auf der Hauptstraße erstickten jeden sentimentalen Gedanken an frühere Zeiten.

Claudia schritt durch die doppelflügelige Eingangstür und trat zur Loge, um sich anzumelden. Hinter der Glasscheibe saß ein Polizist, den sie aus Steigers Zeiten nur als Helmut kannte. Ein alter Oberkommissar von beeindruckender Leibesfülle, der ihrer Einschätzung nach schon seit der Jahrhundertwende dort saß und der sie, wie wahrscheinlich jede Frau, mit einem charmanten Lächeln begrüßte, welches weniger charmante Hintergedanken offenbarte.

»Guten Morgen, meine Liebe. Wir haben uns ja lange nicht gesehen«, hörte sie ihn blechern durch die alte Sprechanlage.

»Morgen, Helmut. Ich möchte zu Herrn Welke. Ich

habe aber keinen Termin. Könnten Sie ihn bitte anrufen?«

»Sicher.«

Claudia sah, wie er sich auf das Telefonat konzentrierte. Offenbar hatte er jemanden erreicht. Dann legte Helmut auf und drückte erneut den Knopf der Gegensprechanlage. »Welke ist nicht da. Aber ein Kollege kommt.«

»Das ist nicht nötig.«

»Dauert nicht lange.«

»Nein, Helmut. Danke. Ist schon gut.«

Helmut zuckte mit den Schultern. »Ich ruf noch mal an«, erwiderte er und hob gleichzeitig den Hörer. Dieses Mal musste er nicht warten. Er sprach etwas, legte auf und wandte sich wieder Claudia zu. »Der Kollege ist schon auf dem Weg.«

Wenige Augenblicke später erschien Heimke und öffnete die Tür. Claudia nickte Helmut als Dank kurz zu, der ihr mit einem Augenzwinkern antwortete.

»Der Kollege Welke ist nur kurz im Hause unterwegs«, erklärte Heimke, als sie aus dem Fahrstuhl traten. »Ich denke, er wird in wenigen Minuten zurück sein.«

Rainer hatte recht. Es war richtig, zur Polizei zu gehen. Die Lage spitzte sich zu, drohte, außer Kontrolle zu geraten. Sie hatte das Gefühl, ohnehin zu lange gewartet zu haben. Hoffentlich war es nicht schon zu spät.

Heimke führte sie einen Gang entlang, dessen Ende beinahe nicht abschätzbar war. Die Ausmaße des Gebäudes wirkten von innen noch imposanter, als es von außen der Fall war. Vor einer der Türen blieb er stehen und klopfte kurz, bevor er die Klinke herunterdrückte. »Wenn ich Sie bitten darf, noch einen Augenblick zu warten. Der Kollege wird Ihnen Gesellschaft leisten, während ich uns einen

Kaffee besorge, wenn Sie mögen. Wie trinken Sie ihn? Milch? Zucker?«

Claudia Wind trat in das Büro. Der andere Mann erhob sich und streckte ihr die rechte Hand entgegen. Als sich ihre Blicke trafen, war es ihr, als schütte man ihr Eiswasser über den Rücken, und sie fühlte, wie sie kreidebleich wurde.

*

Die Beleuchtung über den Tischen des Casinos war eingeschaltet und so vermutete er, dass die Lokalität bereits geöffnet hatte. Vor dem Eingangsbereich standen einige Lieferwagen, und die Fahrer luden Kisten und Plastikwannen aus. An einem der Fahrzeuge sah er einen Mann in typischer Kochbekleidung, weiße Jacke mit Halstuch, grau-weiß karierte Hose, der die Waren inspizierte und dem Lieferpersonal Anweisungen erteilte. Steiger beschloss, sich einmal in dem Gebäude umzusehen. Wenn Schmidt hier die Alarmanlage manipuliert hatte, dann ging es um mehr als um das Erbeuten eines Sparkastens. Wer auch immer im Hintergrund die Fäden spann, er hatte was Gewichtiges vor. So gewichtig, dass er dafür vielleicht sogar über Leichen ging.

»Entschuldigung!«, hörte er in dem Moment hinter sich, als er durch die Eingangstür schritt. »Wir haben heute geschlossen.«

Steiger drehte den Kopf zur Seite und sah einen jungen, dunkel gekleideten Mann, der sich eine Schürze um die Hüften gebunden hatte, und auf ihn zuging. »Tut mir leid. Ich dachte …«

»Da steht es.« Der Mann zeigte auf ein unübersehbares Schild unmittelbar neben dem Eingang.

»Ich bin das erste Mal hier und habe viel von dem Casino gehört. Darf ich mich vielleicht kurz umsehen?«

Der Mitarbeiter schüttelte energisch den Kopf. »Hören Sie … wir haben verdammt viel zu tun und stecken mitten in den Vorbereitungen. Kommen Sie bitte ein anderes Mal wieder.« Der Mann schob sich an ihm vorbei und verschwand. Steiger wartete einen Augenblick, blickte sich um und machte den ersten Schritt nach vorn, als er seitlich von ihm einen weiteren Mann entdeckte, muskelbepackt und mit rasiertem Kopf, eindeutig jemand von der Security.

Steiger fluchte innerlich und wandte sich ab. Er kam hier nicht weiter und beschloss, das Objekt von außen auf Schwachstellen zu untersuchen. Auf irgendeine Art musste er schließlich ins Haus kommen. Während er das Casino in Augenschein nahm, trat der Sicherheitsmann um die Ecke und schritt langsam auf ihn zu, mit deutlichem Misstrauen in seinem Gesicht. Der Mann hatte eine gefaltete Tageszeitung in der Hand, etwas, was ihm zuvor nicht aufgefallen war. Er betrachtete das Blatt und sah wieder in seine Richtung.

Steigers Alarmglocken läuteten. Das konnte nur bedeuten, dass man ihn jetzt über die Presse suchte. Er bemühte sich, völlig unbedarft zu wirken, drehte sich langsam um, ging das Gebäude entlang, und als er um die nächste Ecke bog, rannte er los. Hinter sich hörte er die schnelle Trittfolge seines Verfolgers. »Stehen bleiben!«, schrie dieser. Ein solches Kraftpaket hatte mitunter einen enormen Antritt, wie er wusste, doch Steiger hatte geschätzte 20 Meter Vorsprung, und in der Regel ermüdete ein solcher Koloss schneller, da dessen Muskelberge nicht für einen Sprint über eine längere Distanz geeignet waren.

Steiger lief einen Zickzackkurs und nutzte die baulichen

Gegebenheiten für sich, bis sein erschöpfter Körper eine Pause forderte. Schwer atmend versteckte er sich hinter einem Stromhäuschen. Schwindel plagte ihn, dunkle Flecken tanzten vor seinen Augen und der Schweiß rann ihm in Strömen über das Gesicht. Plötzlich sah er seinen Verfolger. Der Sicherheitsmann atmete schwer und blickte sich in alle Richtungen suchend um, während er noch immer die gefaltete Zeitung in der Hand hielt. Er blieb stehen, betrachtete nochmals das Blatt, zog sein Handy aus der Tasche, tippte auf das Display und hielt sich das Gerät ans Ohr, während er wieder in Richtung Casino schritt.

*

Kamphoff schaute sichtlich verdutzt drein. »Das ist eine Geschichte wie in einem Agententhriller.«

»Tobias hat recherchiert. Er sagte mir, dass es Listen gäbe. Nicht nur solche, wie die der ehemaligen Gauck-Behörde, sondern noch andere Listen, mit denen inoffizielle Mitarbeiter und Stasiagenten enttarnt wurden. Unterlagen unzähliger Organisationen, Interessensgemeinschaften von Opfern und deren Angehörigen, oder ganz einfach nur Geschichtsbesessene, die über eine Menge Informationen und Dokumente verfügen. Das Internet wäre voll von solchen Dingen. Jedenfalls gelangte er so an einen Informanten aus der Szene.«

»Kennen Sie ihn? Wissen Sie, wie man ihn erreichen kann?«

Franka Heising schüttelte den Kopf. »Tobias und ich waren befreundet, aber wir waren kein Paar. Wir waren zu verschieden, um eine Beziehung miteinander einzugehen. Er hat mich nicht in alles eingeweiht. Auch, weil er der Meinung war, dass es zu gefährlich wäre. Für mich, meinte er wohl.«

»Wissen Sie, was dieser Informant angegeben hat?«

»Wie gesagt, ich weiß nicht alles. Tobias sagte, dass es Gehaltslisten gibt. Also Listen, auf denen die Personen verzeichnet sind, die von dem Ministerium für Staatssicherheit Gelder erhalten haben.«

Kamphoff machte sich Notizen. »Ich vermute, Tobias hat herausgefunden, dass dieser Voßbeck auf der Liste stand.«

Franka stand auf. »Kaffee?«

»Gern.«

Sie ging durch den Flur zu einer kleinen Küche. »Ich habe nur so eine Pad-Maschine.«

»Schon in Ordnung. Ich bin Automatenkaffee gewöhnt.«

Die Maschine kochte lautstark Wasser auf. Franka kam zurück, lehnte sich an den Türrahmen und sah Kamphoff an. »Voßbeck stand auf der Gehaltsliste. Es gab nur eine Unstimmigkeit. Hartmut Voßbeck starb im Alter von zwei Jahren in einem Kaff irgendwo in der Nähe von Magdeburg.«

Kamphoff, der mitgeschrieben hatte, hielt inne. »Tot?«

Franka nickte, drehte sich um und ging zurück in die Küche. Kamphoff hörte, wie der Kaffee durch den Automaten lief. »Zucker?«, fragte sie.

»Haben Sie Süßstoff? Sonst einen Löffel Zucker bitte.«

Franka Heising betrat das Wohnzimmer mit zwei Bechern, die den Geruch frischen Kaffees verströmten. Kamphoff bedankte sich und trank vorsichtig einen Schluck. Das Getränk tat ihm gut.

»Voßbeck ist tot. Das ergab wohl eine Überprüfung der zuständigen Meldestelle.«

Kamphoff runzelte die Stirn. »Seltsam. Eine Verwechselung ist ausgeschlossen?«

Franka zuckte mit den Schultern. Sie saß nach vorn gebeugt und hielt ihren dampfenden Becher mit zwei Händen fest, während sie über das Getränk pustete. Sie sah auf einmal merkwürdig gealtert aus und Kamphoff war sich sicher, die dunklen Ränder unter ihren geröteten Augen vorher nicht gesehen zu haben. »Die Frau bestand darauf. Es war dieser Voßbeck.«

»Wie ging es weiter?«

»Das weiß ich nicht genau. Tobias sagte, dass hinter Voßbeck eine andere Person steckt.«

»Das erscheint mir offensichtlich. Hat er herausgefunden, um wen es sich bei der Person, die sich der Identität dieses Voßbeck bedient, tatsächlich handelt?«

»Soweit ich weiß, nicht. Aber er hatte eine Nummer und er sagte, dass diese Nummer dem Kerl das Genick bricht.«

»Was für eine Nummer?«

»Das kann ich Ihnen nicht sagen. Irgendeine Abkürzung. Mehr weiß ich nicht.«

Kamphoff spielte nachdenklich mit seinem Stift.

»Wie geht es jetzt weiter?« Frankas Frage riss ihn aus seinen Gedanken.

Er starrte sie einen Moment lang an. »Wir müssen zur Polizei.«

»Aber wir können das alles nicht beweisen.« Sie rieb sich die Oberarme, als würde sie frösteln.

Damit hatte sie wahrscheinlich recht. Sie hatten ein Foto und die Aussage einer Zeugin, Franka Heising, deren Informationen lediglich auf die Aussage eines Mannes beruhten, der nicht mehr am Leben war.

»Es ist nicht viel, ich weiß. Aber wir kommen nicht

drum herum. Wenn wir zumindest diese Nummer hätten …«

Franka richtete sich ruckartig auf und stellte ihre Tasse auf den Tisch. Sie erhob sich, ging zu ihrem Schreibtisch, öffnete eine Schublade und kramte hektisch darin. »Tobias war an meinem Rechner. Er hat die E-Mail von meinem PC aus abgerufen.« Sie wühlte weiter in der Schublade, bis sie einen Bleistift fand, dessen Spitze sie schräg auf die Papierunterlage ihres Schreibtisches aufsetzte. Sie begann in kurzen, schnellen Bewegungen das Papier zu schattieren. Auch bei Kamphoff fiel der Groschen und er eilte zu ihr.

»Ich weiß nicht, ob es klappt«, sagte Franka, die weiterhin den Bleistift hin und her führte. Kamphoff sah, wie unzählige Notizen fein schraffiert erschienen. Namen, Telefonnummern.

Franka hörte auf. »Mist. Ich dachte … Warten Sie!« Sie legte den Bleistift auf den Tisch und trat auf den kleinen Balkon. Kamphoff hörte ein Rascheln und als er einen Blick auf den Balkon warf, sah er, wie Franka in einer Mülltüte wühlte.

»Vielleicht hier drauf.« Sie hatte einige Papierschnipsel in der Hand, ging an Kamphoff vorbei und breitete die Zettel auf dem Tisch aus. Einige Papierfetzen waren von Flüssigkeiten fleckig, durchnässt und rochen nach Müll. Sofort nahm sie den Bleistift und fuhr fort.

»Hier! Das ist Tobias' Handschrift. Das muss die Nummer sein.«

Kamphoff sah auf eine Kombination von Buchstaben und Ziffern. »Sie ist nicht vollständig.«

Franka nickte und faltete weitere Schnipsel auseinander, die sie aneinanderlegte. »Dieser passt. Aber er ist völlig durchnässt.«

Kamphoff betrachtete das andere Stück Papier mit zusammengekniffenen Lippen und fluchte innerlich.

Franka legte den Bleistift zur Seite. »Mehr kann ich Ihnen leider nicht bieten.«

»Es ist immerhin etwas.«

»Und jetzt?«

Kamphoff blickte nach wie vor auf die Notiz. »Versuchen wir herauszufinden, was das hier bedeutet«, antwortete er, während er sein schwarzes Notizbuch in die Innentasche seines Sakkos steckte.

*

Steiger verließ das Gelände und ging in Richtung einer Bushaltestelle, an der sich eine Verkaufsbude befand. Er ergriff alle regionalen Zeitungen, dazu einen Stadtplan, zahlte und entfernte sich eilig. Er musste von der Straße, denn er rechnete mit einem Großaufgebot an Polizei in den nächsten Minuten, dafür würde das Telefonat des Sicherheitsmannes gesorgt haben. Einige Seitenstraßen später entdeckte er eine Spielhalle. Die Wärme des Raumes war angenehm und ließ ihn über den Mief hinwegsehen, der ihm entgegenwaberte. Die Angestellte sah mit leerem Blick eine dieser Nachmittagssendungen auf einem kleinen Fernseher, der auf der Theke stand. Dabei kaute sie mit offenem Mund ein rosafarbenes Kaugummi. Überall blinkten verlockende Lichter der Spielautomaten, die mit ihren typischen Geräuschen die Spielsüchtigen anzogen, um ihnen ihre Euros aus der Tasche zu ziehen. Es herrschte kaum Publikumsverkehr und er zog sich, begleitet von Discomusik der 70er-Jahre, in eine Nische im hinteren Teil des schummrigen Schuppens zurück, wo er einige Münzen in einen der Automaten warf. In der zweiten Zeitung wurde er fündig. Im Regionalteil befand sich ein Foto von ihm. Nicht groß, aber von der Platzierung her durchaus auffallend.

Zeuge gesucht. Zu dem verheerenden Wohnungsbrand vom vergangenen Montag in Essen-Heisingen, bei dem eine bisher noch nicht identifizierte, männliche Person ums Leben kam, sucht die Polizei dringend den Wohnungsinhaber Robert Kettner. Hinweise bitte an das zuständige Fachkommissariat der Polizei in Essen …

»Scheiße«, entfuhr es ihm. Er faltete die Zeitungen zusammen, warf erneut einige Münzen in den Spielautomaten, der sich mit aufdringlich lauten Digitaltönen meldete, und breitete den Stadtplan aus. »Fassen wir alles noch mal zusammen«, murmelte er vor sich hin, während er mit dem Zeigefinger die Zeche Zollverein suchte. »Schreiner hat die Zeche angeführt und auf einen alten Mann verwiesen, bei dem es sich, da bin ich mir sicher, nicht um eine Person handelt, sondern um einen alten Stollen. Voßbeck, oder wie auch immer der in Wirklichkeit heißt, hat von einem Unbekannten einen Grundrissplan des Casino Zollverein erhalten. Gleichzeitig manipuliert Schmidt an der Alarmanlage. Das heißt, es muss einen alten Stollen unter dem Casino geben. Und wenn das wirklich stimmt, wozu dient er dann? Wofür wird er gebraucht? Um unterirdisch ins Gebäude zu gelangen? Aber warum? Was gibt es so Wertvolles in einem Restaurant? Was ist von einem solchen Interesse, dass man dafür bereit ist, Menschen zu töten?«

Steiger rieb sich das Kinn und grübelte. Es lief alles auf das Casino hinaus, aber ihm wollte die Lösung einfach nicht in den Sinn kommen. Sein Kopf glühte und er spürte das nasse Shirt unter seiner Jacke, die an seinem Rücken klebte. Das Fieber schien zuzunehmen, beeinträchtigte sein Denken, und er fühlte sich zunehmend elender. Nach den vielen Jahren in seinem ehemaligen Beruf war er es gewohnt, gegen Müdigkeit anzugehen, ihr die Stirn zu bieten und sich einen wachen Geist zu wahren. Doch diese Form der Erschöpfung saß tiefer. Steiger erhob sich, ging zur Toilette, drückte mehrmals mit spitzen Fingern auf den Seifenspender, wusch sich das Gesicht und betrachtete sich im Spiegel. »Du siehst scheiße aus«, dachte er laut, während das Wasser von seiner Nase tropfte. Sein ehemals markantes Gesicht wirkte grau und eingefallen, die einst so blauen Augen lagen tief in ihren Höhlen, die von dunklen Schatten umrandet waren. Der Steiger im Spiegel war fast nicht wiederzuerkennen. Es war das Spiegelbild eines alten Mannes. Nochmals ließ er kaltes Wasser über sein Gesicht laufen, da die Seife in seinen Augen brannte. Er riss einige der Papierhandtücher aus dem Spender und trocknete sich ab, als er plötzlich in der Bewegung verharrte. Steiger schmiss die Tücher in den Papierkorb, riss die Tür auf, die mit einem dumpfen Poltern gegen die Wandvertäfelung prallte und rannte, vorbei an einer eingeschüchtert wirkenden Angestellten, zu dem Automatenplatz. Er nahm die Zeitung hoch, blätterte hektisch, bis er den Regionalteil fand, von dem ihm erneut sein Bild entgegenstarrte, und setzte seinen Finger auf die Überschrift des Artikels, unmittelbar neben dem Zeugenaufruf.

Russischer Oppositionsunterstützer und bekennender Kremlkritiker fusioniert mit Prostahl.

Das Casino der Zeche Zollverein steht am heutigen Mittwoch ganz im Zeichen eines zukünftigen Großunternehmens.

Prostahl-Chef Dr. Eduard Meinke zur Fusion mit Russteel:

»Durch den Zusammenschluss beider Unternehmen kann die angestrebte Ausrichtung einer zukünftigen Unternehmensgruppe durch Schaffung eines gemeinsamen Managements zur mittelfristigen Zusammenführung der westeuropäischen und russischen Märkte beitragen. Die enge Partnerschaft, die unser Unternehmen seit den 90er-Jahren mit Firmenchef und Unternehmensgründer Wladimir Kristschow verbindet …«

»Heilige Scheiße!« Er nahm den Stadtplan, ging zum Servicepoint der Spielhalle, bat die Angestellte um einen Stift und verband das Casino und den Tagesbruch mit einer durchgehenden Linie, die er noch ein Stück weiter führte. Und plötzlich bewegten sich die unzähligen Mosaiksteinchen aufeinander zu. Fügten sich zu einem Bild. Schufen ein Szenario, was ihn mit Entsetzen erfüllte.

Steiger schaute die Frau an. »Das kann unmöglich sein!«, sagte er fassungslos.

*

Kamphoff schritt auf den Empfangsbereich des Sekretariats für Deutschlandforschung der Ruhruniversität Bochum zu und meldete sein Erscheinen an.

Die Sekretärin stand auf und ging um den Tresen. »Wenn Sie mir bitte folgen würden?«, sagte sie mit einem geübten Lächeln. Kamphoff nickte und gemeinsam schritten sie auf eine Tür zu, die in dem Moment geöffnet wurde, als sie davor traten.

Professor Ahrends war ein untersetzter Mann mit stattlichem Bauch, einer Halbglatze, grauem, kurzrasiertem Seniorenkranz und lebenslustigen Augen. Kamphoff schätzte ihn auf Ende 50. Die Röte in Ahrends Gesicht stammte vermutlich von einem zu hohen Blutdruck. Seine Kleidung wirkte wider Erwarten eher ungezwungen, beinahe leger. Er trug Jeans und ein weißes Oberhemd, dessen Ärmel er sich hochgekrempelt hatte. Offensichtlich legte er Wert auf Bequemlichkeit. Kamphoff kam sich in seinem Maßanzug wie ein Vertreter vor.

Ahrends kam ohne Umschweife zur Sache. »Sie sind also Rechtsanwalt?« In seiner Stimme lag ein kaum merklicher Anflug von Misstrauen, ohne jedoch Ablehnung zu signalisieren.

Kamphoff nickte und legte ihm unaufgefordert eine Visitenkarte vor. »Ich weiß es sehr zu schätzen, dass Sie Zeit für mich einräumen konnten. Es ist sehr wichtig.«

»Sie sagten am Telefon, dass Sie meine Hilfe in einem Fall benötigen, bei dem … wie sagten Sie es noch? Bei dem es um Leben und Tod geht. Hört sich spannend an.« Ahrends betrachtete die Karte und legte sie dann an den Rand seines Schreibtisches.

»Das ist richtig. Es geht um diese Notiz. Haben Sie Vergleichbares schon einmal gesehen?«

Ahrends warf einen Blick auf den Zettel, den Kamphoff ihm gab, und legte ihn auf seinen Schreibtisch zurück, um sich relativ unaufgeregt wieder seinem Gast zu widmen. »Es handelt sich um eine Codierung. Es ist jedoch lediglich ein Fragment.«

»Eine Codierung? Wovon?«

»So genau kann ich Ihnen das nicht sagen. Sie erinnert mich an eine ehemals geheime Liste. Die sogenannte *OiBE*-Liste.«

Kamphoff dachte angestrengt nach, erinnerte sich daran,

diesen Begriff schon einmal gehört zu haben, konnte ihn aber nicht zuordnen. Ahrends schien seine Gedanken zu erraten.

»*OiBE* ist eine Abkürzung und steht für: Offiziere im besonderen Einsatz.«

»So etwas wie Inoffizielle Mitarbeiter? Meinen Sie die Rosenholz-Dateien?«

Ahrends schüttelte den Kopf. »Inoffizielle Mitarbeiter waren normale, private Personen, die von dem Ministerium für Staatssicherheit angeworben und je nach Eignung dann unterschiedliche Aufgabengebiete zugewiesen bekamen. Offiziere im besonderen Einsatz waren hauptamtliche Mitarbeiter des MfS und zeichneten sich durch herausragende Eigenschaften aus. Erich Mielke selbst hat das Anforderungsprofil verfügt. Sie waren ihrer Partei gegenüber absolut loyal, oftmals akademisch gebildet und sehr gut geschult. Ihr Aufgabengebiet richtete sich nach ihren Fähigkeiten und ihr Einsatzgebiet fand sich hauptsächlich in den Bereichen Aufklärung und Abwehr. Sie wurden im Auftrag der Partei in Universitäten, Unternehmen, aber auch in Ämter und Ministerien eingeschleust und führten dort ein Doppelleben.«

»Also Spione?«

»Exakt. Weil dies in der Regel sehr heikle Einsätze waren, setzte man eine überdurchschnittlich ideologische Zuverlässigkeit voraus. Es waren also sehr charakterstarke und psychisch belastbare Offiziere. Während die inoffiziellen Mitarbeiter mit Tarnnamen gedeckt wurden, erhielten diese Offiziere im Bedarfsfall eine komplette und auf sie persönlich fein abgestimmte Identitätslegende, die jeder Überprüfung standhielt.«

»Sie sagten gerade, es hat sich um eine ehemals geheime Liste gehandelt.«

»Das stimmt. Am 30.03.1991 wurde eine Teilliste durch die links-alternative Berliner Tageszeitung, Ihnen vielleicht eher als *taz* bekannt, abgedruckt. Sie enthielt die sogenannten Klarnamen, also die tatsächlichen Personalien, darüber hinaus die Geburtsdaten und bei welcher Zentrale sie unter welcher Registrierungsnummer geführt wurden.« Ahrends zwinkerte und betrachtete Kamphoff mit einem milden Lächeln. »Sogar bei der *taz*, wie man im Nachhinein feststellen musste.«

»Somit ist es vorstellbar, wenn ich Sie richtig verstehe, dass auch Personen mit einer … sagen wir mal … fragwürdigen und bedenklichen Vergangenheit der DDR nach der Wende in den obersten Sphären unseres Sicherheitsapparates gearbeitet haben?«

»Nicht nur denkbar. Tatsache ist, dass inoffizielle Mitarbeiter und Offiziere im besonderen Einsatz sich bis in die obersten Staatsspitzen vorarbeiten konnten, und das ist schon unzählige Male aufgedeckt worden. Nehmen wir ein Beispiel. Martin Bangemann. Vielleicht sagt Ihnen der Name noch etwas. Er war mal Bundeswirtschaftsminister der FDP. Ihm zur Seite stand eine Sekretärin, die jahrelang als Agentin im Auftrag des MfS diente. Über zehn Jahre lang leitete sie alle erdenklichen Informationen aus der FDP-Zentrale in Bonn weiter. Getarnt durch eine Identitätslegende, die ihr das MfS besorgte, einschließlich eines echten bundesdeutschen Personalausweises. Dies ist nur ein Fallbeispiel. Jede Partei, jedes große Wirtschaftsunternehmen war betroffen.«

Kamphoff spürte, wie sich seine Eingeweide zusammenzogen. »Aber das wurde doch sicherlich überprüft?«

»Selbstverständlich. Sie müssen sich aber vorstellen, dass nach dem Fall der Mauer ein ganzer Staat zu verwalten war.

Das konnte die Bundesrepublik nicht aus eigenen Kräften. Viele ehemalige Staatsdiener der DDR wurden übernommen und natürlich wurde in Deutschland nach der Wiedervereinigung 1990 jeder Beschäftigte des öffentlichen Dienstes einer umfassenden Überprüfung hinsichtlich einer möglichen Stasivergangenheit unterzogen. Man griff dazu auf die Archive des Ministeriums für Staatssicherheit zurück.«

»Widerspricht sich das nicht?«

»Inwiefern?«

»Wenn das MfS für Offiziere im besonderen Einsatz lückenlose Identitätslegenden schuf, muss man nicht davon ausgehen, dass diese neuen Personaldaten übernommen wurden? Ich meine, vielleicht wurden Personalien überprüft, die …«

»Ich verstehe, was Sie andeuten wollen. Und Sie haben mit Ihrer Vermutung absolut recht. Es ist ein offenes Geheimnis, dass zigtausende ehemalige MfS-Leute unter der Modrowregierung zwischen den Jahren 1989 und 1990 mit einer falschen Identität ausgestattet wurden. Man wollte sich in die BRD retten, ohne aufzufallen.« Ahrends war in seinem Element und lehnte sich entspannt zurück. »Denken Sie an die braune Vergangenheit. Es gibt Schätzungen, dass anfangs die Hälfte aller Mitarbeiter der Staatssicherheit ehemals der Gestapo angehört hatten. Die DDR war bis zuletzt ein auf Spionage und Überwachung ausgerichteter Staat. Sie war im Besitz von Originaldokumenten, echten Stempeln von nahezu allen Ländern dieser Erde. Dazu besaßen die Geheimdienste perfekt arbeitende Fälscherwerkstätten, die eine falsche Identität so aufbauen konnten, dass diese sich über mehrere Generationen lückenlos und wasserdicht zurückverfolgen ließ. Wollen wir uns ernsthaft darüber unterhalten, ob man kurz vor oder nach dem Fall der Mauer davon Gebrauch machte? All diejenigen, denen man nach unserem Rechtsverständnis Aufklärungspflichten abverlangte, gab es kurz nach der Wiedervereinigung nicht. Staatsanwaltschaft, Polizei … die Strafverfolgungsbehörden waren noch nicht sauber. Sie waren in allen sicherheitspolitisch relevanten Bereichen tätig, und selbstverständlich wurde die Zeit genutzt, Unterlagen zu vernichten oder zu fälschen. Die heutige Bundesbeauftragte für die Stasi-Unterlagen, Marianne Birthler, räumte unlängst ein, bisher mit ihren Mitarbeitern über 200.000 falsche Identitäten aufgedeckt zu haben. Das Irrwitzige an dieser Behörde aber ist, dass ihre Vorgängerin, die *Joachim-Gauck-Behörde*, Anfang der 90er-Jahre unzählige ehemalige Stasibeamte in den eigenen Reihen hatte, und viele von denen hatten wahrscheinlich nichts Besseres zu tun, als Beweise zu vernichten. Eine lückenlose Enttarnung wird es nie geben.«

»Verstehe. Das Fragment, welches hier vorliegt, ist es Ihrer Meinung nach zu vervollständigen?«

Ahrends nickte. »Natürlich. Sofern die Unterlagen noch vorhanden sind. Jeder Bürger kann einen Antrag stellen und …«

»Verzeihen Sie, wenn ich Sie so unhöflich unterbreche. So ein Genehmigungsverfahren wird sicher eine gewisse Zeit dauern.«

»In der Tat. Rechnen Sie mit Monaten.«

»Leider habe ich diese Zeit nicht.«

Ahrends setzte sich seine Lesebrille auf und blickte erneut auf die Notiz. »Das Fragment weist auf die Kennziffer der Stasi-Hauptabteilung hin. Hier!« Ahrends drehte die Notiz und zeigte auf eine Buchstabenkombination. »HVA. Dieser Offizier unterstand der Hauptverwaltung

Aufklärung der Staatssicherheit. Die anschließende Nummernkombination ist seine persönliche Registrierungsnummer. Wenn es die dazugehörenden Unterlagen noch gibt, könnte man anhand dieser Nummer den Offizier enttarnen. Aber, wenn Sie mir die Frage erlauben, warum sind Sie persönlich so stark daran interessiert?«

Kamphoff sah Ahrends an und machte eine Pause, bevor er in aller Seelenruhe antwortete. »Weil die Informationen hinter dieser Codierung so wichtig zu sein scheinen, dass bereits ein Mensch dafür ermordet wurde.«

*

Er folgte einer Vermutung. Es gab unzählige Mutmaßungen, die ihm einfielen, doch er hatte sich entschlossen, der einfachsten logischen Schlussfolgerung nachzugehen. Wenn es diesen alten Mann tatsächlich gab und er in einem unmittelbaren Zusammenhang mit dem Tagesbruch stand, würde der Einstiegsort in einer Verlängerung der gedachten Linie Zeche Zollverein und Tagesbruch liegen. Sollte die Methangasgefahr nur annähernd so groß sein, wie Markgraf sie geschildert hatte, dann musste ein Stollen gerade angelegt worden sein, um die Bewetterung zu gewährleisten. Er musste den Zugang finden.

Mehrmals hatte er sich auf der infrage kommenden Strecke hin und her bewegt. Die Straßen überprüft. Er konzentrierte sein Augenmerk auf Auffälligkeiten. Eine Baustelle, an der nicht gearbeitet wurde, Kanalisationszugänge. Erneut kontrollierte Steiger frustriert seinen Standpunkt anhand des Planes und das erste Mal fragte er sich bewusst, ob die Sache nicht doch eine Nummer zu groß war. Wie sollte er das finden, was er vermutete? Welche Richtung sollte er einschlagen? Steiger beschloss, eine Pause einzulegen. Vielleicht würde eine Eingebung ihm aufzeigen, welcher Weg der richtige war. Es war zum Verrücktwerden. Dieser Einstieg konnte überall sein und er hatte nicht annähernd eine Vorstellung davon, wie groß er war. Es gab unzählige Hinterhöfe, in sichtgeschützte Parzellen aufgeteilt, bestückt mit Gartenhäusern oder Schuppen. Theoretisch konnte in jedem Keller … Steiger blieb wie angewurzelt stehen. Die Haustür des alten Gebäudes, vor dem er stand, war mit einer dicken Spanplatte vernagelt. Das Holz war fleckig, an den Rändern aufgequollen und mit schwarzen Farbstiften beschmiert. Durch diese Tür war seit Jahren kein Mensch mehr gegangen. Das Haus war rechts freistehend und er sah eine Zufahrt, die mit einem Tor versehen war. Links schloss der Altbau an eine Häuserzeile an. Er blickte die Fassade hinauf. Sie war verwittert und die ehemals grüne Farbe blätterte großflächig ab. Die Fensterscheiben waren den Witterungsverhältnissen über Jahre hinweg ausgesetzt und dementsprechend verschmutzt und trüb.

Das Metalltor vor der Zufahrt war alt, die rötliche Lackierung zeigte aufgeplatzte Stellen und Bereiche, die Blasen warfen, doch waren die dicke Gliederkette und das schwere Vorhängeschloss neuwertig. Hinter dem Tor erkannte er eine frische Fahrrinne auf dem Boden, die von einem schweren Fahrzeug herrührte. In einer schlammigen Pfütze war deutlich der Abdruck eines Zwillingsreifens auszumachen. Am Ende der Zufahrt führte ein schmaler Pfad durch dichtes Brombeergestrüpp und hüfthohe Brennnesselsträucher zur Rückseite des Hauses. Nochmals überprüfte er seinen Standpunkt auf der Karte. Er befand sich eindeutig auf der Geraden, die er eingezeichnet hatte. Steiger umfasste die Metallstreben des circa zwei Meter hohen Tores und setzte anschließend einen Fuß auf eine Querverstrebung. Er wuchtete sich hoch. Die schwere Kette rasselte, die beiden Torflügel schwangen lautstark vor und zurück, sodass Steiger Mühe hatte, die Balance zu halten. Vorsichtig zog er sein linkes Bein über das Tor. Einen Moment verharrte er so, bis die Bewegungen des Tores nachließen. Er hob das rechte Bein über das Gitter und sprang dann auf die andere Seite.

Die rechte Hauswand war in einem noch schlechteren Zustand als die Frontfassade. Der dunkelgraue Putz blätterte in großen Teilen ab, darunter waren alte Backsteinziegel zu erkennen, mit denen das Gebäude vor beinahe einhundert Jahren erbaut wurde. Unterhalb des Firstes schimmerte verblasst der Schriftzug einer ehemaligen, in dem Gebäude ansässigen Firma durch. Er war nicht mehr eindeutig zu lesen, aber die Buchstaben waren in einer Schreibweise abgefasst, wie sie vor der Mitte des vergangenen Jahrhunderts gebräuchlich war. Irgendetwas mit Pils entzifferte er. Wahrscheinlich hatte sich in dem Haus irgendwann einmal eine Kneipe befunden. Die seitlichen Fenster des Erdgeschosses waren nachträglich zugemauert und die Fensterrahmen der übrigen Etagen, noch aus Holz gefertigt, splitterten, waren verzogen und die weiße Farbe bestenfalls noch zu erahnen.

Steiger kniete sich hin und sah sich den Boden an. Der Abdruck der Reifen verriet ihm, dass ein schwerer Lkw noch vor Kurzem hier rückwärts eingefahren war, wie er der Profilrichtung entnahm. Hatte jemand das Gebäude gekauft und wollte es sanieren?, fragte er sich. Unwahrscheinlich. Dies war kein Stadtteil, in den investiert wurde und in dem man sich die Mühe machen würde, eine solche

Ruine wieder instand zu setzen. Und hätte man in einem solchen Fall nicht die alte Holzplatte am Eingang beseitigt? Wer kaufte schon die Katze im Sack? Vielleicht war es nur ein günstig vermieteter Stellplatz für einen ortsansässigen Fuhrunternehmer oder es handelte sich um einen Parkplatz von einem Schrottsammler, dessen Fahrzeuge zuhauf die Straßen der Großstädte nach Verwertbarem absuchten.

Steiger erhob sich und schritt den Trampelpfad entlang, der ihn in einen Hinterhof führte. Alte, hohe Birken reckten sich in die Höhe und ihre dicken, knorrigen Wurzeln hatten die Betondecke durchbrochen und in teils bizarre Formationen aufgefaltet. Eine Wand aus dichtem Buschwerk unzähliger Pflanzen wucherte die gesamte Rückseite des Hauses entlang, teils bis zur ersten Etage hinauf, und wurde nur durch einen schmalen Spalt unterbrochen, der zu einer steilen Treppe aus Beton führte, an deren Ende sich eine Kellertür befand. Ihm fiel auf, dass die dreckigen, mit Grünspan und Moosen bewachsenen Stufen in der Trittmitte keinen Bewuchs aufwiesen, als würde jemand die Treppe regelmäßig benutzen. Steiger blickte sich um. Die hohen Birken verdeckten weitestgehend den Bereich, in dem er sich befand. Die Kronen wurden vom Wind geschüttelt und das Rascheln des Laubes war weit zu hören. Steiger sah zu der Häuserzeile hinter der Baumreihe und suchte nach Bewegungen in den Fenstern, doch die Bäume verdeckten die Sicht. Er schritt die Treppe vorsichtig hinunter und betrachtete die Tür. Der graue Lack des Türgriffs blätterte großflächig ab. Steiger rieb sich die Hände an den Hosenbeinen ab und betrachtete die blanken Winkeleisen aus Edelstahl, die sich in der Tür und in dem Mauerwerk befanden, in denen die Bügel zweier hochwertiger Vorhängeschlösser steckten.

Er grübelte, als er die sechs Stufen wieder hochschritt. Die Schlösser waren neu, genauso wie die Gliederkette an dem Tor. Vielleicht ein Lagerraum?

Das Ganze musste nichts heißen. Er schritt die Gebäuderückseite entlang, suchte nach einem Kellerfenster, doch die Pflanzen nahmen ihm die Sicht. Steiger fand einen Stock, geeignet, sich eine Bresche durch das Gestrüpp zu schlagen. Immer wieder hieb er auf das Unkraut ein, drückte mit den Händen die Pflanzen beiseite, um einen Blick auf das Mauerwerk werfen zu können, als sein Fuß gegen etwas Hartes stieß. Er schlug die Brombeertriebe nieder und vernahm den hohlen Ton, der entstand, wenn Holz auf Holz schlug. Er bückte sich, riss den Rest des Buschwerkes zur Seite und hatte freie Sicht auf die beiden morschen Holztüren, die zum ehemaligen Bierkeller führten. Drei Tritte mit dem Absatz seines Schuhs reichten und das verrostete Schloss fiel in den Kellerschacht.

*

Das Telefon läutete. »Frank hier!«

»Erzähl!« Welke stieß sich vom Schreibtisch ab und nahm eine entspannte Haltung ein.

»Wir waren mit der Baufirma in dem Rohbau. Es ist nichts entwendet worden. Allerdings haben die Täter den Sicherungskasten des Krans aufgebrochen und die Stromzufuhr eingeschaltet. Zudem zeigte der Ausleger in die entgegengesetzte Richtung.«

»Die Burschen haben Kranfahrer gespielt?«

»Keine Ahnung. Vielleicht wollten die in die oberen Etagen und die Beute, die sie dort vermuteten, mit dem Kran nach unten bringen. An dem Haken hing 'ne Schubkarre. Die hätte man gut füllen können.«

Welke überlegte. Seiner Überzeugung nach handelte es sich um normale Diebe, und die Geschichte hatte nichts mit Steiger zu tun.

»Hast du schon eine Rückmeldung wegen des zweiten Typen?«, fragte Tetzlaf.

Welke schüttelte den Kopf, obwohl sein Kollege ihn nicht sehen konnte. »Heimchen hat das Bild an alle Dienststellen versandt und beim Einbruch selbst angerufen. Wir haben die Lichtbilddatei angeschmissen und einige Eckdaten eingeben. Ergebnislos.«

»Warten wir mal ab. Vielleicht kommt ja noch was nach«, hörte er Tetzlaf antworten.

Heimke trat, ohne anzuklopfen, ein. Er wirkte erschüttert.

»Ich muss Schluss machen. Melde dich, wenn du noch was rausbekommst.« Welke legte auf. »Wat hasse, Heimchen?«

»Diese Anwältin, die Exfrau von diesem Steiger, war gerade da.«

Welke setzte sich aufrecht hin. »Wieso *war*?«, sagte er lauter als gewollt.

Heimke war deutlich verunsichert. »Naja, sie wollte dich sprechen.«

»Sag mal, bist du ein kleiner Junge, der mir erklären will, dass er 'ne Fünf in Mathe geschrieben hat? Mach's Maul auf, Donnerwetter noch mal!«

Heimke atmete tief aus. »Sie wollte dich sprechen, aber du warst nicht im Büro. Die Präsidiumswache hat mich angerufen und ich habe sie in das Büro von Brahmkamp gebracht.«

»Tickst du nicht richtig? Warum ausgerechnet …«

»Es war kein anderer da«, warf Heimke zu seiner Verteidigung ein.

Welke spürte, wie seine Magensäure aufschäumte.

»Ich wollte ihr nur einen Kaffee holen. Als ich wiederkam, war sie weg. Brahmkamp sagte, sie wollte nur kurz zur Toilette. Da konnte er schließlich nicht mitgehen.«

»Sie ist definitiv weg?«

»Ja. Ich habe Helmut unten angerufen. Sie ist durch die Tür.«

*

Der ehemalige Bierkeller lag erhöht und führte zum eigentlichen, tiefer gelegenen Trakt. Das Gewölbe bestand aus Ziegelsteinen, die feucht glänzten und deren Fugen porös waren. Es roch nach Schimmel und vereinzelt erkannte er Risse, die von der Gewölbedecke bis zum Boden reichten. Die hölzernen Treppen waren ausgetreten, rutschig und stellenweise morsch. Auch das aus Holz gefertigte Geländer wirkte alles andere als vertrauenerweckend.

Obwohl das Geschoss hoch genug war, zog er instinktiv den Kopf etwas ein und ging in leicht gebückter Haltung weiter. Der grünliche Lichtschein des Handydisplays durchdrang die Dunkelheit nur auf etwas mehr als eine Armlänge. Automatisch streckte Steiger den Arm weit nach vorn, als er gegen etwas stieß. Es war leicht und die Berührung kaum zu spüren, doch das schabende Geräusch war unüberhörbar. Steiger leuchtete nach unten und erkannte in knapp einem Meter Entfernung etwas auf dem Boden. Er trat etwas näher, bückte sich, fand den Gegenstand und hob ihn auf. Es war eine leere Schachtel Marlboro. Er führte das Display näher an die Packung. Die Schachtel hatte keine Steuerbanderole und auf der Oberseite erkannte er kyrillische Schriftzeichen. Steiger schritt weiter. Der Kellerflur machte einen Knick um neunzig Grad nach links und führte zu einem größeren Raum. Er leuchtete nach oben, als er sich darin befand, um sich nicht den Kopf anzuschlagen. Plötzlich verlor er den Halt. Reflexartig griff er zur Seite und hielt sich an dem Türrahmen des Raumes fest, während das Handy zu Boden fiel. Steiger stellte sich hin und blickte nach unten in das schwarze Loch, welches sich vor ihm aufgetan hatte und auf dessen Grund er schwach das beleuchtete Display seines Telefons erkannte.

*

Claudia wusste nicht, wie oft sie sich das Bild auf dem Monitor angesehen hatte. Sie versuchte zu zweifeln, ihre eigene Wahrnehmung infrage zu stellen, wünschte sich beinahe, Unrecht zu haben, doch immer wieder gewann ihr Verstand die Oberhand und signalisierte ihr unmissverständlich, dass sie sich nicht geirrt hatte. Sie kannte den Mann auf dem Foto ihres Computers und bei dem Gedanken daran verspürte sie das Gefühl völliger Ohnmacht. Wieder blickte sie auf das Bild. Nein. Es lag kein Irrtum vor. Das Telefon klingelte, und obwohl sie es in der Hand hielt und im Minutentakt auf das Display schaute, in der Hoffnung Kamphoff oder Steiger würden sich melden, erschrak sie und drückte in einem Reflex die Annahmetaste.

»Welke hier. Sie wollten mich sprechen?«

»Ja.«

»Hat er sich gemeldet?«

»Nein. Aber ich habe hier etwas, was Sie sich unbedingt ansehen müssen.«

*

Steiger kniete sich hin und tastete mit beiden Händen, bis er den Rand des Loches fühlte. Er sah absolut nichts. Die einzige Lichtquelle war das winzige Display des billigen Prepaidhandys, welches in ungefähr zweieinhalb bis drei Metern unter ihm auf dem Boden lag. Vorsichtig führte er seine Handflächen an der Kante entlang. Sie war glatt und bestand aus Holz. Seine Finger fuhren weiter und berührten einen Gegenstand, der aus dem Loch herausragte und ebenfalls aus Holz sein musste.

Steigers Finger umschlossen den hölzernen Gegenstand, eine Art Pfosten, der aus dem Abgrund ragte. Seine Hände wanderten weiter und fanden einen gleichen Gegenstand, vielleicht 40 oder 50 Zentimeter daneben. Er robbte auf seinen Knien etwas zurück und legte sich flach auf den Bauch. Er führte seinen rechten Arm zwischen den beiden Pfosten über den Abgrund, griff ein, zwei Mal ins Leere, und ertastete dann die erste Sprosse einer Leiter. Vorsichtig drehte er sich so, dass sein rechter Fuß auf einer der Querverstrebungen Tritt fand. Langsam stieg Steiger in die Dunkelheit, roch die modrige Luft und fauliges Wasser. Der Boden unter seinen Füßen fühlte sich sandig und feucht an. Er hockte sich hin und suchte in kreisförmigen Bewegungen nach dem Telefon, dessen Display mittlerweile ausgegangen war. Als er das Gerät fand, drückte er eine beliebige Taste und das Handy spendete das ersehnte Licht. Genau wie große Höhe beeindruckten ihn Dunkelheit und Enge. Mehrfach musste er sich ermahnen, nicht panisch zu werden. Die Bilder von Sarah, dem Mädchen, das er im Schacht über Wasser gehalten hatte, tauchten vor seinem Auge auf. Er versuchte, sie zu vertreiben und sich zu konzentrieren. »Reiß dich zusammen!« Steiger drehte sich, leuchtete in jede Richtung und erkannte einen Tunnel. Es gab tausende Orte, an denen er lieber gewesen wäre, und obwohl der Drang, das Gewölbe zu verlassen, in ihm beinahe nicht zu unterdrücken war, ging er einige Schritte weiter. Der Gang war vielleicht eineinhalb Meter breit. Steiger konnte so gerade eben aufrecht gehen und stieß doch mit dem Kopf gegen etwas Leichtes. Instinktiv schreckte er zurück, stolperte nach hinten und hielt das Handy in Richtung Decke.

Es war eine Glühbirne, die in dem Licht des Displays hin und her schwang. Er hob sein Handy etwas näher an die Tunneldecke und sah ein Kabel, mit Krampen provisorisch an der Decke befestigt, welches weiter in die Dunkelheit führte. Einige Meter folgte er dem Kabel, das ihn zu einem größeren, rechteckigen und ebenfalls künstlich angelegten Raum führte, auf dessen Boden etwas schemenhaft auftauchte. Steiger trat darauf zu, fokussierte das Licht nun Richtung Boden, bis er einzelne Details ausmachen konnte. Er erkannte Autobatterien, eine größere Anzahl, die nebeneinander gestellt waren. Ein Kabel war an der letzten Batterie angeschlossen und lief von dort aus zu einem Kipphebel. Kurzentschlossen legte er den Hebel um; obwohl er damit gerechnet hatte, traf ihn die Helligkeit der eingeschalteten Beleuchtung unvorbereitet und das helle Licht blendete ihn für einige Sekunden. Es dauerte einige Augenblicke, bis sich die Blitze vor seinen Augen auflösten und er seine Lider einen Spalt weit öffnen konnte. Die staubigen Glühbirnen hingen in einem größeren Abstand voneinander entfernt und führten weiter in den Tunnel, der nach unten abfiel und dessen Ende er von seinem Standpunkt aus nicht erkennen konnte. Der Tunnel war ins Erdreich gegraben worden und wurde von Holzbalken gestützt. Schaufeln und eine Spitzhacke lagen auf dem Boden, mehrere Speisfässer, schwarz und dickwandig, standen ineinander gestapelt. Daneben lehnten an der Wand rostige Gitter Moniereisen und ein halbes Dutzend Säcke Beton, ordentlich übereinandergestapelt. An einer anderen Stelle standen schwere, tragbare Leuchten, ähnlich solcher, die auf Baustellen Verwendung fanden, dazu eine Kiste mit Werkzeug. Was auch immer hier gemacht wurde, Steiger war auf der richtigen Spur, so viel stand fest. Er wischte sich mit dem Handrücken den Schweiß von der Stirn, fühlte die Hitze an seinen Schläfen, die stetig zunahm, und ging weiter. Die faulig riechende Luft wurde mit jedem Meter schlechter, der Boden war matschig und an einigen Stellen hatten sich in den Eindruckspuren, die von schweren Stiefeln oder Arbeitsschuhen herrührten, kleine Pfützen gebildet. In dieser Tiefe drang nichts mehr von außen zu ihm. Das Einzige, was er hörte, war das schmatzende Geräusch seiner Schuhe auf dem Lehmboden. Der Tunnel, immer noch leicht abfallend, beschrieb eine kleine Kurve, und unerwartet tauchte sein Ende auf. Vor ihm befand sich eine Wand aus alten roten Ziegeln, die in der Mitte aufgestemmt war. Das Loch in dieser Wand war groß und bot einem erwachsenen Mann genügend Platz hindurchzugehen. In dem Hohlraum dahinter war es dunkel. Vorsichtig streckte er seinen Kopf durch die Öffnung und fühlte einen kräftigen Luftzug. Steiger drehte um, lief den Tunnel zurück und kehrte mit einer der Baustellenlampen zurück, mit der er an das Loch in der Wand trat. Er leuchtete in den Hohlraum und sah ein Gewölbe. Mit eingezogenem Kopf schritt er durch die Öffnung. Der Boden, mit Erdreich bedeckt, fühlte sich hart an, und als er mit seinem Fuß darüber rieb, kamen alte Steinplatten zum Vorschein, in deren Mitte sich eine Rinne befand. »Das muss ein uralter Abwasserkanal sein«, flüsterte er. Obwohl sich alles in ihm danach sehnte umzukehren, ging er weiter. Er leuchtete den Kanal aus und stellte fest, dass die alten Wände rissig waren. Erdreich drang ein, an einigen Stellen tropfte es, und auch die dicken Wurzeln der Bäume über diesem geheimnisvollen Kanal hatten sich ihren Weg bis in die Tiefe gebahnt. Immer wieder richtete er seinen Blick nach oben, suchte vergeblich nach einem Ausgang, bis der Schein seiner Lampe von einer hellen Fläche reflektiert wurde. Steiger trat näher heran. Er leuchtete gegen die Wand und sah, dass sie aus Beton bestand. Sie war beschädigt, aber offensichtlich intakt. Deutlich erkannte er die Struktur des Moniereisengitters, welches verformt war und sich nach außen wölbte. Es bestand kein Zweifel daran, dass diese Wand mit den Materialien aus dem Tunnel gebaut war. Unmittelbar vor dem Boden war ein rundes, metallenes Objekt zu sehen, welches in die Fläche eingelassen war. Er bückte sich und betrachtete es aus nächster Nähe. Es war eine Abdeckung. Steiger stellte die Lampe hin, positionierte den Lichtstrahl auf diesen Verschluss und umfasste den Rand mit beiden Händen. Der Deckel ließ sich drehen.

»Heilige Scheiße«, entfuhr es ihm. Steiger erhob sich, ergriff die Lampe und drehte sich in Richtung Ausgang, als er eine tiefe Stimme vernahm. »Heben Sie ganz langsam Ihre Hände hinter Ihren Kopf und drehen Sie sich um!«

*

Welkes Wagen schoss so gerade eben noch bei Dunkelgelb über die Kreuzung. Er war eindeutig zu schnell unterwegs, während er an seinem Handy rumnestelte. Draußen flogen die Gebäude vorbei und die Sonne, die sich nach wie vor nicht entscheiden wollte, sich dauerhaft gegen die Wolkendecke durchzusetzen, schickte ihre letzten Strahlen in einem steilen Winkel durch die Häuserschluchten. Welke hielt sich das Gerät ans Ohr und lauschte dem Freizeichen. Es kam ihm wie eine gefühlte Ewigkeit vor, bis Heimke endlich abnahm. »Polizeipräsidium Essen, mein Name ist …«

»Hör zu!«, brüllte Welke in sein Telefon. »Der Typ von dem Videoband … der andere Kerl!«

»Von dem Einbruch?«

»Genau! Er heißt Schmidt. Gerd Schmidt. Muss ein bekannter Einbrecher sein. Und ruf Tetzlaf an. Er soll sofort, und ich meine mein *sofort*, zu der Bude, wo die beiden auf dem Kran rumturnten. Das Nachbarhaus. Er soll es vom Dach bis zum Keller umkrempeln und sag ihm, ich reiß ihm persönlich die Eier ab, wenn er nicht innerhalb von fünf Minuten vor Ort ist! Und er soll die Spusi mitnehmen.«

»Noch was?«

»Wo ist Brahmkamp?«

»Keine Ahnung. Hast du ihn angerufen?«, fragte Heimke irritiert.

»Pass auf. Für den Fall, dass er sich meldet oder auftaucht … du sagst ihm nichts. Absolut nichts! Ich mach dich persönlich dafür verantwortlich. Wenn er sich meldet, wimmel ihn ab und melde dich sofort bei mir. Wenn er vorbeikommt, gibst du mir Bescheid. Hast du verstanden? Sofort!«

*

Die Maske wurde ihm von Gesicht gerissen und das Licht der Zimmerbeleuchtung schoss schmerzhaft in seinen Sehnerv. Reflexartig schloss er die Augen. Man ergriff seine Fesseln und zog diese ein Stück hoch. Er vernahm das metallene Rasseln eines Schlüsselbundes und spürte, wie man die Handschellen löste. Steiger führte die Arme nach vorn und rieb sich unbewusst die gereizten Handgelenke. Er versuchte, seine Augen zu öffnen, kam aber zunächst über ein Blinzeln nicht hinaus.

»Darf ich Ihnen meinen außerordentlichen Respekt aussprechen? Sie sind ein zäher Hund. Ein verdammt zäher Hund.«

Steiger hielt sich eine Hand vor das Gesicht und öffnete seine Lider.

Der Mann griff nach einer Zigarettenpackung, die auf dem kleinen, rechteckigen Tisch lag, der die beiden voneinander trennte, und zündete sich ein Tabakstäbchen mit einem Benzinfeuerzeug an, welches er aus seiner Hosentasche fingerte. Anschließend schob er beides über den Tisch. »Bedienen Sie sich, wenn Sie möchten.«

Steiger ignorierte die Einladung und fixierte den Mann vor sich. Dieser nahm einen tiefen Zug, den er ebenso tief inhalierte, bevor er fortfuhr.

»Erlauben Sie mir zunächst, mich bei Ihnen aufrichtig für die Behandlung in der vergangenen Stunde zu entschuldigen. Aber Sie wären wohl kaum freiwillig gefolgt.«

Steiger sah sich langsam um. Die beiden Männer, die ihn entführt hatten, standen links und rechts des Raumes. Sein Gesprächspartner lehnte sich zurück, schlug die Beine übereinander und ließ seinen Blick durch den Raum schweifen, um sich dann abrupt seinem Gegenüber zuzuwenden. »Was denken Sie, Herr Kettner? Warum habe ich Sie hierher bringen lassen?«

Steiger lächelte gequält. »Weil ich etwas besitze, was Sie unbedingt benötigen.«

Der Mann lächelte und zeigte auf ihn, wobei er anerkennend nickte. »Völlig richtig. Sie haben etwas, was ich benötige.« Sein Gegenüber erhob sich leicht, ergriff den Stuhl an der Sitzfläche und schob ihn näher an den Tisch, bevor er sich wieder setzte und beide Arme auf der Tischplatte ablegte. Es wirkte so, als unterzöge er Steiger einer kritischen Musterung. »Ich weiß, was Sie denken! Über mich.«

Steiger blieb ausdruckslos.

»Sie denken … nein … Sie sind der festen Überzeugung, ich hätte Ihnen die ganze Sache eingebrockt, richtig?«

»Lassen Sie mich raten«, erwiderte Steiger. »Jetzt kommt irgend so eine ›Ist aber nicht so‹- oder ›Sie liegen völlig falsch‹-Geschichte.«

Der Mann schnippte die Asche von der Spitze seiner Zigarette in einen Aschenbecher, wobei er Steiger anblickte und aufrichtig amüsiert wirkte. »Als man versuchte, Sie in Ihrer Wohnung zu töten, hatte man das, was Sie besitzen oder von dem man ausgeht, Sie besäßen es, noch nicht gefunden. Wenn dieses, nennen wir es der Einfachheit halber mal Beweismittel … wenn dieses Beweismittel noch nicht gefunden wurde, ergibt es dann Sinn, Ihre Wohnung anzuzünden? Bleibt also nur eine einzige weitere Möglichkeit: Es geht nicht darum, in den Besitz irgendeiner Sache zu gelangen, die Sie mutmaßlich haben. Es geht darum, Sie zum Schweigen zu bringen, da man davon ausgeht, Sie verfügen über ein Wissen, welches nach Möglichkeit nicht weitergegeben werden soll.«

Der Mann erhob sich, verschränkte die Arme hinter dem Rücken und lief im Raum auf und ab, während er weitersprach.

»Kommen wir zu der von Ihnen angeführten ... ›Ist aber alles ganz anders‹-Geschichte. Was meine Person betrifft, ich bin authentisch. Beamter beim Staatsschutz des Landeskriminalamtes. Seit längerer Zeit haben wir eine terroristische Vereinigung im Visier, die wir dem tschetschenischen Spektrum zuordnen. Über fingierte Konten und Mittelsmänner flossen in den vergangenen Wochen hohe Geldbeträge ins Ruhrgebiet. Dies, in Verbindung mit einer erhöhten Aktivität ehemaliger Schläfer, ließ uns zu der Vermutung kommen, die Terrorgruppe könnte eventuell im Ruhrgebiet einen Anschlag vorbereiten. Der Bundesverfassungsschutz in Köln berichtete uns von einem Informanten, den man innerhalb dieser Szene hat, und wir beschlossen, einen Köder auszulegen. Diese undankbare Rolle wurde mir zuteil. Wir entwickelten eine Legende, die mich angreifbar machen sollte. Wichtig war selbstverständlich, dass diese Legende auch einer Überprüfung standhielt. Wir schufen Oberst Andrej Malinkow, aus der ehemaligen Sowjetunion, der zu Hartmut Voßbeck wurde, geboren 1954 in Magdeburg, und versahen die beiden mit entsprechenden Ausweispapieren. Dieser Pseudo-Voßbeck ist später, geschützt durch eine Identitätslegende, zu einem Mitarbeiter des Staatsschutzes in Berlin geworden, später dann in Nordrhein-Westfalen. Nichts Ungewöhnliches, da viele ehemalige Staatsbeamte der DDR in den Dienst der Bundesrepublik Deutschland gestellt wurden. Und dieser Mann sitzt Ihnen nun gegenüber.« Er zeigte mit einer Geste auf sich. »Es wäre ungeschickt, weil unglaubwürdig gewesen, selbst Kontakt mit der Terroristenzelle aufzunehmen. Wir versorgten einen jungen und erfolglosen Journalisten mit gezielten Fehlinformationen und spielten ihm Kopien der Ausweisdokumente zu, gleichzeitig versorgten wir ihn über ein Internetforum mit weiteren Hinweisen auf den tatsächlichen Aufbewahrungsort der Dokumente. Das war natürlich ein gefundenes Fressen. Ein Köder, nach dem er gierig schnappte. Der Informant brachte die Terrorzelle mit dem Journalisten zusammen, sodass die Person Harmut Voßbeck und insbesondere deren Vergangenheit glaubhaft waren. Die Falle schnappte zu. Die tschetschenische Zelle brachte die Ausweise an sich, nahm mit Hartmut Voßbeck, alias Andrej Malinkow, alias Helmut Brahmkamp Kontakt auf und erpresste ihn mit seiner Vergangenheit als russischer Oberst und als OiBE.«

»Als was?«

»Offizier im besonderen Einsatz. Ein Agent des Ministerium für Staatssicherheit mit teils delikaten Aufträgen. Das Geschäft belief sich auf Informationen gegen Schweigen. Man erpresste mich mit den Ausweisdokumenten, die meine Vergangenheit offenbaren konnten. Wir waren im Boot und guter Dinge, mehr zu erfahren. Aber wir mussten unseren Informanten schützen, damit er uns weiter mit dienlichen Hinweisen versorgen konnte, ohne aufzufallen oder Misstrauen zu erregen. Dazu bedienten wir uns weiterhin dieses Journalistens. Wir fütterten ihn mit neuen Informationen, die Glaubhaftigkeit förderten, gleichzeitig aber nicht dazu geeignet waren, uns Probleme zu bereiten. Vor zwei Tagen, also genau an dem Tag, wo Ihr Albtraum begann, Herr Kettner, wurde durch unseren Informanten ein Treffen arrangiert. Mir sollte eine Forderung übergeben werden, von der wir uns nähere Erkenntnisse hinsichtlich des Vorhabens der Terrorzelle versprachen.« Brahmkamp zündete sich eine weitere Zigarette an, nahm einen tiefen Zug und blies einen Rauchring, der sich auf Steiger zubewegte. »Unser Plan war heikel und risikobehaftet. Zugegeben. Aber die Zeit drängte. Wir mussten die Zelle identifizieren und deren Pläne herausfinden, nach Möglichkeit ohne aufzufallen. Nachdem wir eine erhöhte Aktivität feststellten, war uns klar, dass man uns höchstwahrscheinlich auch genau das an die Hand geben würde, was wir uns erhofften. Tobias Schreiner, unser Journalist, nach wie vor völlig ahnungslos hinsichtlich seiner Rolle, sollte bei dem Treffen genau das tun, wofür wir ihn einplanten. Er sollte die Zusammenkunft für uns so dokumentieren, wie ein Journalist das in der Regel tut. Wir hätten die Informationen und durch Schreiner die Möglichkeit der Identifizierung, ohne uns selbst verdächtig zu machen. Es war klar, dass die Zelle Schreiner überprüft hatte und von daher wusste, dass er keinen Bezug zur Polizei aufzeigte, sondern recherchierte, um seine Karriere in Gang zu bringen. Sein Motorrad war nicht nur verwanzt, es war technisch manipuliert, sodass wir jederzeit wussten, wohin er sich bewegte, um an die Fotos zu kommen. Sollte er auffliegen, hatten wir beabsichtigt, den Motor seines Zweirades per Funk außer Betrieb zu setzen. Zu einem festgelegten Zeitpunkt hätten wir ihn angehalten und ihm seine Kamera abgenommen. Wir hätten die Speicherkarte kopieren und den Originalchip unmittelbar darauf unserem Kontaktmann der Zelle übergeben können. Niemand hätte großartig Verdacht geschöpft. So unser Plan.« Brahmkamp sah Steiger direkt in die Augen und machte eine Pause, bevor er weitersprach. »Und dann, mein lieber Robert Kettner, kamen Sie ins Spiel.«

Steiger grinste. »Schreiner sprang in meinen Wagen.«

Wieder deutete Brahmkamp mit dem Zeigefinger auf Steiger. »Wir haben versucht, alle Eventualitäten in Betracht zu ziehen. Dass er sich ausgerechnet in einen Wagen eines Expolizisten flüchtet, dem es dann auch noch gelingt, uns abzuhängen, diese Variante hatte keiner auf dem Zettel.« Brahmkamp drückte auch die zweite Zigarette aus, stellte den Aschenbecher an den Rand des Tisches und beugte sich wieder nach vorn. Seine Augen ruhten weiter auf Steigers Gesicht. »Danach ist die Situation außer Kontrolle geraten. Mit den Ihnen bekannten, bedauerlichen Konsequenzen.«

Wieder stand Brahmkamp auf, stellte sich aber diesmal hinter den Stuhl und stützte die ausgestreckten Arme auf die Lehne auf, während er Steiger mit den Augen fixierte.

»Das Attentat auf Sie erfolgte durch Mitglieder der terroristischen Vereinigung. Davon gehen wir aus. Auch der Mord an Tobias Schreiner ging auf deren Konto. Es entstand ein Szenario, dem wir beinahe ohnmächtig gegenüberstanden. Auf der einen Seite liefen wir Gefahr aufzufallen. Auf der anderen Seite war durch einen dummen Zufall nicht nur ein Mensch gestorben. Ein weiterer, nämlich Sie, Herr Kettner, wurde mit dem Tode bedroht. Also mussten wir uns etwas einfallen lassen, und es gab nur zwei Alternativen. Das Projekt aufzugeben und somit einen Anschlag in Kauf zu nehmen oder Sie für eine gewisse Zeit zum Tatverdächtigen zu machen, um die Polizei abzulenken und die Terroristen bei der Stange zu halten. Dass Erstgenanntes nicht infrage kam, erklärt sich von selbst. Um Sie zu schützen, habe ich mich an Ihren Kollegen Welke gewandt. Ich wollte Sie in Bewegung wissen, den Fahndungsdruck auf Sie erhöhen, um Sie so aus der Schusslinie zu nehmen. Ich schloss mich Welke also an, damit ich jederzeit die Reißleine ziehen konnte.«

Steiger streckte die Beine aus und faltete seine Hände in seinem Schoß. »Sie haben mich also für Ihre Zwecke benutzt.«

Brahmkamp stellte sich aufrecht hin und lächelte. »Wenn Sie es so ausdrücken wollen?«, erwiderte er und verschränkte die Arme vor der Brust.

Steiger antwortete nicht. Ihm war anzusehen, dass er abwägte.

»Sie glauben mir nicht.« Brahmkamp äußerte dies nicht als Frage, sondern als Feststellung. Er setzte sich wieder, hob eine Tasche hoch, die Steiger zuvor nicht sehen konnte, legte sie auf den Tisch und holte eine Akte hervor. Er erschien Steiger so, als hätte er auf diese Situation nur gewartet. »Dies ist ein Teil der Ermittlungsakte MK Steiger. Sie haben richtig gehört. Man hat die Kommission zu Ihren Ehren genannt.«

Steiger verzog keine Miene. »Ich bin gerührt.«

»Bitte nehmen Sie die Akte. Blatt 134.«

Steiger sah Brahmkamp prüfend an, zog dann die Akte zu sich und blätterte, bis er die genannte Seitenzahl gefunden hatte. Bevor er aber den Inhalt lesen konnte, ergriff Brahmkamp erneut das Wort.

»Der Tote in Ihrer Wohnung, also der Mann, der Sie zuvor angegriffen hatte, trug eine Metallprothese in seinem rechten Oberarm. Ich habe mir erlaubt, die Stelle zu unterstreichen.«

Steiger überflog die Seite und fand die Randnotiz.

»Bitte lesen Sie vor, was in dem markierten Absatz steht.« Brahmkamp beobachtete stumm, wie Steiger die Passage suchte, mit seinem Zeigefinger unter den Wörtern entlangfuhr und dazu lautlos die Lippen bewegte, bevor er den Text laut vorlas. »Dort steht, die Obduktion hat ergeben, es handelt sich um eine Prothese osteuropäischer, vermutlich russischer Herkunft.«

»Selbstverständlich können Sie Welke dahingehend befragen, sollten Sie meinen, diese Akte sei eine Fälschung.« Brahmkamp griff in seine Außentasche und legte ein Handy auf den Tisch. »Bitte. Nur zu«, sagte er und entfernte wie beiläufig eine Fluse von seinen Schultern.

Steiger ignorierte das Mobilfunktelefon, klappte die Akte zu und schob sie rüber zu Brahmkamp.

»Schreiner hat, wie wir es geplant hatten, das konspirative Treffen zwischen Mitgliedern der tschetschenischen Terrorgruppe und mir fotografiert. Ich mutmaße, Sie haben die Bilder eingesehen. Der Typ, mit dem ich sprach, von dem ich die Unterlagen erhielt, war nicht irgendein Mann.« Brahmkamp legte eine Pause ein. »Wissen Sie was? Fragen wir ihn doch selbst.«

Die Tür des Raumes wurde geöffnet und ein Mann trat herein.

»Darf ich vorstellen?«, Brahmkamp zeigte mit einer Geste auf den Fremden, den Steiger fassungslos anstarrte.

*

Kamphoff klopfte an und wartete darauf, dass Hofmann, der sich über die Sprechanlage mit einem einfachen, emotionslosen »Ja« gemeldet hatte, ihn einließ. Er hörte, wie ein Schlüssel zweimal umgedreht wurde und die Tür sich einen Spalt weit öffnete. Kamphoff erwartete ein Gesicht, welches sich durch den Spalt schob und ihn mit misstrauischem Blick musterte. Stattdessen tat sich einige Momente nichts, bis die Tür aufschwang. Er war überrascht. Sein Gegenüber saß in einem Rollstuhl.

»Folgen Sie mir bitte«, sagte Hofmann, während er den Rollstuhl wendete. Er schien sich in keiner Weise davon überzeugen zu wollen, ob es sich bei dem Gast, dem er so unbedarft den Rücken zuwandte, tatsächlich um die Person handelte, die Ahrends ihm angekündigt hatte.

Kamphoff tat wie gebeten und ging dem Mann hinterher. Der Raum, in den Kamphoff folgte, miefte nach erkaltetem Rauch und besaß diesen typischen Geruch von Wohnungen alter Menschen, die nicht lüfteten, und in deren Polstern und Teppichböden sich die verbrauchte Luft unzähliger Jahre festgesetzt hatte.

Das Zimmer, das er betrat, war kahl, spartanisch und unpersönlich eingerichtet, aber er hegte Zweifel, dass dies ausschließlich der Behinderung geschuldet war. Alles wirkte ordentlich, jedoch erkannte er nirgendwo Habseligkeiten, die den Raum mit einer persönlichen Note füllten. Dem alten Sofa gegenüber, welches an der linken Längswand stand, befand sich ein einzelner Sessel, dessen Stoff an den Armlehnen durchgewetzt war. An der Fensterfront sah Kamphoff einen großen Schreibtisch, der über und über mit Büchern, Ordnern und Papierbergen bedeckt war. Mitten auf der Arbeitsplatte stand ein Flachbildmonitor. Dieser Arbeitsplatz wirkte auf Kamphoff so, als wäre er der Ort, an dem sich das ganze Leben dieses Mannes abspielen würde.

Hofmann drehte den Rollstuhl erstaunlich behände. »Setzen Sie sich bitte«, sagte er, ohne auf eine Sitzgelegenheit zu weisen. Kamphoff zögerte einen Augenblick und entschied sich dann, auf dem Sofa Platz zu nehmen, dessen Polster zu weich waren und unter denen er die Sprungfedern spürte.

Hofmanns Alter war schwer zu bestimmen, Kamphoff schätzte ihn auf ungefähr Mitte bis Ende 60. Unbewusst betrachtete er den Mann genauer. Hofmann war zweifelsohne schon immer ein eher hagerer Mensch gewesen. Mittlerweile war er nur noch Haut und Knochen. Die dünnen Beine waren unter der Stoffhose bestenfalls zu erahnen. Die aschfahle Haut spannte sich über seinen Händen und wies Altersflecken auf. Seine dünnen Finger waren unnatürlich verformt wie bei einem Arthrosepatienten. Kamphoff hielt es allerdings ebenso für möglich, dass dies eine Folge des Rollstuhlfahrens war. Er sah, wie der Mann mit seinem Mund permanent leicht kauende Bewegungen vollzog, und die ausgeprägten Längsfalten über seiner Oberlippe wiesen auf eine schlecht sitzende Zahnprothese hin. Die Gesichtshaut, gepflegt und rasiert, erinnerte ihn an die gräulich wirkende Haut der Menschen auf der Palliativstation, die er bis zum Tod seiner Mutter beinahe zwei Jahre lang täglich aufgesucht hatte. Den Eindruck verstärkte das spärliche, nach hinten gekämmte Haar. Dieser Mann hatte nicht mehr viel Zeit und der Zustand seiner Wohnung zeigte, dass ihm das auch bewusst war.

Hofmann schien nicht im Geringsten an seinem Gast interessiert und kam ohne Umschweife zum Thema. »Ich habe die Nummer überprüft.«

Kamphoff hatte Mühe, sich seine Ungeduld nicht anmerken zu lassen. »Konnten Sie etwas in Erfahrung bringen?«

»Eventuell.«

»Was bedeutet das?«

»Wir konnten tatsächlich einer Person diese Nummer zuordnen, müssen aber noch einige Punkte abklären, um uns zu 100 Prozent festlegen zu können. Die Codierung ist nicht vollständig.«

»Und was konnten Sie herausfinden?«

»Die Codierung weist auf die Abteilung VIII hin.«

»Abteilung VIII? Was heißt das genau?«

»Das Ministerium für Staatssicherheit gründete in der Hauptverwaltung Aufklärung, kurz HVA, die sogenannte Abteilung VIII. Diese Abteilung gelang später durch die Aufdeckung des langjährigen Chefs Markus Wolf zu einer gewissen Berühmtheit. Zunächst noch ineffizient, lernte die HVA unter Führung von Wolf recht schnell dazu, indem man sich die Unterstützung des damaligen KGB sicherte. Der russische Geheimdienst leitete die Abteilung VIII zunächst unter dem Tarnnamen *Institut für wirtschaftswissenschaftliche Forschung*. Die Russen haben der HVA quasi das Laufen beigebracht. Unterstützung erhielt die HVA darüber hinaus von dem russischen Militärgeheimdienst. Sie arbeitete in der Folge besser, was sicher auch damit zu tun hatte, dass sie keiner parlamentarischen Kontrolle unterlag, und somit tun und lassen konnte, was sie wollte. Das ging so weit, dass Mielke selbst dem MfS gegenüber nicht alles angab und das Vorgehen dieser Abteilung vorbehaltlos deckte. Besonders hervorgetan hat sich die Abteilung VIII durch ihre Fähigkeit, Informanten anzuwerben. Sie bildeten sogenannte Romeoagenten aus, die gezielt auf alleinstehende Sekretärinnen in den politischen Büros und in der Wirtschaft angesetzt wurden. Stasiintern nannte man das: Ficken fürs Vaterland. Diese vulgäre Bezeichnung wurde den Stasiakten entnommen. Dann warb man gezielt Studenten in den führenden westlichen Universitäten an, die man in die gewollte Richtung lenkte und – auch mithilfe von Beziehungen – in den gewünschten Bereichen von Wirtschaft und Politik positionierte und somit von der Pike auf großzog. Da die ehemalige DDR keinen guten Ruf genoss, geschah das oftmals unter Vorgabe falscher Tatsachen, indem deren Spione sich als Agenten eines westliches Landes oder als Angehöriger des KGB ausgaben. Manchmal griff man auch direkt auf Spione des KGB zurück, die, wenn Sie so wollen, der Abteilung VIII zur Seite gestellt wurden.«

Hofmann schwieg einen Moment lang, als wollte er Kamphoff die Gelegenheit geben, das Gehörte zu verarbeiten.

»Die Codierung, beziehungsweise das Fragment, deckt sich mit dem Klarnamen eines gewissen Andrej Malinkow, geboren am 27. Februar 1954 im russischen Jessentuki, einer Kleinstadt am Kaukasus.«

Kamphoff öffnete sein Sakko und zog den Knoten seiner Krawatte etwas auseinander. Er konnte es kaum fassen, was er da hörte. »Was hat es mit diesem Malinkow auf sich? Konnten Sie mehr über ihn erfahren?«

Wie aus dem Nichts erschien von links ein Schatten, der auf Kamphoff zuflog. Reflexartig wich er nach hinten aus und presste seinen Rücken gegen die Lehne.

»Ich gratuliere Ihnen«, sagte Hofmann und lächelte das erste Mal kraftlos. »Muschka ist sehr wählerisch. Katzen haben ein natürliches Gespür dafür, welchem Menschen sie vertrauen.«

Das Tier stellte sich auf Kamphoffs Oberschenkel, der sich noch immer gegen die Sofalehne drückte, und begann schnurrend, mit den Vorderpfoten auf und ab zu treten, bevor es sich auf seinen Beinen niederließ. Kamphoff war sich unsicher, wusste nicht, wohin mit seinen Händen, und entschied sich nach kurzem Zögern, sie neben sich auf der Sitzfläche abzulegen. Das Tier von seinen Beinen zu schubsen, hätte er Hofmann gegenüber als beleidigend empfunden.

»Davon ausgehend, dass es tatsächlich Malinkow ist«, fuhr Hofmann fort, »handelt es sich um einen ehemaligen Agenten des KGB. Einen Agenten für besondere Aufgaben, den man der Abteilung VIII zuteilte.«

»Einen Romeoagenten?«

»Nicht nur«, erwiderte Hofmann. Abrupt drehte er seinen Rollstuhl und fuhr zu seinem Schreibtisch, wühlte in einigen Unterlagen und zog anschließend eine vergilbte Seite hervor. »Bitte«, sagte er und hielt die Seite Kamphoff hin.

Kamphoff betrachtete das Schriftstück. Es war eine Kopie eines offensichtlich älteren Zeitungsartikels.

»Das ist ein Bericht über Siegfried Schulze«, begann Hofmann. »Schulze war Anfang der 70er-Jahre führendes Mitglied einer Vereinigung in der Bundesrepublik, die sich als *Kampftruppe gegen Unmenschlichkeit* bezeichnete. Diese Truppe war der Stasi ein Dorn im Auge, weil sie nicht nur öffentlich die DDR als Unrechtsregime anprangerte, sondern auch vor radikalen Aktionen wie Sprengstoffanschlägen gegen die Berliner Mauer nicht zurückschreckte und aktiv den Widerstand in der DDR unterstützte. 1975 wurde Schulze Opfer eines Mordanschlages, der aus verschiedensten, teils zufälligen Pannen missglückte. Die Tat konnte anhand sichergestellter Stasiunterlagen rekonstruiert werden. Einige der Täter wurden so entlarvt und später festgenommen, andere, eindeutig identifizierte, sind untergetaucht. Schulze selbst ist seither verschwunden.«

»Die Stasi hat diese Mordaufträge erteilt?«

Hofmann nickte und seine Gesichtszüge verhärteten sich

mit einem Mal deutlich. »Sie haben einige auf dem Gewissen. Eines der bekanntesten Opfer war Lutz Eigendorf, ehemaliger Fußballspieler der DDR, der sich 1979 in die Bundesrepublik absetzte. Vier Jahre später starb er bei einem mysteriösen Autounfall. Es gibt unzählige solcher Beispiele.«

»Lassen sie mich raten. Malinkow…«

»Richtig«, fiel Hofmann Kamphoff ins Wort. »Malinkow. Alias Harmut Voßbeck. Diese Personalien wurden ihm von der Abteilung VIII besorgt. Die Unterlagen über ihn sind nahezu vollständig verschwunden, bis auf einige wenige, die man fand. Er taucht immer wieder in den Akten der anderen Agenten auf. Ein Phantom, von dem man nicht weiß, was es alles an Verbrechen verübt hat und was aus ihm geworden ist. Tatsache ist, dass er sich offensichtlich an vielen Attentaten und Mordaufträgen zumindest indirekt beteiligte.«

»Wenn ich Sie also richtig …« Der Klingelton seines Handys unterbrach Kamphoff, er griff in seine Tasche und überflog die Kurzmitteilung, die Claudia ihm zugesandt hatte. Dann legte er sein Handy neben sich, nahm die Brille ab und streichelte unbewusst den Rücken der Katze auf seinem Schoß, während er vor sich hin starrte.

»Schlechte Nachrichten?«, fragte Hofmann.

Als hätte ihn jemand aus seiner Trance gerissen, wandte sich Kamphoff wieder Hofmann zu. »Voßbeck. Es sieht ganz so aus, als hätten wir ihn gefunden.«

*

Das Handy klingelte und Welke fuhr an eine Bushaltestelle.

»Heimchen? Erzähl!«

»Gerd Schmidt. Geboren am 24.06.1964 in Bochum. Seine Akte ist dicker als das New Yorker Telefonbuch, vorrangig Einbruchsdiebstähle mit spezieller Vorgehensweise. Laut Akte ein Fachmann für Alarmanlagen. Hatte zwei Mal als Mitglied einer Bande eine Bank gemacht und dafür insgesamt acht Jahre gekriegt, wovon er sechs abgesessen hat. Letzte Haftstrafe vor drei Jahren, wegen Verstoßes gegen das Betäubungsmittelgesetz. Kokain. Ist wohl auch Eigenkonsument.«

»Was sonst noch?«

»Scheint auf junge Dinger zu stehen. Mehrfach mit minderjährigen Nutten erwischt worden.«

»Wo wohnt der Kerl?«

»In Essen-Frohnhausen.«

»Schick zwei Teams hin und nehmt ihn fest. Sofort. Sag mir Bescheid, wenn ihr ihn habt!« Welke legte auf, als das Gerät wieder klingelte.

»Frank hier.«

»Ich höre!«

»Du hattest recht. Die sind auf das Nachbargebäude rauf. Auf der sichtabgewandten Seite sind die über das Dach in die darunterliegende Wohnung eingedrungen. Zurzeit klären wir noch, wem das Haus gehört.«

»Die Zeit haben wir nicht. Hol einen Schlüsseldienst und mach die Bude auf.«

»Ohne Beschluss?«

»Mach dir darüber keinen Kopf. Ich ruf den Staatsanwalt an. Meld dich, sobald du mehr weißt.« Welke schmiss das Telefon zurück auf den Beifahrersitz. Das konnte alles nicht wahr sein, dachte er.

*

»Guten Tag, Herr Kettner.« Der osteuropäische oder auch russische Akzent war unüberhörbar. Hart und mit deutlicher Betonung des R.

Steiger betrachtete den Mann. Er sah deutlich älter aus als auf den Fotos, die er auf dem Speicherchip von Schreiner gefunden hatte, aber es war unverkennbar der Mann, der Brahmkamp in dieser alten Industriehalle gegenübergestanden hatte.

»Entschuldigen Sie, dass ich mich Ihnen nicht persönlich vorstellen kann. Ich denke, Sie werden das verstehen. Man wird mich schon bald vermissen. Sie haben etwas, was wir unbedingt benötigen. Etwas, was sich in einem Tresor befand. Um genau zu sein, wichtige Unterlagen.«

Steiger hielt dem Blick des Fremden stand. »Wie kommen Sie auf die Idee, dass ich sie habe?«

»Weil eine Überwachungskamera Sie dabei beobachtet hat, wie Sie mit einem Komplizen in eine Wohnung in Essen-Bredeney über das Dach eingestiegen sind«, führte der Fremde an. »Ich habe die gefälschten Ausweisdokumente an mich genommen und Herrn Brahmkamp damit im Auftrag der Gruppierung, für die ich tätig bin, erpresst. Es ging um geheime Dokumente«, sprach der Fremde weiter.

»Sie meinen, die Personenliste und den Grundrissplan vom Zollverein?«

»Richtig, Herr Kettner«, warf Brahmkamp ein. »Ich hatte die Anweisung, eine Tischanordnung des Casinos zu besorgen. Also wer zu welchem Zeitpunkt wo sitzt. Uns war somit klar, dass es um eine Person geht, die in den nächsten Wochen Gast im Casino Zollverein ist und auf die ein Attentat verübt werden soll. Allerdings wissen wir nicht, um wen es sich handelt und wann diese Person anwesend ist. Die Wohnung, in die sie eingebrochen sind, wurde durch mich angemietet. Ich habe den Grundrissplan in den Tresor gelegt, während unser Freund hier«, Brahmkamp zeigte auf den Fremden, »mir eine Kopie einer Personenliste zukommen ließ, die er heimlich angefertigt hatte. Ein Abgleich hätte uns verraten können, auf wen die Täter es abgesehen haben. Aber bevor wir dies durchführen konnten, kamen Sie uns erneut in die Quere. Mir ist es ein Rätsel, wie Sie die Wohnung finden konnten.«

»Das war relativ einfach. Schreiner hat Sie observiert und ein Foto von Ihnen geschossen. Im Hintergrund war ein Baukran mit einer Werbeaufschrift des Bauträgers. Hat mich exakt einen Anruf gekostet.«

»Respekt, Kettner«, sagte Brahmkamp. »Gelernt ist gelernt.«

Steiger sagte nichts. Er sah die beiden Männer lediglich an und forderte so eine Fortsetzung der Erklärungen.

»Hören Sie«, übernahm Brahmkamp wieder. »Wenn ich sage, wir haben mächtige Probleme, ist das die Untertreibung des Jahrhunderts. Wir brauchen die Dokumente. So schnell wie möglich. Wir sind an einem Punkt angelangt, den wir nicht mehr verantwortungsvoll vertreten können, und wir werden uns ohnehin einigen Leuten gegenüber rechtfertigen müssen. Auch, was Ihre Person betrifft. Es gibt zwei Möglichkeiten. Sie helfen uns oder wir müssen das Projekt beenden. Mit nicht absehbaren Konsequenzen. Die Entscheidung liegt bei Ihnen. Mir ist durchaus bewusst, dass das, was Sie in den letzten Tagen durchgemacht haben, nicht zumutbar und auch in rechtlicher Hinsicht ein Drahtseilakt war. Wir haben uns verschätzt. Dazu stehe ich und ich nehme es Ihnen persönlich nicht übel, wenn Sie mich auflaufen lassen. Dann beende ich das hier an Ort und Stelle, rufe einen Streifenwagen und wir fahren gemeinsam zum Präsidium, wo Sie vorbehaltlos rehabilitiert werden. Aber ich hoffe auf den Polizisten, der noch immer in Ihnen steckt, wenn ich dem Glauben schenken darf, was man über Sie sagt. Ich kann Sie also nur bitten: Helfen Sie uns! Es ist alles in die Wege geleitet worden, um Sie in ein Zeugenschutzprogramm aufzunehmen. Egal, wie Sie sich entscheiden. Ich werde Sie aus der Schusslinie nehmen. Nur haben wir keine Zeit mehr.«

Steiger neigte den Kopf und fixierte Brahmkamp. Der grippale Infekt und die Wärme des Zimmers ermüdeten ihn zunehmend. Es fiel ihm nicht leicht, den Mann vor sich einzuschätzen.

Plötzlich klopfte es an der Tür, die augenblicklich geöffnet wurde. Ein unbekannter Mann streckte den Kopf herein. »Die Kollegen sind jetzt da.«

»Sie sollen bitte reinkommen«, antwortete Brahmkamp.

Zwei junge Polizeibeamte in Uniform betraten den Raum.

»Einen kleinen Moment noch«, sagte Brahmkamp an die Beamten gerichtet. »Wir brauchen nur noch ein paar Minuten.«

Die Polizisten blickten kurz zu Steiger, nickten Brahmkamp zu, zogen sich zurück und schlossen die Tür hinter sich. Brahmkamps Armbanduhr ertönte und spielte eine Melodie. Er hob sein Handgelenk und warf einen kurzen Blick auf das Ziffernblatt, bevor er Steiger ernst ansah. »Wie gesagt. Es liegt jetzt an Ihnen.«

Für einen flüchtigen Moment war Steiger geneigt, ihm zu glauben und einzuwilligen, als in einem verborgenen Winkel seines Bewusstseins plötzlich alle seine Alarmglocken schrillten. Und mit einem Mal wusste er, er war so gut wie tot.

*

»Erzähl keinen Scheiß!« Welke ließ sich gegen die Lehne seines Bürostuhles fallen und griff geistesabwesend in die Pralinenschachtel, die er binnen Minuten nahezu geleert hatte.

»Es sieht ganz nach einem Suizid aus«, hörte der Hauptkommissar die Stimme aus dem Hörer, den er fest an sein Ohr gepresst hatte. »Ihr seid euch bei dem Kerl absolut sicher?«

»Eindeutig. Schmidts Ausweis liegt hier. Gründe hatte er sicher genug. Ich meine, nach dem letzten Bruch mit Steiger und der Verfolgungsfahrt hatte er sicher mit einer empfindlichen Freiheitsstrafe zu rechnen. Wer weiß, wie tief er noch in Steigers Sache drin hing.«

»Habt ihr richtig nachgesehen?«

Die Stimme am anderen Ende der Leitung klang in Anbetracht der Frage etwas distanzierter. »Wir haben keine Aufbruchsspuren an der Tür gefunden. Es finden sich keine Anzeichen eines Kampfes in der Wohnung und auch nicht an der Leiche. Nichts ist durchsucht. Der Knoten befindet sich in korrekter Position und wir haben nur eine nachvollziehbare Strangulationsfurche, die sich mit der Schlingenführung deckt.«

Welkes Nerven waren bis zum Zerreißen gespannt. »Ihr nehmt den Leichenfundort als Tatort auf. Das komplette Programm.«

»Warum, um alles in der Welt …?«

»Weil einiges dafür spricht, dass dieser Schmidt ermordet wurde«, unterbrach Welke. »Also, keine Diskussion!«

Die Tür ging auf und Heimke trat ein. »Ich habe jemanden in der Leitung. Er will dich sprechen. Er sagt, es wäre äußerst wichtig. Es geht um Steiger.«

Welke schob sich die letzte Praline in den Mund und drückte die Annahmetaste seines Telefons. »Welke.«

»Guten Tag, Herr Welke. Mein Name ist Kamphoff.«

*

»Geht es Ihnen nicht gut?« Brahmkamp betrachtete Steiger abschätzend mit leicht zur Seite geneigtem Kopf.

Dieser brauchte einige Sekunden, um seine Gedanken neu zu ordnen. »Alles in Ordnung. Ich habe Fieber und, wie Sie sich sicher vorstellen können, etwas zu wenig Schlaf in den letzten Stunden gehabt.«

Brahmkamp nickte, um einen verständnisvollen Gesichtsausdruck bemüht. »Wie haben Sie sich entschieden, Herr Kettner?«

Zeit. Er brauchte verdammt noch mal etwas Zeit. Zeit, um nachzudenken. »Ich habe die Unterlagen versteckt.«

Brahmkamps Augen verengten sich. »Weiß noch jemand davon?«

Steiger reagierte blitzschnell. »Nein. Den Inhalt kennt niemand.«

Brahmkamps Blick verharrte noch einige Momente auf Steiger, bis sich seine Gesichtszüge etwas entspannten. »Wo genau befinden sich die Dokumente?«

»An einem sicheren Ort.«

Brahmkamp grinste. Aber nicht auf eine erheiternd wirkende Art. »Natürlich.«

Steiger hielt dessen Blick stand, während er fieberhaft nach einem Ausweg suchte.

Brahmkamps Lächeln erstarb, bevor er sich erhob. »Dann sollten wir keine weitere Zeit verlieren.«

*

Zu Beginn war es immer aufregend. Dann brach die Monotonie über einen herein, unterwanderte die Konzentration und entwickelte sich von Tag zu Tag zu einer drückenden Last, die die Zeit neu definierte. Gerade während der Nacht, wenn das diffuse grünliche Licht der flackernden Überwachungsmonitore die einzigen optischen Fixpunkte in der kleinen, konspirativen Dachkammer darstellten, von der aus sie seit beinahe einem Vierteljahr das Zielobjekt rund um die Uhr observierten. Die Wände rückten näher aneinander, die Decke fiel einem sprichwörtlich auf den Kopf und der Sauerstoffgehalt, der von Stunde zu Stunde sank und die Luft schwer und stickig machte, lähmte das Bewusstsein. Müdigkeit war ein übermächtiger Gegner, der einen immer wieder aufs Neue herausforderte, und das Einzige, womit man ihm die Stirn bieten konnte, war Koffein. Der 46-jährige Kriminaloberkommissar Arne Wittmund las einige Zeilen in seinem Buch, hob in einem gleichmäßigen, immer wiederkehrenden Rhythmus den Kopf, schaute auf die Monitore, um seine Augen anschließend wieder auf sein Buch zu richten. Die Motorengeräusche der Hauptstraße drangen gedämpft in den Raum, der Holzfußboden des über 100 Jahre alten Hauses bebte kaum merklich bei jedem Lastwagen, der auf der Kupferdreher Straße vorbeifuhr, und mittlerweile hatte er die Zeiten der vorbeifahrenden Linienbusse derart verinnerlicht, dass er unbewusst auf seine Armbanduhr sah, wenn sie wenige Minuten Verspätung hatten.

»Was sind diese Viecher blöd.«

Arne Wittmund sah Oliver Pawelka emotionslos an, der mehr auf der Sitzfläche seines Stuhles lag, als dass er saß, und eine Motte auf einem der Monitore beobachtete, die mit wilden Flügelschlägen gegen eine der Laternen im Hinterhof des Betriebsgeländes flog.

»Was bringt ihr das? Ich meine, irgendwann muss ihr doch mal der Schädel brummen.«

Arne Wittmund konzentrierte sein Augenmerk wieder auf die Buchstaben vor sich. »Sie denkt, es ist der Mond.«

Pawelka löste seinen Blick von dem Insekt und blickte mit in Falten gezogener Stirn zu seinem Kollegen. »Wieso soll sie denken, dass das der Mond ist?«

Arne atmete gelangweilt aus und klappte sein Buch zu, wobei er einen Finger zwischen die Seiten hielt. »Sie orientiert sich am Mond. Für den Geradeausflug hält sie einen bestimmten Winkel zwischen ihrer Flugbahn und der Lichtquelle ein. Da der Mond weit weg ist, ist der Winkel immer gleich. Eine künstliche Lichtquelle ist näher. Der Winkel ändert sich, je näher der Falter kommt, und er versucht instinktiv, die Richtung zu korrigieren. Das treibt die Motte in diese kreisrunden Bahnen, die sie immer wieder zur Lampe zieht. Ein Teufelskreis, aus dem sie nicht herauskommt.«

Pawelka lächelte spöttisch. »Wo lernt man denn so ’ne Scheiße?«

»Das steht mitunter in so etwas hier.« Arne Wittmund hob sein Buch in die Höhe und wackelte damit. »Das ist ein Buch. Gibt es auch mit Bildern! Funktioniert ohne Knöpfe und Akku. Schau mal. So einfach bedient man es.« Wittmund blätterte demonstrativ eine Seite um.

»Klugscheißer!«, maulte Pawelka, hob sein iPhone hoch

und begann trotzig, sich durch die Seiten des World Wide Web zu tippen.

Wittmund schlug das Buch wieder auf und schmunzelte. Womit man sich in Zeiten der Langeweile so alles beschäftigte.

»40 Grad«, sagte Pawelka nach einer Weile, als Wittmund seinen Kopf zum Monitor ausrichtete.

»Was?« Er sah Pawelka irritiert an.

»Der Winkel!« Pawelka zeigte auf das beleuchtete Display seines Smartphones. »Sie fliegen in einem 40-Grad-Winkel auf den Mond zu.«

Wittmund nickte gleichgültig, stand auf, reckte sich und schlug Pawelka anerkennend auf die Schulter. Er schraubte den Deckel seiner Thermoskanne auf, goss etwas von dem heißen Getränk in den Deckel und schlürfe den Kaffee in kleinen Schlücken, wobei er immer wieder über das Getränk pustete. »19 Uhr. Noch zwei Stunden«, sagte er sodann zu Pawelka, der noch immer auf sein Gerät starrte.

»Plus ein paar Monate«, antwortete er ironisch, ohne aufzusehen.

»Dein Optimismus ist das, was ich an dir so mag.«

»Wo gehst du hin?« Diesmal sah Pawelka Wittmund an.

»Die Kartoffeln abschütten.«

Pawelka grinste dümmlich und wandte sich wieder seinem Smartphone zu. »Das kommt von dem ganzen Kaffee, den du so wegkippst.«

Wittmund drehte sich um und schritt auf die Tür zu, um die Toilette eine Etage tiefer aufzusuchen.

»Warte!« Pawelkas Stimme signalisierte Alarm. Gleichzeitig hörte Wittmund, wie sein Kollege sich abrupt aufrichtete. Arne Wittmund fuhr herum. Pawelka stand dicht an einem der Monitore.

»Drei Personen!«

Wittmund eilte zu seinem Kollegen, stellte sich neben ihn und blickte auf den Bildschirm der Überwachungskamera. Sie zeigte ein geschlossenes Rolltor. Rechts davon befand sich eine ansteigende Verladerampe, die offenbar für einen Gabelstapler angebaut wurde und zu einer Stahltür führte. Drei Männer liefen darauf zu.

»Wer, um alles in der Welt, ist denn das?« Pawelka blickte Wittmund fragend an, dessen Augen noch immer wie gebannt auf das Bild schauten. »Die waren noch nicht hier«, stellte Pawelka fest.

Arne Wittmund grübelte, während er die Szenerie beobachtete. »Keine Ahnung. Wenn es Gespräche auf der TÜ gegeben hätte, dann hätte man uns Bescheid gesagt.«

Pawelka nickte, ohne seinen Kollegen anzusehen. »Was machen die jetzt?«

»Der eine Vogel manipuliert an dem Schloss rum. Der knackt die Hütte.«

Pawelka fasste sich nervös in die Haare. »Einbrecher?«

Arne schüttelte den Kopf. »Glaub ich nicht. Der zweite hier«, er tippte auf den Monitor, »hat einen Anzug an. Und der sitzt wie 'ne Eins. Seit wann kommt ein Einbrecher mit Maßanzug und Krawatte?«

»Die sind drin!« Pawelka wirkte hektisch, bediente einige Knöpfe eines Gerätes und ein weiterer Monitor erwachte zum Leben. Die drei Männer betraten die alte Werkstatt und blieben stehen.

»Mikro an?«, fragte Wittmund.

»Läuft!«

»Okay. Zoome mal ran. Vielleicht erkennt man dann

mehr.« Kriminaloberkommissar Arne Wittmund setzte sich den Kopfhörer auf und verengte seine Augen, während die Linse der in der Werkstatt versteckten Kamera geräuschlos die Gesichter der Personen, die sich dort gegenüberstanden, vergrößerte.

»Nun, Herr Kettner. Mir scheint der Ort sehr ungewöhnlich, aber Sie werden Ihre Gründe haben. Wenn Sie so freundlich wären, mir die Unterlagen auszuhändigen?«, hörte Wittmund eine Männerstimme genau in dem Moment, in dem Robert Kettner in Richtung der Kamera blickte.

»Heilige Scheiße!«, entfuhr es Wittmund, während er das Bild mit offen stehendem Mund betrachtete. »Gib mir das Handy. Sofort!«

*

Brahmkamps Gesicht zeigte einen seltsamen Ausdruck und er musterte Steiger mit erkennbarem Argwohn. Er stand kerzengerade, die Schultern hochgezogen, wobei er die Hände hinter dem Rücken verschränkt hatte und dabei kaum merklich als Zeichen der Ungeduld auf den Zehenspitzen wippte.

Steiger zögerte.

»Wir wissen beide, dass sich die Dokumente nicht hier befinden«, sagte Brahmkamp sodann. Sein Leibwächter trat einige Schritte zur Seite und versperrte den Weg zur Tür. In Ruhe sah er sich um. Der Raum roch nach Werkstatt. Nach Metall, Schmierstoffen, Reifengummi.

Der Betonboden war schwarz und fleckig und die ehemals weißen Kacheln, die sich bis zur Decke erstreckten, an der großflächig der Putz abblätterte, waren vom

Dreck der verschmutzten Luft über die Jahre stumpf und grau geworden. Die Hebebühne war mit Getriebefett verschmiert und die Ölflecken darunter zeigten, dass hier nicht mit Sorgfalt gearbeitet wurde.

Brahmkamp rang sich ein schwaches Lächeln ab. »Was haben Sie sich davon versprochen?«

»Für wie naiv halten Sie mich eigentlich?«, antwortete Steiger unbeeindruckt. »Ich frage mich, was Schreiner tatsächlich alles über Sie gewusst hat, damit Sie ihn erschießen mussten.«

Diesmal schien Brahmkamp überrascht, wenngleich er auch sofort wieder um ein Pokergesicht bemüht war. Einen flüchtigen Augenblick sah er zu seinem Begleiter, der in seiner Position verharrte und Steiger im Auge behielt.

Brahmkamp schüttelte gereizt den Kopf, antwortete aber nicht sofort. Er lief vor Steiger auf und ab, eine imaginäre Grundlinie entlang, die Hände noch immer hinter dem Rücken verschränkt.

»Weil er Wind davon bekommen hat, dass Sie käuflich sind?«

Brahmkamp blieb unmittelbar vor Steiger stehen. Dieser wich nicht einen Zentimeter nach hinten.

»Eine amüsante Geschichte. Aber mehr auch nicht. Jeglicher Beweisgrundlage entbehrend.«

»Tatsächlich?« Diesmal war es Steiger, der grinste. »Sie haben das verdammt geschickt eingefädelt, Brahmkamp. Schreiner beseitigt und mir den Mord in die Schuhe geschoben. Fast das perfekte Verbrechen. Sie haben nur einen kleinen Fehler begangen.«

»Erläutern Sie mir Ihre Hirngespinste?«

Steiger nickte lächelnd. »Schreiner wurde exakt um

22 Uhr in seiner Wohnung erschossen. Und wissen Sie auch, warum ich das so genau weiß?«

Brahmkamp zog eine Braue hoch, blieb ansonsten ausdruckslos.

»Weil der Täter eine Armbanduhr trug, die zur vollen Stunde eine ganz bestimmte, ziemlich seltene Melodie abspielte. Dreimal dürfen Sie raten, welche?«

Brahmkamp hob leicht seinen linken Arm an. Der überhebliche Gesichtsausdruck war verschwunden.

»Schreiner hatte eine Kamera versteckt, die den Mord aufgezeichnet hat. Er hatte etwas herausgefunden, was ihm zum Verhängnis wurde, Herr Brahmkamp. Oder soll ich Sie Voßbeck oder Malinkow nennen?«

Brahmkamps Gesichtsfarbe glich einer weiß getünchten Wand. Sein Blick schweifte zu seinem Leibwächter, dessen Mimik Fassungslosigkeit widerspiegelte.

»Bevor Sie Schreiner erschossen haben, konnte er etwas notieren. Etwas, was auf die Zeche Zollverein hinwies. Er sprach von einem alten Mann. Ich muss gestehen, dass ich lange im Dunkeln getappt bin, bis mir der Kollege Kommissar Zufall zu Hilfe kam. Sie, oder die Leute, für die Sie arbeiten, haben zufälligerweise einen alten Kunden von mir beauftragt, die Alarmanlage im Casino Zollverein zu manipulieren, der gerade in dem Moment aus diesem Gebäude kam, als ich dort ermittelte. Und jetzt zählen wir mal eins und eins zusammen. Schreiner ist Ihnen auf die Schliche gekommen. Er fotografiert ein konspiratives Treffen zwischen Ihnen und einem Unbekannten, der Ihnen einige Umschläge übergibt. Er flüchtet und trifft zufällig auf mich. Sie vermuten die Fotos bei mir und setzen einen russischen Killer auf mich an, der mich umlegen und den Mord als Unfall tarnen sollte. Gleichzeitig erschießen Sie

Schreiner in seiner Wohnung. Da Sie die Fotos nicht finden und ich fliehen konnte, manipulieren Sie alles so, dass nur ich als Täter infrage komme. Aber der Einbruch bei Ihnen hat Sie aus dem Konzept gebracht, Brahmkamp. Ich nenne Sie der Einfachheit halber mal weiter bei diesem Namen. Nur konnten Sie nicht wissen, dass der Mord an Schreiner von einer versteckten Kamera aufgenommen wurde. Und dann der Fauxpas mit Ihrer Uhr.« Steiger schnalzte mit der Zunge. »Tja … Dumm gelaufen, würde ich sagen. Bleibt letztendlich die Frage, was genau Schreiner aufgedeckt hat. Ich kam nicht darauf, bis sich schließlich alles zusammenfügte. Schreiner erwähnte, wie gesagt, einen alten Mann. Es handelt sich um einen alten Stollen, der unter dem Casino verläuft. Zunächst dachte ich an einen Einbruch, aber das gab in Anbetracht der zu erwartenden Beute keinen Sinn. Und dafür begeht man keinen Mord. Es musste etwas Gewichtigeres sein. Die Dokumente aus dem Tresor und ein Artikel in einer Tageszeitung führten mich, wenn auch nicht sofort, aber zumindest rechtzeitig darauf. Und absolute Gewissheit brachte mir die Akte, die Sie mir zeigten. Der tote Angreifer aus meiner Wohnung, in dessen Oberarm sich ein russisches Implantat befindet. Es geht um ein Attentat. Wladimir Kristschow. Es geht um Kristschow, habe ich recht? Ein Kerl, der die russische Opposition unterstützt und dem Kreml übel aufstößt. Man kann nicht unbemerkt auf dem Gelände eines Weltkulturerbes rumbuddeln. Der Tagesbruch. Die Russen haben ihn verursacht. Sie haben Methangas in einen alten Abwasserkanal eingeleitet und gezündet. Der Kanal wurde mit einer provisorischen Mauer abgedichtet und über ein Ventil wurde das Gas in den Tunnel dahinter geleitet. Alle Welt glaubt an eine Schlagwetterexplosion. Erdarbeiten in der Nähe fallen dann nicht auf. Das ganze Gelaber über diese tschetschenische Terrorzelle … dummes Zeug. Der einzige Grund dafür war, dass man eigentlich vom Hintergrund ablenken und das Attentat den Tschetschenen in die Schuhe schieben wollte, sollten die deutschen Ermittlungsbehörden misstrauisch werden. Die perfekte Legende.«

Steiger hörte ein knarrendes, metallenes Geräusch. Er sah zur Seite und blickte in den Lauf der halbautomatischen Faustfeuerwaffe, deren Hahn Brahmkamps Begleiter gespannt hatte und die er auf ihn richtete. Steiger bemühte sich, unbeeindruckt zu wirken, und fuhr fort: »Von außen hätte man das Attentat nicht verüben können. Aber niemand rechnet damit, dass man von unten an das Gebäude herankommt. Ich wette, wenn man die Kellerräume des Casinos durchsucht, wird man einen Zugang oder irgendetwas in der Art entdecken. Die Alarmanlage wurde abgestellt, um in aller Ruhe die Vorbereitungen durchführen zu können.«

Steiger sah kurz zu dem Leibwächter, der ihn weiter bedrohte, und wandte sich dann wieder seinem Gegenüber zu.

»Es gab nur einen nachvollziehbaren Grund, warum ein hoher Beamter des Staatschutzes in einen solchen Komplott verwickelt ist. Und die Antwort gaben mir die Fotokopien der Ausweisdokumente. Das waren die Unterlagen, die man Ihnen auf den Fotos übergeben hat. Man hat Sie erpresst, Brahmkamp. Ich verwette meine Eier darauf, dass man bei einer genauen Überprüfung Ihrer Person zu dem Ergebnis kommen wird, dass Sie nicht der sind, für den Sie sich ausgeben.«

»Offensichtlich habe ich Sie unterschätzt, Kettner. Aber halten wir fest, dass diese Uhr hier …«, Brahmkamp öffnete den Verschluss des Lederarmbandes und hielt die Uhr in die Höhe. »Halten wir fest, dass diese Uhr offensichtlich das Einzige ist, was mich mit der Tat in Verbindung bringt. Ein bisschen dünn, finden Sie nicht? Insbesondere, wenn Sie keine Gelegenheit mehr haben werden, diesen Umstand Ihren ehemaligen Kollegen zu erklären.«

Steiger sah Brahmkamp herausfordernd an. »Jetzt enttäuschen Sie mich aber, Brahmkamp. Glauben Sie allen Ernstes, ich hätte mich nicht abgesichert?«

»Was haben Sie denn zu bieten, Kettner? Einen Film, der einen maskierten Mörder zeigt, dessen Uhr piept? Einen Einbruchskomplizen von zweifelhaftem Ruf? Wir können ihn gern befragen, aber ich befürchte, der Einzige, dem er noch Rede und Antwort stehen kann, ist sein Schöpfer. Und die Fotos und Kopien einiger gefälschten Ausweise? Ich bitte Sie. Kopien, für die es mehr als eine plausible Erklärung gibt. Sie haben nichts, Kettner. Und bedauerlicherweise haben Sie sich der Festnahme durch den Gebrauch einer Schusswaffe entziehen wollen.«

Brahmkamp wandte sich dem anderen Mann zu, während er selbst eine Waffe aus seinem Mantel zog und diese mit einem Tuch säuberte.

»Juri, wenn du bitte so gut wärst, unseren Freund hier von seinem Leiden zu erlösen?«

*

Steiger hatte sich die finale Szene auf dem kurzen Weg zu der Werkstatt unzählige Male ausgemalt, aber von einer Sekunde auf die andere wurde ihm klar, er hatte nur bis zu diesem Moment gedacht. Die ungeheuerliche Tragweite seines Planes wurde ihm schlagartig bewusst und die Erkenntnis, dass sich seine Erwartungen nicht erfüllen und sich keine weitere Option mehr auftun würde, überraschte ihn auf eine brutale Art und Weise.

Er blickte in den Lauf der Waffe und wartete auf den Lebensfilm, der vor seinem geistigen Auge ablaufen würde. Plötzlich wandte sich Juri von Steiger ab und schnellte herum, den Schussarm ausgestreckt in die Richtung, aus der er seinen Angreifer erwartete. Den anderen Arm angewinkelt, vor seinen Kopf erhoben, um sein Gesicht vor dem prasselnden Scherbenregen zu schützen, der über ihm hereinbrach und ihm die Sicht raubte. Ohne ein Ziel erfasst zu haben, schoss er um sich. Steiger riss den Kopf irritiert nach oben und betrachtete die Gestalt, die oben auf dem Dach stand und in deren Hand er eine Automatik erkannte.

Das Projektil sauste mit einem ohrenbetäubenden Knall durch den Lauf, trat mit einer Mündungsgeschwindigkeit von über 400 Metern pro Sekunde aus der Polizeiwaffe, um sofort durch die berstenden Knochen des Brustkorbes in das Lungengewebe des Oberköpers einzudringen, dort aufzupilzen und seine Mannstoppwirkung zu entfalten, noch ehe der träge Verstand des Mannes die tödliche Verletzung wahrgenommen hatte. Der Schlitten der Waffe katapultierte sich nach hinten und warf die leere Hülse aus, die durch eine weiße Wolke der verbrannten Treibladung in einem hohen Bogen durch die Luft wirbelte, nach unten trudelte und auf dem Hallenboden aufschlug, während die Wucht der Aufprallenergie den Mann nach hinten riss.

Steiger ging in die Knie, stieß sich mit aller Kraft ab, sprang mit ausgestreckten Armen zur Seite, blickte im Flug zu dem Mann, der mit gebrochenem Blick zu Boden sank, bevor er selbst mit der linken Schulter auf dem Betonboden neben der Hebebühne aufschlug.

Während die Reste der Glaskuppel der Schwerkraft folgten und klirrend zu Boden regneten, wurde die Tür aufgerissen und mehrere Männer stürmten lautstark mit ihren Waffen im Anschlag in die Werkstatt.

Reflexartig rollte sich Steiger auf den Bauch und legte die Hände über den Kopf. Dann wurde es schlagartig ruhig. Erst das vertraute Krächzen eines Funkgerätes riss ihn aus der lähmenden Umarmung der Angst. Langsam hob Steiger den Kopf. Er sah Lederschuhe mit dicker Sohle. Der Besitzer stieg über den am Boden liegenden Toten hinweg und schritt auf ihn zu. Für einen Moment blieb der Mann vor Steiger stehen, bis er sich bückte und ihm seine Hand hinhielt.

Welke lächelte. »Wir haben alles mit angesehen, Robert. Es ist vorbei.«

Steiger ergriff Welkes Hand, stand auf, sah ihn kurz an und wandte sich dann zu Brahmkamp, dem man soeben Handfesseln angelegt hatte.

»Wo, verdammt noch mal, wart ihr so lange?« Steiger sah nach oben und erblickte Arne Wittmund, der ihm zuzwinkerte und sich mit zwei Fingern an die Schläfe tippte.

»Du hast doch alles im Griff gehabt. Da wird man ja wohl noch in Ruhe seinen Kaffee austrinken dürfen!« Welke schlug Steiger auf die Schulter, dass dieser einen Schritt nach vorn taumelte. Der Hauptkommissar trat auf Brahmkamp zu und fixierte ihn, bis dieser seinem Blick nicht mehr standhielt und wortlos nach unten blickte. »Bringt diesen Abschaum raus!«, sagte er, drehte sich weg und ging wieder auf Steiger zu.

*

Der Hubschrauber senkte seine Flughöhe, der starke Suchscheinwerfer brannte sich wie ein gigantischer weißer Laserstrahl durch die Dunkelheit und tastete unruhig das Gelände ab. Die beiden Piloten sahen unter sich unzählige Einsatzfahrzeuge, die mit eingeschalteten Blaulichtern auf das Gelände der Zeche Zollverein zurasten. Die schweren Rotorblätter der Hummel, wie das Fluggerät in Anlehnung an den offziellen Funkrufnamem der Hubschrauberstaffel von allen Polizeibeamten genannt wurde, erfüllten die Gegend mit ohrenbetäubendem Lärm, sodass die Martinshörner nicht bis zu den beiden Männern im Cockpit durchdrangen und die Szene unter ihnen auf sie wie ein künstlerisch und anspruchsvoll dargestellter Ausschnitt einer Modelleisenbahn wirkte.

Der Hubschrauber legte sich etwas zur Seite, driftete nach rechts und der kraftvolle Wind der Flugmaschine drückte die Baumkronen in wilden Hin- und Herbewegungen nach unten. Das dichte Blattwerk drehte sich und die helle Unterseite des Laubes warf die Lichtstrahlen in einem Winkel zurück, der die Pflanzen fast weiß glänzen ließ. Wieder blieb der Helikopter in der Luft stehen, als die silberfarbenen Verstrebungen eines Baustellenzaunes durch den Scheinwerfer in ein helles Licht getaucht wurden. Er veränderte seine Position, ging noch etwas tiefer, und der Pilot drängte die biegsamen Birken mit der Windkraft seiner Rotoren geschickt zur Seite, um bessere Sicht zu haben. Wie ein Heckenschütze fokussierte er den Strahler auf den Boden aus, korrigierte mit leichten Bewegungen des Steuerknüppels und betrachtete den unscheinbaren Haufen gerodeter Pflanzen, der sich mittig auf dem Areal auftürmte und mit einer riesigen Plane abgedeckt war.

Der Blick des Piloten wanderte weiter, und er schaute

durch die Glaskuppel der Kabine auf das nächste Planquadrat des weitläufigen Brachgeländes, das sein Copilot und er absuchen sollten. Wieder betätigte er die Steuerung, richtete über die Pedale den Heckrotor aus, der Helikopter drehte sich auf der Stelle und senkte die Nase leicht.

»Warte«, hörte er die roboterhaft verzerrte Stimme seines Kollegen über sein Sprechgeschirr.

»Hast du was bemerkt?«

»Keine Ahnung. Irgendwas hat da aufgeblitzt. Flieg noch mal rüber.«

Der Hubschrauber nahm etwas Geschwindigkeit auf, beschrieb eine Kurve und stellte sich erneut über die Stelle.

»Hast du es gesehen?«, fragte der Copilot.

»Eine Reflektion. Wie ein Spiegel. Ich gehe mal was tiefer.«

Die Kraft der nach unten drückenden Luftmassen dehnte sich in alle Richtungen aus und die Elemente des Bauzaunes gerieten gefährlich ins Schwanken. Die Turbulenzen zerrten an der Abdeckplane, wirbelten kleine Zweige, Steinchen und Erdklumpen in die Höhe, und als sich das Fluggerät noch weiter senkte, riss der künstlich erzeugte Tornado die aufgeschichteten Äste beiseite. Die Ecken der dunklen Kunststofffolie schlugen wild um sich, Luft drängte darunter und plötzlich rutschte der aufgeschichtete Berg aus Planzenteilen zur Seite. Die Plane hob an, flog einige Meter und presste sich wie ein Segel gegen den Bauzaun, der – in Anbetracht der gewaltigen Kraft des Windes – augenblicklich umkippte. Die beiden Piloten blickten auf die schwarz lackierte Führerkabine eines Tanklastzuges unmittelbar unter ihnen.

*

Nur wenige Minuten später raste Welkes Wagen die Straße entlang. Er war nach vorn gebeugt und der Sicherheitsgurt drückte unangenehm. Welke wirkte hoch konzentriert und angespannt, da das viel zu klein dimensionierte und hochtönende Martinshorn seines Zivilwagens von anderen Autofahrern erst spät wahrgenommen wurde. Zusätzlich hatten die vergangenen Tage ohne stimmungsaufhellendes Sonnenlicht die übrigen Verkehrsteilnehmer noch aggressiver und reizbarer gemacht, als sie es ohnehin schon waren. Die Straße befand sich, wie beinahe jede im Ruhrgebiet, in einen schlechten Zustand und die Stoßdämpfer übertrugen jedes Schlagloch fast ungefiltert in die Fahrgastzelle. In all den Jahren war er die Strecke unzählige Male gefahren. Hätte ihn jemand gefragt, er hätte ein halbes Gehalt darauf gewettet, mit verbundenen Augen ans Ziel zu gelangen. Immer wieder blickte er nach oben, suchte den Förderturm der Zeche, als wäre er auf einmal nicht mehr sicher, auf dem richtigen Weg zu sein. Nie hatte er das Viertel aus dieser Perspektive betrachtet. Er war von der Anzahl der Schornsteine auf den Gebäuden überrascht, welche die Luft mit weißen Rauchsäulen zerschnitten.

Mit gefährlichen Manövern überholte er einige Fahrzeuge vor sich, während im Fond Steiger hin und her gewirbelt wurde. Heimke saß auf dem Beifahrersitz, krallte sich mit einer Hand an den Griff des Dachhimmels und presste mit der anderen das Handy fest gegen sein Ohr. Welke durchfuhr die letzte Kurve mit quietschenden Reifen, als er endlich den hell erleuchteten Förderturm erblickte. Er beschleunigte im Kurvenausgang und fuhr auf eine Armada von Streifenwagen zu, die scheinbar wahllos platziert auf der Straße standen und deren Blaulichter die Szene gespenstisch ausleuchteten. Steiger hatte das Gefühl, als rasten sie mitten auf einen Kriegsschauplatz zu.

»Was?« Heimke hielt sich noch immer das Handy an den Kopf, ließ den Haltegriff los und drückte sich seinen Zeigefinger gegen das freie Ohr, um besser hören zu können. Er blickte zu Welke, der konzentriert nach vorn schaute. »Hummel hat was gefunden!«

»Ja was denn?«, brüllte Welke ungeduldig. »Ostereier, oder was?«

»Einen Tankwagen. Hinter dem Zechengelände.«

»Einen Tankwagen? Können die Personen sehen?«

Heimke presste sich das Gerät ans Ohr und wiederholte Welkes Frage.

»Nein. Der Pilot sagt, der Tankzug war unter einer Plane versteckt, über die Gestrüpp aufgeschichtet war.« Welke bremste den Wagen bis zum Stillstand ab und lugte aus dem Seitenfenster. Hinter dem Förderturm stand der Hubschrauber in der Luft und als Welke das Fenster herunterließ, war das Dröhnen der Rotoren deutlich zu vernehmen.

Steiger beugte sich nach vorn und beobachtete die Szene durch die beiden Frontsitze hindurch. »In der Richtung liegt die alte Waschkaue, von welcher der Bergmann sprach.«

Welke schlug das Lenkrad ein, fuhr an dem Pulk von Streifenwagen vorbei und beschleunigte. Der Wagen schoss nach links, bog in die Straße Bullmannaue ein und preschte parallel zum linksseitig liegenden Zechengelände entlang. Immer wieder sahen die Kriminalbeamten nach oben in Richtung des Hubschraubers, der ihnen mit seiner Position den Weg wies.

Am Ende des Geländes befand sich ein riesiger, unbeleuchteter Schotterparkplatz. Unmittelbar vor dem provisorisch eingezäunten Gelände trat Welke auf die Bremse und blickte durch eine Wolke aufsteigenden Staubes nach vorn, während er gleichzeitig an dem Verschluss seines Sicherheitsgurtes nestelte. Steiger riss die hintere Tür auf und sprang aus dem Fahrzeug. Der Lärm des Hubschraubers war ohrenbetäubend und das Licht des Suchscheinwerfers derart stark, dass er reflexartig einen Arm hob und eine Hand vor seine Augen hielt. Währenddessen stapfte Welke durch das kniehohe Wildgras auf den breiten Vegetationsgürtel zu. Steiger folgte ihm und gemeinsam eilten sie auf die Umzäunung zu. Welke erfasste ein Zaunelement und hob es mühelos aus dem Betonfuß, in dem es eingesteckt war. Steiger zwängte sich an Welke vorbei und rannte los. Der Strahl des Scheinwerfers verschwand hinter einer Wand aus stark schwankenden Birken, die ihm die Sicht nahmen. Der Boden war uneben, voller Löcher unzähliger Kaninchenbauten. Er ging langsamer, um nicht zu stürzen oder sich einen Knöchel zu verdrehen. Steiger zog den Kopf ein und tauchte unter den Birken hindurch. Der Wind des Helikopters zerrte an seinen Haaren, riss an seiner Kleidung und er hörte, wie die Umdrehungszahl der Rotoren zunahm. Der Pilot erkannte die Lage und ließ den Hubschrauber etwas höher steigen, das Licht weiter auf den Bereich gerichtet, zu dem die Besatzung ihre Kollegen leiten wollte. Als Steiger sich aufrichtete, sah er ein weiteres abgesperrtes Areal. An den Zaunelementen, die auf einer Seite umgestürzt waren, befanden sich angebrachte Schilder, die vom Bergbauamt stammten und die vor unbefugtem Betreten und drohender Unfallgefahr warnten. Steiger trat vorsichtig über die am Boden liegenden Zaunteile. Mittig stand tatsächlich ein Tanklastzug, eingerahmt von einer teils meterhohen Wand aus Reisig. Als er an das Heck trat, sah er die frische Fahrrinne in dem plattgedrückten Gras. Er schritt um das Fahrzeug herum und spürte plötzlich keinen festen Boden mehr unter seinen Füßen. Reflexartig breitete er die Arme aus, mit denen er hart links und rechts des Schachtes aufschlug, in dem er nun steckte.

Der Hubschrauber rief etwas über den Außenlautsprecher, was er aber nicht verstand. Seine Beine tasteten die Wände ab und fanden Halt. Der Helikopter hoch über ihm drehte sich, richtete den Scheinwerfer direkt auf ihn aus, sodass Steiger in dem grellen Licht einen gemauerten Schacht aus roten Ziegeln ausmachen konnte. Und einen dicken Schlauch, der von dem Tankwagen tief in den Schacht führte.

Als er wieder aufsah, stand Welke vor ihm, der ihm seine Hand reichte und ihn fast mühelos nach oben zog. Unmittelbar darauf erkannte er unzählige uniformierte Polizisten, die der Pilot zu Hilfe gerufen hatte.

»Was, um alles in der Welt, ist das hier?«, rief Welke gegen den Lärm.

Steiger sah zum Himmel. »Frag sie«, schrie er, während er den Hubschrauber ansah, »ob das Casino, der Tankzug und der Tagesbruch auf einer Linie liegen.«

Welke wandte sich an einen Kollegen. »Frag sie!« Der junge Polizist trat etwas zur Seite und sprach in sein Funkgerät. Die Männer am Boden sahen angespannt nach oben, erkannten, wie der Helikopter sich auf der Stelle drehte.

»Er bestätigt!«, rief der uniformierte Kollege.

»Gib mir deine Lampe!«, forderte Steiger einen anderen Beamten auf. Dieser zögerte, blickte zu Welke, der ihm zunickte.

»Willst du das wirklich tun?«, fragte Welke Steiger, der

in den Schacht leuchtete. Dieser antwortete nicht, nahm die LED-Lampe in den Mund und stieg die rostigen Sprossen hinab.

*

Die Sprossen waren in einem Abstand von circa 50 Zentimetern angebracht. Als er den Boden erreichte, befand er sich ungefähr acht Meter unter der Oberfläche. Er trat etwas in den Tunnel und leuchtete hinein. Er kannte ihn. Es war der Abflusskanal, durch den er in das leer stehende Haus gelangt war. Derselbe rote Ziegel. Deutlich sah er die Abflussrinne auf dem Boden, in dem der armdicke Schlauch lag. Er richtete den Lampenstrahl nach vorn und folgte dem Schlauch. Nach wenigen Metern wich das Dröhnen der Rotorblätter einer Grabesstille.

Steiger lief weiter, bis der Schlauch plötzlich im Boden verschwand. Er trat näher heran. Vor ihm tat sich ein Loch mit unregelmäßig gezackten Bruchkanten auf. Er leuchtete nach unten und sah, wie sich der Schlauch in der Schwärze verlor. Eine Aluminiumleiter führte nach unten. Kurz entschlossen stieg er hinunter.

Immer tiefer führte ihn die Leiter, bis er festen Boden unter den Füßen spürte. Er ließ die Taschenlampe kreisen, deren Lichtstrahl sich durch die staubhaltige Luft brannte. Wieder orientierte er sich an dem Schlauch, der sich auf dem stetig ansteigenden Boden entlangschlängelte, bis plötzlich eine weiße Fläche vor ihm auftauchte, welche den gesamten Tunnel ausfüllte. Steiger trat näher an die weiße Mauer, die erst vor kurzer Zeit hochgezogen worden war und die er in ähnlicher Form aus dem anderen Teil des Abwasserkanals bereits kannte. Irgendwer hatte den Tunnel dicht gemacht. Er leuchtete die Wand ab. Der armdicke Schlauch verschwand durch eine passende Öffnung in der Wand. Ihm fielen die Worte des alten Bergmannes ein und sie trafen ihn wie ein Keulenschlag: ›Es reicht schon ein Anteil von nicht mal fünf Prozent in der Luft, um eine Explosionsgefahr zu begründen.‹

Steiger drehte sich um. Zwei junge Beamte waren ihm gefolgt, die er erst jetzt bemerkte.

»Wie weit ist das Casino von dem Tankzug entfernt?«

»Keine Ahnung«, sagte einer der Männer. »Schätze so ungefähr 200 Meter.«

Steiger schob sich an den Beamten vorbei und schritt langsam in Richtung Ausstieg, darauf bedacht, gleich große Schrittabstände einzuhalten. In Gedanken zählte er mit und hob pro getätigte zehn Schritte einen Finger.

Er sah in den Lichtschein, der von oben in den Schacht drang. Steiger fokussierte seinen Blick auf diesen Strahl, als wäre er eine Ziellinie. »215«, sagte er, als er in den Spot trat und nach oben sah.

*

Die Veranstaltungshalle des Casinos in der alten Zechenhalle 9 war bis auf den letzten der makellos dekorierten Tische besetzt. Die meisten der annähernd 200 ausnahmslos geladenen Gäste hatten bereits Platz genommen. Unaufdringliche Klaviermusik schuf eine ungezwungene Atmosphäre und eine Vielzahl junger Kellnerinnen und Kellner hatte alle Hände voll zu tun, die Wünsche der Gäste zu erfüllen. Die Unruhe würde sich bald legen. Der Durst war zu Beginn besonders groß und spätestens nach dem Essen würden die gefüllten Mägen dem Personal etwas Verschnaufpause bescheren. Nach ein paar Verdauungsschnäpsen würde sich die Gesellschaft relativ schnell auf einen harten Kern gesundschrumpfen.

Wladimir Kristschow hatte sich etwas zurückgezogen, um in Ruhe eine Zigarette zu rauchen. Eine deutliche Anspannung ließ seinen Nikotinkonsum in ungeahnte Höhen schnellen. Er hob seinen linken Arm und sah auf seine Rolex. Noch 30 Minuten bis zur Eröffnungsrede, behaupteten die goldenen Zeiger, bei der ihr Deal den Anwesenden vorgestellt werden würde.

*

Binnen Minuten war die Halle umstellt. Welke lief auf die Eingangstür des Casinos zu. Heimke kam ihm entgegen. »Ungefähr 200 Gäste plus eine nicht verifizierte Anzahl an Angestellten«, rief er außer Atem.

Welkes Begeisterung hielt sich in Grenzen. Es würde die Hölle werden, davon musste er ausgehen, wenn auch nur ein einziges Wort missverständlich geäußert werden würde. Es war völlig unerheblich, ob eine Bedrohung tatsächlich vorlag oder sie nur angenommen wurde. Das Gefühl der Panik traf jeden Menschen auf eine andere Art. Allein das Auftauchen einer großen Anzahl an Polizeibeamten schürte bei den meisten Menschen automatisch große Ängste. Mehrere Male hatte er im Laufe seiner Kariere miterlebt, wie eine zunächst friedliche Evakuierung innerhalb von Sekunden kippte und völlig aus dem Ruder lief, ohne dass man einen Einfluss darauf ausüben konnte.

Welke drehte sich zu dem Pulk von Polizisten, die ihm folgten. »Sobald ich da drinnen den Startschuss gebe, werden alle Personen unverzüglich zum Haupteingang gebracht. Niemand … ich betone … niemand verlässt das Gelände auf anderem Weg, habt ihr das verstanden?« Reihum blickte er die Kollegen an. »Wenn einer den Arsch voll hat und meint, er müsste lange rumlamentieren, tragt ihn weg. Wir haben nur ein ganz schmales Zeitfenster, wie schmal, können wir nicht mal vermuten und uns daher eine Verzögerung nicht erlauben.«

Heimke trat an ihn heran. »Die Leitstelle«, sagte er und bewegte sein Handy. »Die haben die Hundertschaft alarmiert. Dazu alle Feuerwehren und Rettungswagen. Das ist der Chef des Securitydienstes. Seine Männer helfen uns.«

Welke nickte dem Mann zu, der neben Heimke erschien. »Sehr gut. Sind Sie eingewiesen?«

»Meine Männer wissen Bescheid. Den Saal räumen und die Gäste zum Hauptausgang begleiten.«

Welke holte tief Luft. »Okay. Dann wollen wir mal ein paar Leuten den Abend versauen«, sagte er und zog die Tür auf.

*

Die Musik verstummte und augenblicklich strömten unzählige uniformierte Polizeibeamte in den Saal. Es dauerte einen Moment, aber spätestens als ein großer korpulenter Mann mit Vollbart und Brille ans Rednerpult trat, hatte auch der letzte Gast die Anwesenheit der Staatsmacht mitbekommen. Welke schlug ein, zwei Mal auf das Mikrofon, ohne dass man etwas hörte, sah einen neben ihm stehenden Mitarbeiter des Casinos an, der sofort zu ihm eilte und das Handgerät einschaltete. Ein hoher aufdringlicher Piepton war zu vernehmen, dann sprach er zu den Gästen.

»Darf ich kurz um Ihre Aufmerksamkeit bitten! Mein Name ist Welke. Kriminalpolizei Essen. Wir haben vom verantwortlichen Gasanbieter von einem Leitungsleck in der Nähe Kenntnis bekommen. Zurzeit besteht für den Bereich Zeche keine konkrete Gefahr. Wir wurden aber aus Sicherheitsgründen angewiesen, das Gelände vorsorglich zu räumen, um den Behörden die Möglichkeit zu geben, Messungen durchzuführen.« Der Polizist ließ seinen Blick durch den Saal schweifen, während die Anwesenden in ein Raunen verfielen.

»Nochmals! Es handelt sich um eine reine Vorsichtsmaßnahme und Sie werden schon bald zurückkehren können. Bitte begeben Sie sich zu den Ausgängen und folgen Sie den Anweisungen der Polizeibeamten, die Sie zum Hauptausgang begleiten werden. Der Parkplatz neben dem Casino ist derzeit gesperrt. Vielen Dank für Ihr Verständnis.«

Welke trat von dem Mikrofon zurück und führte eine eindeutige Handbewegung über seinen Kopf aus. Sofort schwärmten die Beamten aus und begaben sich zu den Tischen der Gäste, die sie mit Unverständnis empfingen und sich nur zögerlich erhoben.

Wladimir Kristschow stand sichtlich nervös auf. Die Situation hatte etwas von einer Razzia, und sofort befiehl ihn eine gewisse Beklemmung. »Reiß dich zusammen, du bist hier in Deutschland«, dachte er laut, während er mit pochendem Herzen auf die Szenerie vor sich blickte und dabei unbewusst an dem Siegelring seiner linken Hand drehte.

Irgendjemand sagte etwas auf Russisch, doch das Getöse war zu groß und so bekam er nur Wortfetzen mit. Er meinte, seinen Namen gehört zu haben. Langsam löste er sich aus seiner Starre und sah sich hektisch um. Zwischenzeitlich waren die meisten Gäste aufgestanden, der Saal war erfüllt von lauten Gesprächen, einige Beamte riefen quer durch den Raum, das Krächzen einiger Funkgeräte war zu hören und durch die geöffnete Hallentür war das Geräusch eines Hubschraubers zu vernehmen. Blaulicht einiger Polizeiwagen oder Rettungsfahrzeuge drang ins Innere und vermischte sich mit der soeben eingeschalteten Saalbeleuchtung.

Kristschows Begleiter hatten sich erhoben und blickten sich an. Sein Simultandolmetscher stand einige Meter von ihm entfernt, sprach mit zwei Polizeibeamten, und als er sich zu Kristschow umblickte, zeigte er deutliche Anzeichen von Besorgnis. Schon drängten sich die Beamten an ihm vorbei und schritten auf Kristschow zu.

»Wladimir Kristschow?«, fragte ihn ein Polizist, ein großer Kerl mit breiten Schultern und einer Narbe unterhalb des linken Auges.

»Was ist hier los?« Kristschow löste sich von dem Gesicht des Polizisten und sah an diesem vorbei seinen Dolmetscher an, der nach den richtigen Worten rang.

»Die Polizei ist Ihretwegen hier«, begann er schließlich.

»Was soll das heißen?«

Wieder wirkte der Mann verlegen. »Die Polizei vermutet, dass man ein Attentat auf Sie geplant hat.«

Kristschow riss nur seine Augen auf und blickte dem Polizisten in die Augen. »Sie wurden angewiesen, Sie umgehend in Sicherheit zu bringen, Herr Kristschow«, übersetzte der Dolmetscher für den Polizisten: »Wir müssen uns beeilen. Es bleibt nicht viel Zeit. Die Polizei erklärt Ihnen alles Weitere auf dem Weg. Folgen Sie ihnen bitte!«

Nochmals sah Kristschow zu seinem Dolmetscher, der seinen Blick erwiderte und mit den Achseln zuckte.

»Hier entlang!«, sagte der Polizist und ergriff Kristschow am Arm. »Wir nehmen den Hinterausgang!«

Die beiden Polizisten bahnten sich den Weg durch die Menschenmasse, die ihnen entgegenkam. Sie drückten eine doppelflügelige Schwingtür auf und liefen durch die Küche. Sie beschleunigten ihren Schritt nochmals. Am Ende des Raumes stieß der kleinere der beiden Polizisten eine Stahltür auf. Eine dunkle Limousine mit einem aufgesetzten Blaulicht und laufendem Motor wartete an der Gebäuderückseite. Der Polizist zog die hintere Fahrzeugtür auf und drängte Kristschow in den Wagen. Kurz blickte dieser zurück, suchte seinen Dolmetscher, doch der war verschwunden. Die Stahltür, durch die er soeben gegangen war, wurde wieder geschlossen. Kristschow spürte, wie eine Hand im Fahrzeuginnern seinen Arm ergriff und ihn auf den Sitz zog. Unmittelbar darauf schlug der Polizist die Wagentür zu und die Limousine beschleunigte.

6. KAPITEL

Der Regenschauer wurde durch kräftige Windböen gegen die Fenster des Streifenwagens gedrückt und die dünnen Äste der Bäume hinter den Leitplanken schlugen wie Peitschen durch die Luft. Blaue Rundumlichter der Rettungsfahrzeuge spiegelten sich auf der nassen Fahrbahnoberfläche. Polizeihauptkommissar Michael Schlagholt hielt den Streifenwagen an, schaltete den Motor aus und starrte einen Moment geradeaus auf die unterbrochene Fahrbahnmarkierung der gesperrten A 52 bis hin zu der Brücke, auf der sich einige Schaulustige, mit Regenschirmen und wetterfesten Jacken ausgestattet, eingefunden hatten. Die Wischer des Polizeifahrzeuges fuhren in einem unbeirrbaren Rhythmus über die Frontscheibe und das Trommeln der schweren Regentropfen auf dem Dach waren das Einzige, was zu ihm drang.

Er war beinahe 30 Jahre Polizist, davon seit sieben Jahren Dienstgruppenleiter bei der Autobahnpolizei. Er liebte seinen Beruf, haderte nicht mit den Dingen, all den Grausamkeiten, die er täglich zu sehen bekam, doch je älter er wurde, desto mehr drängte sich ihm die Frage auf, warum all die schweren und tödlichen Verkehrsunfälle geschahen.

Die von der Feuerwehr aufgestellten Lichtmasten leuchteten die Szene hinter den Einsatzfahrzeugen taghell aus und, obwohl er noch nichts erkennen konnte, ließ ihn das große Splitterfeld vor seinem Wagen erahnen, was ihn hinter dieser Wagenburg erwartete.

Schlagholt presste sich in den Sitz und zog den Reißverschluss seiner Einsatzjacke hoch, während er zu den

Laternen zwischen den Mittelleitplanken aufsah und den Regen in den Lichtkegeln beobachtete. Der Wind auf den Autobahnen glich dem der Küstenregionen. Starke Böen, aus unterschiedlichen Richtungen kommend, die jede noch so kleine Lücke in der Kleidung fanden. Er drückte den Statusgeber seiner Funkanlage und quittierte sein Eintreffen, setzte sich anschließend seine Kapuze auf, griff das Diensthandy vom Beifahrersitz und zog an dem Türöffner.

Der scharfe Wind riss ihm beinahe die Tür aus der Hand. Der Lärm der vorbeifahrenden Fahrzeuge auf der anderen Seite der Autobahn klang wie brechende Brandungswellen. Er ergriff seine Taschenlampe aus der Ablage der Tür, kontrollierte kurz ihre Funktionsfähigkeit, bevor er die Tür zuschlug und den Wagen mit der Funkfernbedienung verschloss. Es war unangenehm kühl. Eine weitere Böe schlug ihm ins Gesicht und Michael Schlagholt fröstelte. Er spürte die Gänsehaut, die sich in einem unangenehmen Schauer über seinen Körper ausbreitete, sodass er automatisch überprüfte, ob sich der Reißverschluss seiner Jacke noch etwas höher ziehen ließ. Schlagholt senkte den Kopf gegen den Wind und schritt auf die Unfallstelle zu. Zwei Feuerwehrmänner in ihren Einsatzanzügen kamen ihm entgegen und nickten kurz zur Begrüßung. Sie trugen eine große Hydraulikschere. Ein untrügliches Zeichen für einen Schwerstunfall.

Unter Schlagholts Schuhen knirschten Glas und Plastiksplitter. Automatisch suchten seine Augen im Schein seiner Taschenlampe nach einer Brems- oder Blockierspur, doch das unruhige Blaulicht der Feuerwehrfahrzeuge ließ eine Bewertung des Fahrbahnbelages nicht zu, sodass er die Lampe ausschaltete und zwischen die nach Dieselabgasen stinkenden Fahrzeuge schritt.

Unzählige Male hatte er sich mit dem Bild eines tödlichen Unfalls auseinandergesetzt, aber nie würde er dabei von Routine sprechen. Der Anblick von geradezu brutal verformtem Blech, von Blut, eingeklemmten Körpern und abgetrennten Gliedmaßen, die Verzweiflung der unter Schock stehenden Angehörigen waren etwas, was einen Polizisten mitunter zu einem eher stillen Menschen werden ließen.

Das kalte und unnatürliche Licht der Fluter hob die Brutalität der Szenerie zusätzlich hervor. Das abgeschnittene Dach der Limousine lag hinter dem Heck des Fahrzeuges. Die unglaubliche Wucht, mit welcher der Wagen gegen den Brückenpfeiler geprallt sein musste, hatte das Auto zurück auf die Fahrbahn geschleudert. Die Front war als solche nicht mehr zu erkennen. Ein ineinander verschmolzener Klumpen aus Metall und Kunststoff. Die Achse war gebrochen und der linke Reifen stand in einem befremdlichen Winkel ab. Die Fahrertür fehlte und gab einen ungehinderten Blick auf den Innenraum frei – oder das, was davon noch übrig war. Das Armaturenbrett war bis kurz vor die Rückenlehnen der Vordersitze gepresst worden. Die eingefallenen Airbaghüllen hingen schlaff herab und ihre weiße Grundfarbe hob das kräftige Rot des Blutes zusätzlich hervor, welches nach und nach von dem Regen fortgespült wurde. Das Lenkrad hatte sich tief in den Brustkorb des Mannes gedrückt, dessen Kopf leblos zur Seite hing. Der Notarzt und weitere Rettungssanitäter waren gerade dabei, ihr Equipment einzupacken. Einige Feuerwehrmänner streuten rötliches Bindemittel auf die noch immer auslaufenden Betriebsflüssigkeiten, die in allen Regenbogenfarben schimmernd die leicht abschüssige Straße entlangflossen.

Schlagholt trat zu seinen beiden Kollegen, die vor dem Wrack standen. »Schöne Scheiße. Wisst ihr schon was Genaueres?«, fragte er in die Rücken der beiden Polizisten. Sie drehten sich um und sahen ihn an. Polizeikommissar Carsten Joost steckte sich sein Klemmbrett unter die Achsel und zog sich mit der anderen seine Schirmmütze tiefer ins Gesicht.

»Zum Hergang?« Joost verzog den Mund. »Keine Bremsspuren. Schnurgerade Strecke. Wenn du mich fragst, fallen mir spontan nur drei Möglichkeiten ein. Sekundenschlaf, der Typ hat Alkohol oder Drogen konsumiert oder das war ein Suizid.«

»Technischer Defekt?«

»Das ist ein Neuwagen, der locker 50.000 Euro kostet. Wenn nicht sogar mehr. Kann man sicher nicht ausschließen, ist aber eher unwahrscheinlich.«

»Ein Rennen?«

»Keine Zeugen«, erwiderte Joost. »Außerdem vom Alter her nicht Zielgruppe.«

»Was ist mit dem Sachverständigen?«

Joost nickte. »Ist auf dem Weg. Wurde bereits über die Leitstelle angefordert. Ach so. Wir haben Hummel für ein paar Übersichtsfotos angefordert.«

»Gut. Hat die K-Wache Kenntnis?«

»Sind informiert und stehen Gewehr bei Fuß. Sobald wir hier fertig sind, werden die die Leichenschau in der Rechtsmedizin durchführen.«

»Wisst ihr schon, wer der Mann ist?«

Joost schüttelte den Kopf. »Papiere haben wir bisher nicht gefunden. Der Kerl ist dermaßen eingeklemmt, dass wir ihn noch nicht durchsuchen konnten. Der wird ohnehin nicht an einem Stück aus dem Wrack zu bekommen sein. Die Karre ist ein Leihwagen. Zumindest sollten wir so leicht rausfinden können, wer den Hobel angemietet hat.«

Schlagholt trat näher an den Wagen heran und fegte mit seinem Schuh eine Zierleiste beiseite. Das Lenkrad hatte das Opfer eingeklemmt und verhinderte, dass es zur Seite kippte, seine Füße und die Unterschenkel befanden sich irgendwo verkeilt in dem verformten Metall. Schlagholt war sich sicher, dass man bei der Leichenbergung die Beine vom Rumpf abtrennen musste.

»Er muss sofort tot gewesen sein«, hörte er Joost hinter sich.

»Der Notarzt hat´s erst gar nicht mehr versucht.«

Schlagholt trat etwas zurück, schaltete seine Taschenlampe ein und leuchtete unter das Wrack. Er bückte sich und hob etwas auf. Joost trat näher heran und betrachtete den goldenen Ring auf Schlagholts Handfläche. »Ist ihm wohl vom Finger gerutscht«, mutmaßte er. Schlagholt fasste den Ring an den Außenseiten und leuchtete auf die innere Gravur. »Kyrillisch«, stellte er fest.

»Also ein Russe?«

Schlagholt blickte weiter auf das Schmuckstück. »Keine Ahnung, was da steht. Könnte ein Name sein.«

Noch einen Augenblick lang sahen die beiden Beamten auf den Ring. Dann schloss Schlagholt die Hand und steckte ihn in seine aufgesetzte Außentasche.

»Ist zumindest ein Ansatz. Wir werden sehen. Und jetzt lass uns weitermachen. Wir müssen die Bahn wieder freikriegen.«

7. KAPITEL

Die hohen und kahlen Wände des Gefangenentraktes der Justizvollzugsanstalt Essen verstärkten jeden Ton und gaben ihren Schritten einen Hall wie in einer verlassenen Bahnhofshalle. Das Rasseln des Schlüsselbundes, das Einführen des Schlüssels in das Schloss der Stahltür und das metallene Klacken, als das Buntbartschloss sich öffnete, verursachten jenes Geräusch, welchem die Beamten ihre Bezeichnung *Schließer* verdankten.

Der Vollzugsbeamte zog die Tür auf, klopfte Steiger freundschaftlich auf die Schulter und lächelte ihn an. Seine Geste wirkte aufrichtig.

Steiger trat durch die Tür in den kleinen, rechteckigen Besucherraum. Die Sonne schien durch die Glasbausteine dahinter, und obwohl er nur die Silhouette sah, erkannte er die Person, die sich im gleichen Moment erhob.

Die beiden Männer reichten sich wortlos die Hand. Kurz sahen sie sich an, bis sie sich auf die festgeschraubten Bänke des Raumes setzten.

»Wie war die Nacht?«

Steiger lächelte Welke an. »Ich war dermaßen fertig, dass ich sogar hier gut schlafen konnte. Die Jungs hier haben sich alle Mühe gegeben, mir den Aufenthalt so angenehm wie möglich zu machen.«

»Hör zu. Es lag nicht in meiner Macht … Wir haben die ganze Nacht durchgearbeitet.«

Steiger hob beschwichtigend die Hände. »Schon gut. Ich verstehe das vollkommen. Der Haftrichter hatte keine andere Wahl.«

Welke nickte. »Wann ist der Haftprüfungstermin?«

»Um zehn.«

»Der Staatsanwalt ist von deiner Unschuld überzeugt und der Richter wird seinen Ausführungen folgen. Um elf bist du hier raus.«

»Ich weiß. Claudia hat mich bereits aufgeklärt.«

Welke schob seinen Daumen und den Zeigefinger unter seine Brille und rieb sich die zusammengekniffenen Augen. »Scheint so, als hättest du in einem verdammt großen Topf mit Scheiße gerührt. Unter dem Casino verläuft tatsächlich ein alter Mann. Man hat von dort aus Bohrungen in das Fundament vorgenommen. Wer auch immer dafür verantwortlich ist, wollte offensichtlich Methangas über den Stollen in den Keller des Casinos leiten. Der Tankwagen war bis zur Oberkante voll mit dem Zeug. Der Generalbundesanwalt hat das Verfahren an sich gerissen. Derzeit gehen das BKA und das LKA davon aus, dass die Täter das Gebäude in die Luft jagen wollten. Deine Theorie, dass man damit eine Schlagwetterexplosion vortäuschen wollte, wird von allen ermittelnden Stellen geteilt, wie ich gehört habe, wenngleich man diese These öffentlich nicht einräumt. Man prüft, ob der Tagesbruch eine Ablenkung gewesen war, um unter dem Vorwand bergbauamtlicher Untersuchungen in Ruhe nahe dem Gelände der Zeche agieren zu können, oder ob es sich nur um einen Versuch gehandelt hat, der in die Hose gegangen ist.«

Steiger lehnte sich zurück und faltete seine Hände in seinem Schoß. »Das war also der Grund, warum Schmidt die Alarmanlage ausschalten sollte.«

»Richtig. Etwas, was er mit dem Leben bezahlte.«

Steiger betrachtete seine Hände. »Er war zwar ein

Nichtsnutz, trotzdem fühle ich mich seinetwegen scheiße. Irgendwie.«

Welke wartete, bis Steiger erneut seinen Blickkontakt suchte. »Persönlich bin ich davon überzeugt, dass man ihn auch ohne eure … Zusammenarbeit aus dem Weg geräumt hätte.«

Steiger zuckte mit den Achseln. »Was ist mit dem Motiv?«, fragte er nach einer Weile.

»Spekulation. Derzeit wagt sich offensichtlich keiner zuzugeben, dass es sich um einen politischen Attentatsversuch durch wen auch immer gehandelt hat. Kristschow war ein hohes Tier in der Opposition und dem Kreml sicher mehr als ein Dorn im Auge. Wenn du mich fragst … die wissen es.«

»Wurde Kristschow befragt?«

»Du weißt es noch nicht?«

Steiger blickte irritiert. »Was weiß ich noch nicht?«

»Wir haben Kristschow nicht angetroffen, wie du weißt. Er war, so haben Zeugen ausgesagt, draußen eine rauchen, als wir ins Casino kamen. Zunächst haben wir vermutet, dass er sich irgendwie in dem Getümmel abgesetzt hat, ohne dass es jemand mitbekommen hat. Man hat ihn schließlich gefunden. Er hatte gestern Abend einen tödlichen Verkehrsunfall."

»Das stinkt zum Himmel«, sagte Steiger sarkastisch.

»Sehe ich auch so. Wer weiß, wer da alles seine Finger im Spiel hat.«

»Was ist mit Brahmkamp?«

Welkes Gesichtsausdruck zeigte Verärgerung. »Der Kerl sagt kein Wort. In Berlin tanzen die Flamenco, so nervös sind die dort. Da werden sich ein paar Leute einige sehr unangenehme Fragen stellen lassen müssen. Hat Claudia dir von den Recherchen ihres Kollegens Kamphoff erzählt?«

Steiger nickte. »Ich bin auf dem aktuellen Stand, was das betrifft. Wäre ein Hammer, wenn zutrifft, was er behauptet. Ein ehemaliger Stasispion ausgerechnet in den Reihen des Staatsschutzes.«

Welke zuckte mit den Schultern. »Dass ehemalige Stasibeamte ganz legal ihren Weg in teils hohe Ämter fanden, ist wohl nicht so ungewöhnlich, wie Kamphoff schilderte. Wenngleich ein ehemaliger Spion, der im Verdacht steht, an der ein oder anderen politischen Liquidation zumindest indirekt beteiligt gewesen zu sein, sicher etwas ist, was man kaum glauben kann.«

»Wie konnte er euch so verarschen?«

Welke rutschte unruhig auf der Bank hin und her. »Der Kerl ist … war Oberrat. Wärst du auf die Idee gekommen, ihn und seine Angaben zu überprüfen? Insbesondere, wenn es dazu keinen Anlass gibt? Er hat, dank seiner Stellung, genügend Vorbereitungen treffen können, damit seine Angaben glaubhaft wirkten. Wir stecken da noch in den Ermittlungen. Seine Infos über die Aktivitäten dieses kaukasischen Emirates stimmen. Man hat diese Gruppe unter Beobachtung. Es war ein Leichtes für ihn, daraus eine nachvollziehbare Legende zu stricken.«

Steiger lächelte sarkastisch. »Gemessen an seiner Vergangenheit war er darin ja ein Perfektionist.«

»Zumindest haben wir einen Haftbefehl wegen Verdacht des zweifachen Mordes und versuchten Mordes bekommen. Was da sonst noch alles zutage gefördert wird … weiß der Henker.«

Für einen Moment schwiegen die beiden Männer sich an.

»Wie geht es bei dir weiter, Robert?«

Steiger zuckte mit den Achseln. »Ich denke, ich mache erst einmal Urlaub, wenn das hier alles vorbei ist. Außerdem brauche ich eine neue Bude. Langeweile wird also bestimmt nicht aufkommen.«

»Hast du eigentlich irgendwann mal in Erwägung gezogen …«

»Zurückzukommen?«, unterbrach ihn Steiger. Dann schüttelte er den Kopf.

»Du wirst immer ein Bulle sein, Robert. Egal, was du dir selbst vormachst.«

Steiger hob den Kopf und blickte Welke an. »Es ist nicht der Job, Hermann. Die Leute werden belogen. Wir werden belogen. Es geht nicht mehr um Kriminalitätsbekämpfung. Es geht nur noch um Statistiken. Um Zahlen. In gewollter Richtung geschönt. Wir sind zu einem politischen Spielball verkommen.«

»Mag sein. Aber deine Einstellung, das, wofür du stehst, bleibt davon unberührt.«

Steiger nickte. »Du hast recht, Hermann. Ein Bestandteil dieser Einstellung ist Anstand. Dieser Staat hat den Vertrag, den ich mit ihm geschlossen habe, einseitig gekündigt. Mehrfach. Du wirst gedemütigt, beleidigt, setzt deine Gesundheit aufs Spiel … all die Dinge, die wir in nur einer Woche zu sehen bekommen, reichen aus, um die meisten Menschen für Monate auf die Therapiecouch diverser Psychologen zu nageln. Anerkennung? Hast du jemals erlebt, dass dein Dienstherr all das anerkennt? Du weißt selbst, wie man mit uns umgeht. Das hat nichts mit Anstand zu tun. Du reißt dir den Arsch auf, um einen Drecksack hinter Gitter zu kriegen, und irgendein unfähiger Nachwuchsstaatsanwalt oder Richter, der so viel vom Leben versteht wie der Papst vom Kindermachen, lässt den wieder laufen. Ich habe die Schnauze einfach voll, Hermann. Wie die meisten. Nur dass ich den Schritt gegangen bin, an den die anderen bloß denken.«

Welke wollte noch etwas erwidern, nickte aber nur mit zusammengepressten Lippen. Langsam erhob er sich und streckte Steiger die Hand entgegen. »Viel Glück, Robert.«

ENDE

Christiane Wünsche
Kinderleicht
978-3-8392-1620-0

»Ein spannender Krimi, in dem Intrigen und die Suche nach der Schuld des Einzelnen die Flucht in eine heile Welt zunichte machen.«
Aachener Zeitung

Auf dem Campingplatz von Jule und Michael wird bei Bauarbeiten eine Kinderleiche gefunden – ausgerechnet vorm Pfingstwochenende. Die Gäste sind verunsichert, der Campingplatz in der Eifel zudem in einem miserablen Zustand, weil Benny, der Sohn eines ehemaligen Kumpels von Michael, lieber die Zeit mit der 13-jährigen Annalena verbringt als mit der Instandhaltung des Areals. Jule beobachtet das Treiben der beiden mit großem Unwohlsein und sieht sich bestätigt, als Annalena eines Tages spurlos verschwindet …

GMEINER
Wir machen's spannend